Stendhal

Souvenirs d'égotisme

SUIVI DE

Projets d'autobiographie

ET DE

Les Privilèges

Édition présentée,
établie et annotée
par Béatrice Didier
Professeur
à l'Université de Paris VIII

Gallimard

STENDHAL A LA RECHERCHE
DE L'AUTOBIOGRAPHIE

Il faut toujours en revenir aux Souvenirs d'égotisme, *non seulement à cause de l'intérêt intrinsèque du texte, mais aussi en raison de son antériorité par rapport à la* Vie de Henry Brulard. *Au début de 1832, Stendhal confie à son ami, Domenico Di Fiori :* « *Je m'amuse à écrire les jolis moments de ma vie ; ensuite, je ferai probablement comme avec un plat de cerises, j'écrirai aussi les mauvais moments, les torts que j'ai eus et ce malheur que j'ai eu de déplaire toujours aux personnes auxquelles je voudrais trop plaire*[1]. » *Quels sont ces* « *jolis moments* » ? *Pas l'enfance qui fut, comme on le sait, traversée par le drame de la mort de sa mère, et dont il garde un souvenir plutôt malheureux. Il précise en tout cas son propos dans une lettre du 12 juin :* « *Quand je suis exilé ici, j'écris l'histoire de mon dernier voyage à Paris, de juin 1821 à novembre 1830. Je m'amuse à décrire toutes les faiblesses de l'animal ; je ne m'épargne nullement*[2]. » *On notera ce processus de remontée de la mémoire qui consiste à écrire d'abord une période proche, et à n'aborder les commencements que plus tard,*

---

1. *Correspondance*, éd. Pléiade, t. II, p. 386.
2. *Correspondance*, p. 446.

comme un archéologue qui creuserait et dans ses fouilles trouverait d'abord des traces de civilisations plus récentes. Beaucoup d'écrivains, au contraire, commencent par raconter leur enfance, hantés par le « vert paradis » ; c'est l'enfance qui leur donne leur rythme et ensuite, sur leur lancée, ils continuent. Là n'est pas le cas de Stendhal, peut-être parce qu'il n'y eut pas pour lui de « vert paradis ».

Dans cette entreprise autobiographique, pour le moment, il se contente de remonter à 1821. On peut invoquer diverses raisons [3]. J'en verrai aussi une négative, en quelque sorte : ne pas s'aventurer avant 1821, pour ne pas retrouver le fantôme de Métilde. « Peut-être un jour, quand je serai bien vieux, bien glacé, aurai-je le courage de parler des années 1818, 1819, 1820, 1821 [4]. » Il commence donc par le récit de la séparation d'avec Métilde et ajoute : « Cette âme angélique cachée dans un si beau corps a quitté la vie en 1825 [5]. » Le fantôme de Métilde garde cette période, comme le fantôme de la mère garde, encore, celle de l'enfance. Ces deux morts comme symétriques, sont annoncées au début des deux autobiographies stendhaliennes, avec, dans les deux cas, l'évocation d'un « caractère angélique » et la non-possession. « Le pire des malheurs serait, m'écriai-je, que ces hommes si secs, mes amis, au milieu desquels je vais vivre, devinassent ma passion, et pour une femme que je n'ai pas eue [6]. »

Ces deux anges lui interdisent l'accès d'un passé plus

3. Cf. V. Del Litto, préface aux *Souvenirs d'égotisme. O.C.* Cercle du Bibliophile, t. 36, 1970, p. I.

4. *Souvenirs*, p. 41.

5. *Souvenirs*, p. 41.

6. *Souvenirs*, p. 43-44.

ancien ; le voilà donc ramené à ces neuf années à partir
de son retour en France, à partir de 1821. Dans le texte
liminaire des Souvenirs *d'égotisme qui présente aussi*
beaucoup d'analogies avec le début de la Vie de Henry
Brulard, *Stendhal s'interroge sur la démarche autobio-*
graphique elle-même. Il passe bien avec le lecteur ce
« pacte », en quoi Ph. Lejeune voit le fondement même de
ce type d'écriture. A la différence de ce qu'il fera dans la
Vie de Henry Brulard, *il ne recourt pas à un pseudo-*
nyme au deuxième degré, mais il remet la publication à
plus tard. La présence du lecteur, loin d'être une gêne, est
au contraire considérée par Stendhal comme un stimu-
lant : « J'avoue que le courage d'écrire me manquerait si
je n'avais pas l'idée qu'un jour ces feuilles paraîtront
imprimées et seront lues par quelque âme que j'aime, par
un être tel que Mme Roland et M. Gros le géomètre. Mais
les yeux qui liront ceci s'ouvrent à peine à la lumière, je
suppute que mes futurs lecteurs ont dix ou douze ans[7]. »

L'autre élément du pacte, c'est évidemment le « je » de
l'écrivain. Comme dans Henry Brulard, *on voit la gêne*
de Stendhal, qui s'explique non seulement par sa pudeur,
mais par un certain agacement à l'égard de Rousseau, et
plus encore de Chateaubriand, les allusions à Rousseau
étant en quelque sorte inévitables dans les autobiogra-
phies romantiques[8]. « Je me sens, depuis un mois que j'y
pense, une répugnance réelle à écrire uniquement pour
parler de moi, du nombre de mes chemises, de mes
accidents d'amour-propre[9]. » V. Del Litto a fort bien
montré que le terme d' « égotisme » était nettement
péjoratif dans l'esprit de Stendhal[10]. Au début de la Vie

7. *Souvenirs*, p. 37.
8. *Souvenirs*, en particulier, p. 39.
9. *Souvenirs*, p. 38.
10. Cf. la préface de V. Del Litto, p. X et sq.

de Henry Brulard, *l'écrivain sentira de même un vertige à l'idée de l'accumulation de tous ces « moi » et de ces « je ».*

Pourquoi, dès lors, vaincre cette répugnance ? Stendhal en donne deux raisons. La première : il doit « entreprendre un travail ». Il se reproche de ne pas écrire. Or il ne parvient pas à continuer Mina de Vanghel *: « Les petits devoirs de ma place m'interrompent assez souvent, ou, pour mieux dire, je ne puis jamais en prenant mon papier être sûr de passer une heure sans être interrompu. Cette petite contrariété éteint net l'imagination chez moi. Quand je reprends ma fiction, je suis dégoûté de ce que je pensais [11]. » Le recours à l'autobiographie viendrait donc pallier un certain manque de l'imagination créatrice, manque justifié par de mauvaises conditions de travail. Bien sûr, on peut tout surmonter, mais le glas (« il est trop tard, j'ai quarante-neuf ans »), Stendhal croit déjà l'entendre. Et ce sentiment des approches de la cinquantaine contribue certainement aussi à le tourner vers l'autobiographie.*

Fortement liée à cette sensation du temps qui passe, l'interrogation devient plus pressante : qui suis-je ? Cette motivation fondamentale de l'autobiographie, dans ces textes liminaires, vient cependant après la nécessité de fournir un travail. Il y a d'abord le besoin d'écrire : roman, Mémoires, peu importe. C'est seulement ensuite que, pour des raisons presque matérielles, Stendhal préfère, momentanément, écrire sur lui plutôt que sur un héros imaginaire : ainsi le héros existe déjà, mais quel est-il ? « Ai-je tiré tout le parti possible pour mon bonheur des positions où le hasard m'a placé pendant les

11. *Souvenirs*, p. 38.

9 ans que je viens de passer à Paris ? Quel homme suis-je ? Ai-je du bon sens, ai-je du bon sens avec profondeur[12] ? » On sera peut-être étonné que cette question de l'identité, Stendhal la pose en fonction du bonheur et du bon sens. Passe encore pour le bonheur qui semble en effet une valeur fondamentale dans la vie humaine et l'on sait de quelle importance était « l'idée de bonheur » pour les hommes du XVIIIe siècle dont Stendhal se sent le fils. Le bon sens nous semblerait davantage une valeur mineure, et en tout cas peu romantique. Stendhal est probablement conscient d'une certaine inadéquation de ce terme à sa pensée, car il ajoute, dans une association qui peut surprendre, « du bon sens avec profondeur ». Le bon sens, ce serait la façon de se conduire, de « tirer tout le parti possible » des situations qu'offre le hasard, la façon de diriger sa vie, et c'est par là qu'il entre en composante dans la personnalité et dans sa délimitation.

C'est seulement ensuite que vient l'interrogation sur les facultés intellectuelles. Encore apparaissent-elles profondément dépendantes des « humeurs » : « mes jugements varient comme mon humeur. » Héritier des Sensualistes, Stendhal ne peut concevoir une pensée qui ne soit profondément tributaire du physique. Mais on voit à quel point une philosophie sensualiste est liée à une esthétique baroque du changement ; et ce n'est certes pas un hasard si tout le XVIIIe siècle repose sur cette alliance, cette complicité. L'être de Stendhal est un être en mouvement, en devenir. L'écriture va fixer, peut-être arbitrairement, un moment de ce devenir. « Voyons si, en faisant mon examen de conscience la plume à la main, j'arriverai à quelque chose de positif et qui reste long-

12. *Souvenirs*, p. 37.

temps vrai *pour moi. Que penserai-je de ce que je me sens disposé à écrire en le relisant vers 1835, si je vis*[13] *?* »

Ce qui retient Stendhal encore au seuil de l'autobiographie, ce n'est pas tant la « vanité » qu'il y a à parler de soi, mais un sentiment plus subtil : « Je craignais de déflorer les moments heureux que j'ai rencontrés, en les décrivant, en les anatomisant. Or, c'est ce que je ne ferai point, je sauterai le bonheur[14]. » On comprend fort bien le sentiment de Stendhal, mais il faut convenir qu'il aboutit à une situation paradoxale. C'est par sa faculté de saisir le bonheur qu'il pourra définir sa personnalité, dit-il tout d'abord. Or ce bonheur lui-même il ne veut pas en parler. Il y aura donc un trou, un manque. L'écriture devra relater la recherche du bonheur, sans jamais traiter de ce bonheur qu'elle déflorerait. Le bonheur constitue ce non-dit, cet inter-dit et cet interdit. Comme toute autobiographie, plus que toute autre peut-être, les *Souvenirs d'égotisme* tiennent leur rythme, leur substance même de ce qui n'est pas dit, de tous les blancs du texte.

La nature même du moi est d'échapper toujours. Peut-être les écrivains romantiques sont-ils moins conscients que nous de la fuite fondamentale de cette notion. Les siècles classiques qui les précèdent les ont persuadés de l'existence du moi, fût-il « haïssable ». Le vieux précepte socratique « connais-toi toi-même » demeure à la base de toute réflexion morale, renforcée par la pratique de l'examen de conscience. Stendhal emploie précisément le mot, tant il existe un lien évident entre l'écriture autobio-

13. *Souvenirs*, p. 38.
14. *Souvenirs*, p. 39.

graphique et une discipline religieuse[15]. *Dostoïevski,
Freud, Pirandello ne sont pas encore venus ébranler cette
conviction de l'existence d'un « moi ». Pourtant Stendhal est conscient de l'impossibilité de se connaître :* « *Je
ne me connais point moi-même et c'est ce qui quelquefois, la nuit quand j'y pense, me désole*[16]. » *Puisque l'on
vient d'évoquer Dostoïevski, on ne peut s'empêcher de
songer à la géniale évocation des insomnies de l'âge mûr
qui ouvre le récit de* L'Éternel Mari. *Mais on arrive à un
paradoxe, assez voisin de celui que je signalais à propos
du bonheur. Il s'agit d'écrire pour fixer le moi, or il est de
sa nature d'être insaisissable. Objet de l'autobiographie,
en même temps qu'il en est le sujet (même si l'écart n'est
pas très grand ici, puisque Stendhal raconte une période
récente), il n'en est pas moins menacé d'une double fuite.
L'écriture, certes, aidera à constituer à la fois le moi-
sujet et le moi-objet, sans jamais pourtant saisir la
totalité du moi, et en risquant toujours de forger un moi
artificiel. L'écriture fixe et le moi se dérobe.*

*Ce qui est intéressant encore dans ce chapitre inaugu-
ral, c'est que Stendhal tente de définir son moi, non pas
en évoquant une sorte d'entité, de caractère, de nature,
toujours sujette à caution, mais en examinant ses actes,
et dans deux domaines, à l'égard de deux êtres qui ont
marqué sa vie : Napoléon et Métilde. Or, il y a une
similarité dans les deux aventures, similarité que souli-
gne ce rapprochement par l'écriture de deux domaines
qui semblaient bien distincts. Dans les deux cas, un
amour, une passion :* « *Napoléon (que toujours j'ado-*

15. Cf. B. Didier. *Le Journal intime*, P.U.F., 1976.
16. *Souvenirs*, p. 39.

rai)[17]. » *Et dans les deux cas, un échec; non pas seulement à cause de Waterloo* (« *la chute que nous fîmes dans la boue en 1814* ») *mais par une sorte d'incapacité de Stendhal à saisir l'occasion. Et ainsi ces deux amours manquées lui permettent-ils de se définir.*

Le parallélisme Métilde/Napoléon se poursuit dans la trame de l'œuvre, réapparaissant aux moments où on ne s'y attendrait pas, expliquant même certaines juxtapositions qui, pour un lecteur inattentif, sembleraient comme dues au hasard et à un certain désordre. Ainsi au chapitre II : « Je n'ai eu une maîtresse que par hasard en 1824, trois ans après. Alors seulement le souvenir de Métilde ne fut plus déchirant. (...) Ce fut pour moi une dure corvée, en 1821, que de retourner pour la première [fois] dans les maisons où l'on avait eu des bontés pour moi quand j'étais à la cour de Napoléon[18]. » *Dans les deux cas : retour pénible à la vie sociale et amoureuse, après que le grand amour est terminé.*

Aussi verrai-je dans ces deux thèmes les véritables axes organisateurs d'une œuvre dont le plan ne s'impose pas toujours nettement. Et il faut dire que c'est là le propre de l'autobiographie, en particulier de l'autobiographie stendhalienne, que cet apparent désordre, effet de l'art et de la mémoire. Dans la mesure où ce genre de texte fonctionne à partir d'une remontée du souvenir, tout ordre logique et chronologique trop rigoureux risquerait de stériliser la sève créatrice. La Vie de Henry Brulard offrirait de nombreux exemples de ce fonctionnement par associations d'idées, ou plutôt de sensations, de sentiments. Encore faut-il qu'il y ait, pour ne pas tomber dans la dispersion, une sorte de cohésion interne, qui naît de la

17. *Souvenirs*, p. 39.
18. *Souvenirs*, p. 52-53.

*force de certains thèmes véritablement organisateurs,
autour desquels les autres s'agglutinent dans un ordre
qui est beaucoup plus celui du vivant que celui de la
logique.*

*Ces deux thèmes fonctionnent en négatif, si l'on peut
dire puisque ces deux amours sont malheureuses ; c'est
l'histoire à la fois d'un homme réduit à l'inaction
politique et à la chasteté. De ce rapprochement, les deux
thèmes prennent une violence et un sens qu'ils n'auraient
pas eu autrement. L'inaction politique apparaît alors
pour ce qu'elle est : une véritable frustration ; et la
chasteté, mise en relation avec cette inactivité politique,
prend une tout autre dimension : non plus celle d'histoires de garçons, mais celle de l'Histoire.*

Un des intérêts des Souvenirs d'égotisme *réside précisément dans cette présence de l'Histoire chez un écrivain
qui, alors, n'y participe pas. Le retour en France (qui
ouvre tristement l'œuvre, comme le départ joyeux de
1800, inversement, terminera la* Vie de Henry Brulard*),
c'est aussi le retour dans un pays dont le régime politique
lui fait horreur. On ne manquera pas de retenir la
notation ironique : « Le lendemain, je m'embarquai en
bien mauvaise compagnie : des officiers suisses faisant
partie de la garde de Louis XVIII, qui se rendaient à
Paris*[19]*. » Quelques pages plus haut, à propos du départ
de 1814 : « L'extrême mépris que j'avais pour les Bourbons, c'était pour moi alors une boue fétide, me fit quitter
Paris*[20]*. » Leitmotiv. Au chapitre IX, encore : « La bêtise
des B[ourbons] paraît dans tout son jour*[21]*. » Dénoncer
la stupidité d'un régime, les bassesses de ses supporters,*

19. *Souvenirs*, p. 43.
20. *Souvenirs*, p. 40.
21. *Souvenirs*, p. 150.

ce sera une des significations des Souvenirs. *C'est cette haine qui donne leur unité à tant d'anecdotes qui, à première vue, semblent nous éloigner du sujet, nous distraire de l'autobiographie proprement dite. Que non ! Ce moi de Stendhal qu'il prétend nous faire connaître en écrivant, trouve son fondement dans la haine des rois. Il faudra encore quelque temps pour que l'écrivain remonte plus haut, plus loin dans sa vie, et raconte dans la* Vie de Henry Brulard *les sentiments d'un petit Grenoblois, lors de l'exécution de Louis XVI. Mais son dégoût pour la Restauration est autrement fort que son mépris pour l'Ancien Régime.*

On a beaucoup commenté l'ouverture du chapitre III : « L'amour me donna en 1811, une vertu bien comique : la chasteté », *et le fameux récit du* « fiasco » *qui suit. Je n'y reviendrai pas, sinon pour souligner les correspondances qui s'établissent, subtiles, dans l'architecture de l'œuvre. A ce chapitre III, répond le chapitre X, où Stendhal relate qu'il occupa l'été 1822 à corriger les épreuves de l'*Amour. « C'était une chose bien dangereuse pour moi, que de corriger les épreuves d'un livre qui me rappelait tant de nuances de sentiments que j'avais éprouvés en Italie. J'eus la faiblesse de prendre une chambre à Montmorency (...). La force de la passion, qui fait qu'on ne regarde qu'une seule chose, ôte tout souvenir, à la distance où je me trouve de ces temps-là. Je ne me rappelle distinctement que la forme des arbres de cette partie des bois de Montmorency[22]. » *Les deux chapitres relatent une absence : l'Italie et l'amour. C'est la violence du sentiment de cette absence qui explique aussi bien le fiasco devant une fille que le mécanisme de l'écriture et cette espèce de* « folie » *qui l'accompagne.*

22. *Souvenirs*, p. 154.

*Du même coup, Stendhal constate un phénomène sur
lequel il aura maintes fois l'occasion d'attirer l'attention
dans la* Vie de Henry Brulard : *l'intensité de la passion
rend impossible le souvenir. Aux moments les plus
intenses de la vie, l'autobiographe devient muet. Est-ce
une autre forme du fiasco, le fiasco du souvenir ou de
l'écriture ? On ne niera pourtant pas que l'autobiographie prenne une force étrange de ces « blancs » du texte.
Mais peut-être faut-il extrapoler. Ce n'est pas seulement à
l'intérieur des* Souvenirs *ou de la* Vie de Henry Brulard
*que fonctionne ce phénomène, mais dans l'ensemble de
l'entreprise autobiographique, puisque Stendhal ne parviendra pas à combler le blanc qui sépare le début des*
Souvenirs *de la fin d'*Henry Brulard : *de 1800 à 1821,
ces vingt années où il frôla le bonheur.*

*Ce phénomène a son corollaire : tandis que les
moments les plus intenses échappent en quelque sorte au
souvenir, l'autobiographie a tendance à faire une large
place à la vie de personnages qui nous semblent un peu
accessoires, ou du moins à qui l'espace concédé par
l'écrivain peut paraître excessif. Ainsi George Sand,
quand elle interrompt le flux autobiographique pour
raconter la vie d'une amie, ou encore quand elle diffère le
commencement de sa propre histoire en racontant la vie
de ses parents si longuement : l'histoire de sa vie devient
l'histoire d'autres vies. N'est-on pas de la même façon un
peu étonné qu'après avoir consacré le chapitre I à des
réflexions préliminaires, au moment où l'on s'imagine
que Stendhal va aborder le récit de l'année 1821, il
raconte, en fait, au chapitre II, l'histoire du baron de
Lussinge ? Même si ce personnage a eu une grande
importance pour lui. Ses démêlés avec sa mère, ses
aventures amoureuses ont-elles un rapport direct avec
Stendhal ? Certes Destutt de Tracy a eu une influence*

*déterminante et l'histoire de ses rapports avec l'écrivain
au chapitre IV s'enchaîne admirablement avec le chapitre III, dans la mesure où Stendhal y voit un autre
exemple de fiasco : « Il passa une heure avec moi. Je
l'admirais tant que probablement je fis fiasco par excès
d'amour*[23]*. » Néanmoins l'autobiographie stendhalienne, comme beaucoup, et plus que d'autres peut-être,
est marquée par ce vertige de fuite qui amènerait l'écrivain à parler de tant de personnages qu'il aurait peu de
place pour parler de lui-même.*

*Impossibilité à saisir le moi ? crainte finalement de
l'affronter ? Certes. On verra aussi dans la méthode des
digressions la conséquence d'un certain mode de composition. « Mais il faut finir ici ce chapitre. Pour tâcher de
ne pas mentir et de ne pas cacher mes fautes, je me suis
imposé d'écrire ces souvenirs à vingt pages par séance,
comme une lettre. Après mon départ, on imprimera sur le
manuscrit original. Peut-être ainsi parviendrai-je à la
véracité, mais il faudra que je supplie le lecteur (peut-
être né ce matin dans la maison voisine) de me pardonner de terribles digressions*[24]*. » Le procédé de la digression est un mode d'écriture fondamental de l'autobiographie. On en retrouverait des exemples pratiquement dans
tous les textes de ce registre, même dans ceux qui
paraissent les mieux construits. Il est une conséquence
du désir de laisser la liberté à la mémoire. Imposer un
plan, c'est risquer d'interrompre le flux. Raison esthétique et psychologique. Mais on voit que Stendhal invoque
une raison morale : s'imposer un plan, c'est aussi
risquer d'être insincère.*

Composer un livre est un travers français, un moyen

---

23. *Souvenirs*, p. 64.
24. *Souvenirs*, p. 68.

*sûr de plaire aux « sots », méthode acceptable si l'on
écrit l'*Histoire de la Régence, *inacceptable si l'on écrit
sa propre histoire. « Mais peut-être, écrivant ceci comme
une lettre, à trente pages par séance, à* mon insu, *je fais
ressemblant*[25]. » *La digression et la vitesse de l'écriture
vont être des conditions de l'exactitude, mais une exactitude, en quelque sorte involontaire, la seule qui ait des
chances de réussir, car vouloir être vrai, c'est déjà
risquer de ne plus l'être. Avec notre vocabulaire
moderne, nous penserions que ce mode d'écriture se
rapproche de l'écriture automatique et a des chances de
libérer les pulsions de l'inconscient. Stendhal, quant à
lui, est sensible au caractère proprement politique qu'il
révèle dans ce désir d'être vrai : « Or, avant tout, je veux
être vrai. Quel miracle ce serait dans ce siècle de
comédie, dans une société dont les 3/4 des acteurs sont
des charlatans*[26]. »

*Il ne suffit pas de vouloir. Peut-on être vrai ? « On peut
connaître tout, excepté soi-même*[27]. » *Si le fond de l'être
échappe, il faudra donc s'en tenir à l'événementiel.
Encore faudrait-il pouvoir s'en souvenir. Quel point de
repère pour retrouver un passé même récent ? Des notes
sur des livres, des agendas ? Peut-être, pour compléter,
plus tard : « J'augmenterai cet article de Londres en
1821, quand je retrouverai mes pièces anglaises avec les
dates des jours où je les avais vu jouer*[28]. » *Mais se livrer
dans l'immédiat à ces recherches, ce serait risquer
d'interrompre le flux, devenir comme l'historien d'un*

25. *Souvenirs,* p. 87.
26. *Souvenirs,* p. 87.
27. *Souvenirs,* p. 114.
28. *Souvenirs,* p. 117. Cf. p. 94 : « Quelquefois j'écrivais une date sur
un livre (...) Peut-être trouverai-je quelques dates dans mes livres. »

*autre. La règle stendhalienne de l'autobiographie est
d'aller de l'avant, de remettre à plus tard les retouches et
les ajouts — au risque de laisser à jamais des blancs.*

*Une tentation de tous les autobiographes, pour donner
une image vraie de leur passé, surtout s'il s'agit de
périodes monotones et répétitives, c'est de renoncer à tout
récit et de laisser la place simplement à l'horaire. « Voici
ma vie à cette époque : Levé à 10 heures je me trouvais à
10 h 1/2 au café de Rouen*[29] *» et le déroulement de
l'emploi du temps se poursuit très exactement, mais pour
aboutir finalement à un constat d'échec : ce schéma,
qu'a-t-il à voir avec le temps vécu ? « J'ai bien peu de
souvenirs de ces jours qui tous se ressemblaient*[30]*. » Le
récit de voyage offre en quelque sorte une planche de
salut à l'autobiographe menacé par la monotonie des
jours. Le récit du voyage en Angleterre, au chapitre VI, se
ressent d'une certaine joie de rompre avec la répétition.
Joie de l'écriture en 1832, tout autant, peut-être plus, que
joie du voyage en 1821. Encore l'écrivain souligne-t-il ce
que ce voyage a d'imprévu, d'inexplicable : « Je ne sais
trop comment j'eus l'idée d'aller en Angleterre... J'avais
de l'argent, je ne sais où*[31]*. » Inspiration soudaine,
incontrôlable, mouvement de folie.*

*Car pour raconter l'insaisissable moi, tout biographe
est tenté de recourir à deux démarches antithétiques : ou
bien reproduire l'horaire des jours monotones, ou, au
contraire, privilégier les moments d'éclatement de cet
horaire, et en particulier ces temps de folie qui semblent
comme des moments où se libérerait soudain un moi
inconnu, plus profond. Ces moments de folie vont donc*

29. *Souvenirs*, p. 89.
30. *Souvenirs*, p. 90.
31. *Souvenirs*, p. 94.

*apparaître à la fois comme des révélateurs du moi-objet,
et comme une preuve d'honnêteté, de véracité de la part
du moi-sujet écrivant. Stendhal n'est certes pas le seul
cas. Pour nous limiter à des périodes voisines, nous nous
reporterons à Rousseau et à Benjamin Constant, à
l'histoire extraordinaire du concert de Lausanne orga-
nisé par le jeune Jean-Jacques qui ignore tout de la
musique, ou encore au duel que suscite, sans beaucoup
de raison, le non moins jeune Benjamin.*

*Histoire de duel tout aussi stupide que celle que s'attire
Beyle à la table d'hôte de Calais. La folie ne consiste
d'ailleurs pas tant dans la façon dont il provoque
l'incident que dans l'inconséquence qu'il manifeste
ensuite à l'égard de M. Edwards et dans sa dérobade,
assez semblable à celle de Benjamin Constant. « Cette
faute horrible, je l'ai commise une autre fois en 1813, à
Dresde, envers M... depuis fou. Je ne manque point de
bravoure ; une telle chose ne m'arriverait plus aujour-
d'hui. Mais, dans ma jeunesse, quand j'improvisais,
j'étais fou*[32]. » *D'autres folies jalonnent les Souvenirs
d'égotisme — avec à la fois cette parenté et cette
différence qui existent entre la folie et les folies. Ainsi
quand Beyle se fait présenter dans le salon de
M*ᵐᵉ *Edwards. « Quelle diable d'idée de m'y faire présenter ! Ce fut un caprice imprévu, une folie. Au fond, si je
désirais quelque chose, c'était de connaître les hommes.
Tous les mois peut-être je retrouvais cette idée ; mais il
fallait que les goûts, les passions, les cent folies qui
remplissaient ma vie, laissassent tranquille la surface de
l'eau pour que cette image pût y apparaître*[33]. » *Folie
autrement violente quand l'assaille le souvenir de*

32. *Souvenirs*, p. 100. Cf. p. 144.
33. *Souvenirs*, p. 146.

*Métilde. « Je faillis devenir fou. Les folles idées de
retourner à Milan que j'avais si souvent repoussées, me
revenaient avec une force étonnante. Je ne sais comment
je fis pour y résister*[34]. »

A ce thème de la folie, il faudrait rattacher cette
variante, ce leitmotiv atténué qui consiste chez l'écrivain
à déplorer son manque de bon sens. Nous avons vu
précédemment qu'il attribuait à cette notion de « bon
sens » une valeur un peu étonnante, et l'on notera que le
terme est introduit la plupart du temps dans des formules
négatives du type : « Je n'eus pas assez de bon sens pour
arranger systématiquement ma vie[35]. » Le thème de la
folie introduit celui des possibles narratifs. C'est parce
que l'écrivain ne sait pas voir les occasions qui s'offrent
à lui, qu'il laisse échapper tant de chances qui auraient
pu changer sa vie.

Aussi l'autobiographe se définit-il, non seulement par
ce qu'il a vécu, mais aussi par ce qu'il n'a pas vécu. Max
Milner a parfaitement étudié ce phénomène dans les
Mémoires d'Outre-Tombe, et on en verrait aussi des
exemples chez Rousseau ou George Sand. Racontant son
existence, l'écrivain a presque invinciblement tendance à
se reporter à des moments où il croit avoir été à la croisée
des chemins et à s'imaginer ce qui serait advenu s'il avait
pris une autre route. S'il faut l'imagination de Rétif de la
Bretonne pour composer de toutes pièces un volume qu'il
intitule Revies, sans aller si loin, toute autobiographie
est marquée par ce rêve des possibles. Rêve la plupart du
temps mélancolique, car l'écrivain plutôt que de considérer les catastrophes qu'il a évitées, a toujours tendance à
se remémorer les mirifiques occasions manquées. Pour-*

---

34. *Souvenirs*, p. 154-155.
35. *Souvenirs*, p. 118.

quoi n'a-t-il pas accepté l'accueil amical de Martial
Daru dont la mort le plonge dans le désespoir ? « Là
aussi, il y avait eu un peu de la folie qui me rendait si
baroque en 1821[36]. *» Et M*me *Doligny ? « Elle avait un*
grand caractère, c'était une femme ; je ne sais pourquoi je
ne profitais pas de l'admirable obligeance de son accueil
pour lui conter mes chagrins et lui demander conseil (...)
j'eus la sottise de ne pas me plonger dans cette société
amie ; amant heureux ou éconduit, j'y eusse trouvé un
peu d'oubli que je cherchais partout[37]. *» Le thème de*
l'occasion manquée constitue une véritable litanie dans
les Souvenirs d'égotisme. « J'ai manqué cinq ou six
occasions de la plus grande fortune politique, financière
ou littéraire[38]. *» On pourrait multiplier les citations :*
« J'étais aveugle, j'aurais dû demander des conseils à
*M*me *la comtesse de Tracy (...). J'aurais dû être l'ami,*
non, l'amant de Céline. Je ne sais si j'aurais réussi alors
comme amant, mais je vois clairement aujourd'hui que
j'étais sur le bord de l'intime amitié. J'aurais dû ne pas
*repousser le renouvellement de connaissance avec M*me *la*
comtesse Berthois[39]. *» On constate d'ailleurs que ce*
chant mélancolique s'organise autour des deux absences
fondamentales que nous avons signalées comme point de
départ même de l'autobiographie, puisque les occasions
manquées nous ramènent toujours soit à l'amour, soit à
la carrière.

Il est un possible radical, puisqu'à lui seul il suppri-

36. *Souvenirs*, p. 54-55.

37. *Souvenirs*, p. 55.

38. *Souvenirs*, p. 69.

39. *Souvenirs*, p. 97. Voir aussi p. 85 : « Si j'eusse eu la prudence de
lui faire comprendre que je l'aimais, elle en eût probablement été bien
aise. » Un baiser — symboliquement — dans l'antichambre. « Je
partis le lendemain et tout finit là. »

merait toutes les autres possibilités : le suicide ; et
Stendhal confesse que la tentation en fut forte parfois.
« Puisque je ne puis l'oublier, ne ferais-je pas mieux de
me tuer ? me disais-je[40]. » Des pulsions de mort traver-
sent tout ce récit : au centre même du texte est inscrite la
plaque funéraire et cette position centrale est d'autant
plus curieuse que Stendhal ne savait pas exactement
quelle serait la longueur des Souvenirs. On a souvent
commenté ce texte étrange. Je me contenterai de rappeler
un certain nombre de points : d'abord l'importance du
tracé, du dessin, sur laquelle nous allons revenir, puisque c'est là, semble-t-il, un aspect fondamental de
l'autobiographie stendhalienne ; il dessine une pierre
tombale, il ne se contente pas d'écrire le texte de
l'inscription. Et ce dessin est en quelque sorte doublé par
le recours à la métaphore : « Je voulais une tablette de
marbre de la forme d'une carte à jouer[41]. » L'image par
elle-même a quelque chose de shakespearien ; elle dédra-
matise la mort en la reportant au grand jeu de l'univers.
Eros et Thanatos se trouvent si étroitement liés que
l'inscription funéraire devient un hymne à l'amour —
« adorava » — : amour de Milan et de Métilde, mais
aussi du trio : Cimarosa, Mozart et Shakespeare. La vie
et l'art ne font qu'un. Pourtant la menace est là, dans la
fin de l'inscription, dans ces dates laissées en blanc. Le
recours à la langue italienne s'explique, bien sûr, par
l'amour du pays que Stendhal considérait comme sa
vraie patrie : « Je hais Grenoble, je suis arrivé à Milan
en mai 1800, j'aime cette ville. » Curieusement son goût
de la terre italienne n'exclut pas qu'il repose en terre
française : « Je prie qu'on la place dans le cimetière

40. Souvenirs, p. 90.
41. Souvenirs, p. 95-96.

d'Andilly, près Montmorency. » *Souvenir rousseauiste,
mais peut-être davantage, souvenir encore de Métilde,
puisque c'est à Montmorency qu'il corrige les épreuves
de* l'Amour.

On sera sensible à ce réseau de références qui s'organise autour de cette tombe fictive. Les livres passés et
futurs de Stendhal veillent à son chevet, comme les livres
de Bergotte dans les devantures des libraires, le soir de sa
mort. Andilly, c'est* Armance ; *les ondes du lac de Côme
feraient davantage penser à la future* Chartreuse de
Parme ; *le cri : « Canaille ! Canaille ! » est une référence
directe au* Rouge, *mais annonce aussi la* Vie de Henry
Brulard, *comme l'annonce encore la phrase qui réunit la
haine de Grenoble et l'arrivée à Milan, alpha et oméga de
la future autobiographie*[42]. *Les œuvres à naître se
pressent autour de cette tombe, comme si les pulsions
créatrices se trouvaient surexcitées par la menace de la
mort. Si la dalle, qui, tout autant qu'une carte à jouer,
figure la page du livre, ne porte aucune mention de
l'activité d'écrivain, les références l'encadrent, d'autant
plus étranges que la plupart des œuvres ne sont pas
encore écrites lorsque Stendhal grave sa tombe imaginaire.*

La réponse aux pulsions de mort, Stendhal la trouve
bien dans la création. Si le texte des* Souvenirs *est
marqué en son centre même, en son cœur, par l'inscription funéraire et par le désir de suicide, la réponse, je la
lirai à la fin de l'œuvre : « C'est ce qui fait que je ne me
brûlerai jamais la cervelle par dégoût de tout, par ennui
de la vie. Dans la carrière littéraire, je vois encore une
foule de choses à faire. J'ai des travaux possibles, de quoi*

---

42. Cf. les très pertinentes notes de V. Del Litto. *Souvenirs, O.C.,*
Cercle du Bibliophile, t. 36, p. 332-333.

occuper dix vies[43]. » *Un retournement total s'est opéré*
d'un texte à l'autre. Les pulsions de mort appartiennent
au registre du passé, à ces années 1821... : tous les
possibles y étaient manqués et le futur lui-même se
formulait au passé, puisqu'il s'agissait du futur de la
tombe : « *quest'anima adorava* ». *Mais en 1832, quand*
il écrit, Stendhal ne veut plus mourir, il veut écrire, et les
« *possibles* » *sont de l'ordre du futur, des œuvres à faire,*
non des occasions ratées.

   Le texte que nous venons de citer et qui se situe à la fin
du chapitre XI est la véritable réponse à ce thème
lancinant dans l'autobiographie des virtualités enfuies :
rien n'est manqué puisque l'œuvre reste à faire. Juste
avant cette conclusion, prenait place le récit des adieux à
l'oncle Gagnon et de la rencontre de Laclos à Milan.
L'oncle Gagnon, c'est l'homme à bonnes fortunes qui lui
donne des conseils de « *tacticien* » — « *Mais si j'eusse*
été habile, je serais dégoûté des femmes jusqu'à la nausée
et, par conséquent, de la musique et de la peinture[44]. »
L'œuvre et l'art naissent précisément de ces possibles
manqués. Et dans ce chapitre se multiplient les annonces
de la Vie de Henry Brulard[45] *tant par l'oncle Gagnon*
que par Laclos, et par le saut vers un passé beaucoup
plus ancien que celui relaté dans les Souvenirs *: une*
réconciliation avec l'enfance s'esquisse — mais par
l'intermédiaire de l'art et de l'écriture : « *Le célèbre*
Laclos que je connus, vieux général d'artillerie, dans la
loge de l'état-major à Milan et auquel je fis la cour à
cause des Liaisons dangereuses, *apprenant de moi que*

43. *Souvenirs*, p. 159.
44. *Souvenirs*, p. 158.
45. Voir les notes de V. Del Litto. Cercle du Bibliophile, t. 36, p. 350.

j'étais de Grenoble s'attendrit[46]*. » Laclos n'est pas le
seul à s'émouvoir. Stendhal connaît brusquement dans
ce chapitre, lui aussi, un attendrissement devant son
enfance ; les écluses de la mémoire sont ouvertes, il ne
restera plus qu'à se mettre à la grande autobiographie, la
Vie de Henry Brulard. Mais il aura fallu d'abord ces
indispensables Souvenirs d'égotisme.*

*Dans ce dialogue entre deux « moi », celui de 1821 et
celui de 1831, si le premier semble à ce point démuni,
malheureux, maladroit, tandis que l'autre manifeste une
sorte de force et même un élan vers l'avenir, c'est que,
dans cet espace de dix ans, Stendhal est devenu écrivain.
De l'Amour, la Vie de Rossini, Racine et Shakespeare,
Armance, mais surtout Le Rouge et le Noir lui ont
appris qu'il possède désormais cette faculté de triompher
de la mort et de vivre une multitude de possibles que
représente l'écriture. D'où son ironie lorsqu'il évoque ses
amis qui ne soupçonnent pas l'existence de ses écrits. Il
faut bien convenir que le lecteur des Souvenirs d'égotisme, s'il ne connaissait pas l'œuvre de Stendhal par
ailleurs, apprendrait peu sur ses activités d'écrivain, en
raison peut-être de l'inachèvement des Souvenirs, et se
trouverait dans la même situation que les amis naïfs[47]
Le seul ouvrage dont il soit longuement et très explicite-
ment question, c'est De l'Amour, et plus précisément des
épreuves typographiques de cet ouvrage qui prend ainsi
une valeur doublement symbolique. « Je montais dans
ma charmante chambre, au troisième, et je corrigeais, les
larmes aux yeux, les épreuves de l'Amour. C'est un livre
écrit au crayon à Milan, dans mes intervalles lucides. Y*

---

46. *Souvenirs*, p. 158.
47. Cf. p. 125 : (Missirini) « ne revint pas de sa surprise quand il sut
que c'était moi qui avais fait une brochure sur Haydn ».

travailler à Paris me faisait mal, je n'ai jamais voulu l'arranger[48]. » La science de M. Del Litto ne s'est évidemment pas laissé abuser par cette affirmation mensongère. On se contentera de souligner le désir que manifeste ici Stendhal d'annexer totalement l'écriture du livre à Métilde. Même affirmation qui scande en quelque sorte le texte : « Je transcrivis à l'encre ce qui était encore au crayon[49] », comme s'il s'agissait en quelque sorte de reproduire un dessin. Au chapitre X, ce sera la correction des épreuves : « Me voilà donc avec une occupation pendant l'été de 1822. Corriger les épreuves de l'Amour[50]. »

Tout un réseau d'allusions nous ramène aussi aux œuvres antérieures, en particulier aux écrits sur la musique, l'amour de la musique étant intimement lié à celui de l'Italie et de Métilde : « En Italie, j'adorais l'opéra. Les plus doux moments de ma vie sans comparaison se sont passés dans les salles de spectacle. A force d'être heureux à la Scala (salle de Milan), j'étais devenu une espèce de connaisseur[51]. » Ce qui est un prétexte pour exprimer l'antithèse axiale des textes autobiographiques : Grenoble/Milan. Beyle apprend à Milan la musique qu'il n'a pu apprendre à Grenoble, par la faute de son père. Ainsi se profile encore la Vie de Henry Brulard[52].

On pourrait aussi considérer comme des allusions aux écrits antérieurs, la place que tient la peinture dans le

---

48. *Souvenirs*, p. 86. Voir la note de V. Del Litto, p. 329 de son édition, au Cercle du Bibliophile.

49. *Souvenirs*, p. 150.

50. *Souvenirs*, p. 153.

51. *Souvenirs*, p. 123.

52. Voir note de V. Del Litto, p. 339.

texte des Souvenirs. « *J'avais encore en 1821 les restes de cette passion pour la peinture d'Italie qui m'avait fait écrire sur ce sujet en 1816 et* [18]*17.* » *Pour la peinture comme pour la musique, l'ombre de Métilde est présente.* « *J'allais au Musée avec un billet que Lussinge m'avait procuré. La vue de ces chefs-d'œuvre ne faisait que me rappeler plus vivement Brera et Métilde*[53]. » *Ainsi le réseau musique-peinture-littérature aboutit toujours à la fois à Métilde et aux écrits de Stendhal, au désir et à l'écriture.*

Si donc sont très présents dans les Souvenirs, *ce réseau, ce tissu d'allusions aux autres écrits (mais toujours par effraction et de biais, en quelque sorte), on y lira aussi le travail de l'écriture au présent, c'est-à-dire Stendhal en train d'écrire les* Souvenirs *d'égotisme. A la recherche de son moi ? Certes, mais c'est une entreprise douteuse, car le moi fuit toujours. Bien plutôt, et finalement c'est ce qui nous intéresse davantage : Stendhal à la recherche de l'écriture autobiographique. Le présent de l'écriture est souvent plus vivace que le passé du souvenir. En tout cas, ce passé dépend bien évidemment du présent :* « *ayant écrit vingt-sept pages aujourd'hui, je suis trop fatigué pour détailler les anecdotes sûres, vues par moi, qui assiègent ma mémoire*[54]. »

Comme dans la plupart des autobiographies, ce présent de l'écriture est inscrit dans le texte au moment où l'écrivain éprouve une difficulté, constate une limite. Ainsi, à propos de la description : « *J'ai oublié de peindre ce salon. Sir Walter Scott et ses imitateurs eussent sagement commencé par là, mais moi, j'abhorre*

53. *Souvenirs*, p. 90. Signalons aussi le rapprochement entre Alexandrine et le Titien, p. 58.
54. *Souvenirs*, p. 155.

la description matérielle. L'ennui de la faire m'empêche de faire des romans[55]. » Alors apparaît un phénomène assez caractéristique de l'écriture autobiographique chez Stendhal : le recours au croquis, dont on sait le développement qu'il prendra dans la Vie de Henry Brulard. Ici est déjà esquissé son double rôle : éviter l'ennui de la description, mais aussi endiguer le flux trop grand de l'émotion, au moment où l'écriture risque de s'interrompre, en raison même de cette intensité affective. Et c'est le cas, je crois, de l'autre croquis, celui d'Andilly[56] et peut-être du croquis de la dalle funéraire[57].

Cet excès d'émotion explique-t-il, mieux que la fatigue et la chaleur, l'interruption des Souvenirs d'égotisme, cet inachèvement qui est un autre trait fondamental des autobiographies stendhaliennes, et que l'on retrouvera dans la Vie de Henry Brulard ? Parce qu'achever son autobiographie, ce serait, en quelque sorte, symboliquement mourir, même si la date que l'on s'était fixée était déjà limitée d'avance, par exemple la période du séjour en France ? Le moi est toujours un possible, et à la limite, l'écriture autobiographique est sans fin, comme le travail du ver de mûrier qui, selon Stendhal, tisse inlassablement « sa prison de soie[58] ».

Béatrice Didier

55. *Souvenirs*, p. 76.
56. *Souvenirs*, p. 154.
57. *Souvenirs*, p. 96.
58. Cf. le célèbre passage : « Avez-vous jamais vu, lecteur bénévole, un ver à soie qui a mangé assez de feuilles de mûrier ? La comparaison n'est pas noble, mais elle est si juste ! Cette laide bête ne veut plus manger, elle a besoin de grimper et de faire sa prison de soie. » *Souvenirs*, p. 149.

Souvenirs d'égotisme

SOUVENIRS [1]

Je lègue cet examen à M. Abraham Constantin [2], peintre célèbre, avec prière de le donner à quelque imprimeur non bigot, dix ans après moi, ou de le faire déposer dans quelque bibliothèque si personne ne veut l'imprimer. B[envenut]o Cellini a paru cinquante ans après sa mort [3].

H. Beyle

Commencé le 20 juin forcé comme la Pythie. Continué le 21 après la procession. Fatigué.

[Codicille au testament olographe de M. H. Beyle, consul de France à Civita-Vecchia[5].]

Civita-Vecchia, le 24 juin 1832.

Moi, soussigné, H.-M. Beyle lègue le présent manuscrit contenant des bavardages sur ma vie privée à M. Abraham Constantin de Genève, peintre célèbre, chevalier de la Légion d'honneur, etc., etc. Je prie M. A. Constantin de faire imprimer ce manuscrit dix ans après mon décès. Je prie de ne rien changer ; seulement on pourra changer les noms et substituer des noms imaginaires à ceux que j'ai mis ; par exemple imprimer Mme Durand ou Mme Delpierre au lieu de Mme Doligny ou de Mme Berthois[6].

H. Beyle

J'aimerais assez qu'on changeât tous les noms. On pourrait remettre ceux-ci, si par hasard on réimprime ces bavardages cinquante ans après ma mort.

H. Beyle

SOUVENIRS
D'ÉGOTISME

A n'imprimer que dix ans au moins après mon départ par délicatesse pour les personnes nommées, cependant les deux tiers sont mortes dès aujourd'hui.

CHAPITRE PREMIER*

Pour employer mes loisirs dans cette terre étrangère[1], j'ai envie d'écrire un petit mémoire de ce qui m'est arrivé pendant mon dernier voyage à Paris, du 21 juin 1821 au ... novembre 1830[2]. C'est un espace de neuf ans et demi. Je me gronde moi-même depuis 2 mois, depuis que j'ai digéré la nouvelleté de ma position, pour entreprendre un travail quelconque. Sans travail, le vaisseau de la vie humaine n'a point de lest. J'avoue que le courage d'écrire me manquerait si je n'avais pas l'idée qu'un jour ces feuilles paraîtront imprimées et seront lues par quelque âme que j'aime, par un être tel que Mme Roland ou M. Gros, le géomètre[3]. Mais les yeux qui liront ceci s'ouvrent à peine à la lumière, je suppute que mes futurs lecteurs ont 10 ou 12 ans.

Ai-je tiré tout le parti possible pour mon bonheur[4] des positions où le hasard m'a placé pendant les 9 ans que je viens de passer à Paris ? Quel homme suis-je ? Ai-je du bon sens, ai-je du bon sens avec profondeur ?

---

* 21 pages le 20 juin 1832, Mero [Rome].

Ai-je un esprit remarquable ? En vérité, je n'en sais
rien. Ému par ce qui m'arrive au jour le jour, je pense
rarement à ces questions fondamentales, et alors mes
jugements varient comme mon humeur. Mes jugements ne sont que des aperçus.

Voyons si, en faisant mon examen de conscience la
plume à la main, j'arriverai à quelque chose de *positif*
et qui reste *longtemps vrai* pour moi. Que penserai-je
de ce que je me sens disposé à écrire en le relisant vers
1835, si je vis ? Sera-ce comme pour mes ouvrages
imprimés ? J'ai un profond sentiment de tristesse
quand, faute d'autre livre, je les relis.

Je sens, depuis un mois que j'y pense, une répugnance réelle à écrire uniquement pour parler de moi,
du nombre de mes chemises, de mes accidents
d'amour-propre. D'un autre côté, je me trouve loin de
la France* ; j'ai lu tous les livres amusants qui ont
pénétré en ce pays. Toute la disposition de mon cœur
était d'écrire un livre d'imagination sur une intrigue
d'amour arrivée à Dresde, en août 1813, dans une
maison voisine de la mienne[5], mais les petits devoirs
de ma place m'interrompent assez souvent, ou, pour
mieux dire, je ne puis jamais en prenant mon papier
être sûr de passer une heure sans être interrompu.
Cette petite contrariété éteint net l'imagination chez
moi. Quand je reprends ma fiction, je suis dégoûté de
ce que je pensais. A quoi un homme sage répondra qu'il
faut se vaincre soi-même. Je répliquerai : il est trop
tard, j'ai 4[9] ans ; après tant d'aventures, il est temps
de songer à achever la vie le moins mal possible[6].

Ma principale objection n'était pas la *vanité* qu'il y a

* Il était alors cons[ul] de France dans les Etats romains et résidait à
C[ivita]-V[ecchi]a et Mero[7].

à écrire sa vie. Un livre sur un tel sujet, est comme tous les autres ; on l'oublie bien vite, s'il est ennuyeux. Je craignais de déflorer les moments heureux que j'ai rencontrés, en les décrivant, en les anatomisant. Or, c'est ce que je ne ferai point, je sauterai le bonheur.

Le génie poétique est mort, mais le génie du *soupçon* est venu au monde. Je suis profondément convaincu que le seul antidote qui puisse faire oublier au lecteur les éternels *Je* que l'auteur va écrire, c'est une parfaite sincérité. Aurai-je le courage de raconter les choses humiliantes sans les sauver par des préfaces infinies ? Je l'espère.

Malgré les malheurs de mon ambition, je ne crois point les hommes méchants ; je ne me crois point persécuté par eux, je les regarde comme des machines poussées, en France, par la *vanité* et, ailleurs, par toutes les passions, la vanité y comprise.

Je ne me connais point moi-même et c'est ce qui quelquefois, la nuit quand j'y pense, me désole. Suis-je bon, méchant, spirituel, bête ? Ai-je su tirer un bon parti des hasards au milieu desquels m'a jeté et la toute-puissance de Napoléon (que toujours j'adorai) en 1810, et la chute que nous fîmes dans la boue en 1814, et notre effort pour en sortir en 1830 [8] ? Je crains bien que non, j'ai agi par humeur, au hasard. Si quelqu'un m'avait demandé conseil sur ma propre position, j'en aurais souvent donné un d'une grande portée : des amis rivaux d'esprit m'ont fait compliment là-dessus.

En 1814, M. le Cte Beugnot, ministre de la police, m'offrit la direction de l'approvisionnement de Paris [9]. Je ne sollicitais rien, j'étais en admirable position pour accepter, je répondis de façon à ne pas encourager

M. Beugnot, homme qui a de la vanité comme deux
Français ; il dut être fort choqué. L'homme qui eut
cette place s'en est retiré au bout de quatre ou cinq ans,
las de gagner de l'argent, et, dit-on, sans voler [10].
L'extrême mépris que j'avais pour les Bourbons, c'était
pour moi alors une boue fétide, me fit quitter Paris peu
de jours après n'avoir pas accepté l'obligeante proposi-
tion de M. Beugnot. Le cœur navré par le triomphe de
tout ce que je méprisais et ne pouvais haïr n'était
rafraîchi que par un peu d'amour que je commençais à
éprouver pour Mme la comtesse Du Long, que je voyais
tous les jours chez M. Beugnot et qui, dix ans plus tard,
a eu une grande part dans ma vie [11]. Alors elle me
distinguait, non pas comme aimable, mais comme
singulier. Elle me voyait l'ami d'une femme fort laide
et d'un grand caractère : Mme la Ctesse Beugnot [12]. Je
me suis toujours repenti de ne pas l'avoir aimée. Quel
plaisir de parler avec intimité à un être de cette
portée !

Cette préface est bien longue, je le sens depuis
3 pages. Mais je dois commencer par un sujet si triste
et si difficile que la paresse me saisit déjà ; j'ai presque
envie de jeter la plume. Mais, au premier moment de
solitude, j'aurais des remords [13].

Je quittai Milan pour Paris, le ... juin 1821 [14], avec
une somme de 3 500 francs, je crois, regardant comme
unique bonheur de me brûler la cervelle quand cette
somme serait finie. Je quittais, après trois ans d'intimité, une femme que j'adorais, qui m'aimait et qui ne
s'est jamais donnée à moi [15]. J'en suis encore après tant
d'années d'intervalle à deviner les motifs de sa
conduite. Elle était hautement déshonorée, elle n'avait
cependant jamais eu qu'un amant [16], mais les femmes
de la bonne compagnie de Milan se vengeaient de sa

supériorité. La pauvre Métilde ne sut jamais ni manœuvrer contre cet ennemi, ni le mépriser. Peut-être un jour, quand je serai bien vieux, bien glacé, aurai-je le courage de parler des années 1818, 1819, 1820, 1821 [17].

En 1821, j'avais beaucoup de peine à résister à la tentation de me brûler la cervelle. Je dessinais un pistolet à la marge d'un mauvais drame d'amour que je barbouillais alors (logé *casa* Acerbi) [18]. Il me semble que ce fut la curiosité politique qui m'empêcha d'en finir ; peut-être, sans que je m'en doute, fut-ce aussi la peur de me faire mal.

Enfin je pris congé de Métilde. — Quand reviendrez-vous ? me dit-elle. — Jamais, j'espère. Il y eut là une dernière heure de tergiversations et de vaines paroles ; une seule eût pu changer ma vie future, hélas ! pas pour bien longtemps, cette âme angélique cachée dans un si beau corps a quitté la vie en 1825.

Enfin, je partis dans l'état qu'on peut s'imaginer le ... juin. J'allais de Milan à Côme, craignant à chaque instant et croyant même que je rebrousserais chemin.

« Cette ville où je croyais ne pouvoir demeurer sans mourir, je ne pus la quitter sans me sentir arracher l'âme ; il me semblait que j'y laissais la vie, que dis-je ? qu'était-ce que la vie auprès d'elle (de Métilde) ? J'expirais à chaque pas que je faisais pour m'en éloigner. Je ne respirais qu'en soupirant » Shelley * [19].

Bientôt je fus comme stupide, faisant la conversation avec les postillons et répondant sérieusement aux réflexions de ces gens-là sur les prix du vin. Je pesais

* Citation à mettre à la ligne.

avec eux les raisons qui devaient le faire augmenter d'un sou ; ce qu'il y avait de plus affreux était de regarder dans moi-même. Je passai à Airolo, à Bellinzona, à Lugano (le son de ces noms me fait frémir même encore aujourd'hui, 20 juin 1832).

J'arrivai au Saint-Gothard, alors abominable (exactement comme les montagnes du Cumberland dans le nord de l'Angleterre, en y ajoutant des précipices). Je voulus passer le Saint-Gothard à cheval, espérant un peu que je ferais une chute qui m'écorcherait à fond, et que cela me distrairait. Quoique ancien officier de cavalerie, et quoique j'aie passé ma vie à tomber de cheval, j'ai horreur des chutes sur des pierres roulantes et cédant sous les pas du cheval[20].

Le courrier avec lequel j'étais, finit par m'arrêter et par me dire que peu lui importait de ma vie, mais que je diminuerais son profit, et que personne ne voudrait plus venir avec lui quand on saurait qu'un de ses voyageurs avait roulé dans le précipice.

— Eh quoi ! n'avez-vous pas deviné que j'ai la V...[21] lui dis-je. Je ne puis pas marcher.

J'arrivai avec ce courrier maudissant son sort jusqu'à Altorf. J'ouvrais des yeux stupides sur tout. Je suis un grand admirateur de Guillaume Tell, quoique les écrivains ministériels de tous les pays prétendent qu'il n'a jamais existé. A Altorf, je crois, une mauvaise statue de Tell avec un jupon de pierre me toucha précisément parce qu'elle était mauvaise.

« Voilà donc, me disais-je, avec une douce mélancolie, succédant pour la première fois à un désespoir sec, voilà donc ce que deviennent les plus belles choses aux yeux des hommes grossiers ! Telle tu es, Métilde, au milieu du salon de Mme Traversi[22] ! »

La vue de cette statue m'adoucit un peu. Je m'informai du lieu où était la chapelle de Tell. — Vous la verrez demain.

Le lendemain, je m'embarquai en bien mauvâise compagnie : des officiers suisses faisant partie de la garde de Louis XVIII, qui se rendaient à Paris.

(Ici 4 pages de descriptions de Altorf à Gersau, Lucerne, Bâle, Belfort, Langres, Paris. Occupé du moral, la description du physique m'ennuie. Il y a 2 ans que je n'ai écrit 12 pages comme ceci [23].)

La France et surtout les environs de Paris m'ont toujours déplu, ce qui prouve que je suis un mauvais Français et un méchant, disait plus tard Mlle Sophie... (belle-fille de M. Cuvier)[24]. Mon cœur se serra tout à fait en allant de Bâle à Belfort et quittant les hautes si ce n'est belles montagnes suisses pour l'affreuse et plate misère de la Champagne. Que les femmes sont laides à..., village où je les vis en bas bleus et avec des sabots. Mais plus tard je me dis : « Quelle politesse, quelle affabilité, quel sentiment de justice dans leur conversation villageoise ! »

Langres était située comme Volterra, ville qu'alors j'adorais. Elle avait été le théâtre* d'un de mes exploits les plus hardis dans ma guerre contre Métilde.

Je pensai à Diderot (fils, comme on sait, d'un coutelier de Langres), je songeai à *Jacques le Fataliste*, le seul de ses ouvrages que j'estime, mais je l'estime beaucoup plus que le *Voyage d'Anacharsis*, le *Traité des Études*, et cent bouquins estimés des pédants[25].

« Le pire des malheurs serait, m'écriai-je, que ces hommes si secs, mes amis, au milieu desquels je vais

---

* 20 juin 1832, 15 pages en 1 heure.

vivre, devinassent ma passion, et pour une femme que
je n'ai pas eue ! »

Je me dis cela en juin 1821 et je vois en juin 1832,
pour la première fois, en écrivant ceci, que cette peur,
mille fois répétée, a été dans le fait le principe
dirigeant de ma vie pendant 10 ans. C'est par là que je
suis venu *à avoir de l'esprit*, chose qui était... le *bloc*, la
butte de mes mépris à Milan en 1818 quand j'aimais
Métilde[26].

J'entrai dans Paris que je trouvai pire que laid,
insultant pour ma douleur, avec une seule idée : *n'être
pas deviné*. Au bout de huit jours, en voyant l'absence
politique je me dis : « Profite[r] de ma douleur pour
t L 18. »[27]

Je vécus là-dessus plusieurs mois dont je ne me
souviens guère. J'accablais de lettres mes amis de
Milan pour en obtenir indirectement un demi-mot sur
Métilde, eux qui désapprouvaient ma sottise jamais
n'en parlaient.

Je me logeai à Paris, rue de Richelieu, dans un hôtel
de Bruxelles, n° 47, tenu par un M. Petit, ancien valet
de chambre d'un des MM. de Damas[28]. La politesse, la
grâce, l'à-propos de ce M. Petit, son absence de tout
sentiment, son horreur pour tout mouvement de l'âme
qui avait de la profondeur, son souvenir vif pour des
jouissances de vanité qui avaient 30 ans de date, son
honneur parfait en matière d'argent, en faisaient à mes
yeux le modèle parfait de l'ancien Français. Je lui
confiai bien vite les 3 000 francs qui me restaient, il
m'en remit, malgré moi, un bout de reçu que je me
hâtai de perdre, ce qui le contraria beaucoup lorsque,
quelques mois après ou quelques semaines, je repris
mon argent pour aller en Angleterre où me poussa le
mortel dégoût que j'éprouvais à Paris.

J'ai bien peu de souvenirs de ces temps passionnés, les objets glissaient sur moi inaperçus ou méprisés quand ils étaient entrevus. Ma pensée était sur la place Belgiojoso à Milan. Je vais me recueillir pour tâcher de me rappeler les maisons où j'allai [29].

* 20 juin 1832. La main lasse à la 18ᵉ page.

CHAPITRE II

Voici le portrait d'un homme de mérite avec qui j'ai passé toutes mes matinées pendant 8 ans. Il y avait estime, mais non amitié.

J'étais descendu à l'hôtel de Bruxelles, parce que là logeait le Piémontais le plus sec, le plus dur, le plus ressemblant à la Rancune (du *Roman comique*) que j'aie jamais rencontré[1]. M. le baron de Lussinge a été le compagnon de ma vie de 1821 à 1831 ; né vers 1785, il avait trente-six ans en 1821. Il ne commença à se détacher de moi et à être impoli dans le discours que lorsque la réputation d'esprit me vint, après l'affreux malheur du 15 septembre 1826[2].

M. de Lussinge, petit, râblé, trapu, n'y voyant pas à trois pas, toujours mal mis par avarice et employant nos promenades à faire des budgets de dépense personnelle, pour un garçon vivant seul à Paris, avait une rare sagacité. Dans mes illusions romanesques et brillantes, je voyais comme 30, tandis que ce n'était que 15, le génie, la bonté, la gloire, le bonheur de tel homme qui passait ; lui ne les voyait que comme 6 ou 7[3].

Voilà ce qui a fait le fond de nos conversations pendant huit ans, nous nous cherchions d'un bout de Paris à l'autre.

Lussinge, âgé alors de 36 ou 37 ans, avait le cœur et la tête d'un homme de 55 ans *. Il n'était profondément ému que des événements à lui personnels ; alors il devenait fou, comme au moment de son mariage. A cela près, le but constant de son ironie, c'était l'émotion. Lussinge n'avait qu'une religion : l'estime pour la haute naissance ; il est, en effet, d'une famille du Bugey qui y tenait un rang élevé en 1500 ; elle a suivi à Turin les ducs de Savoie, devenus rois de Sardaigne. Lussinge avait été élevé à Turin à la même académie qu'Alfieri ; il y avait pris cette profonde méchanceté piémontaise, au monde sans pareille, qui n'est cependant que la méfiance du sort et des hommes. J'en retrouve plusieurs traits à Emor[4] ; mais, par-dessus le marché ici, il y a des passions, et le théâtre étant plus vaste, moins de petitesse bourgeoise. Je n'en ai pas moins aimé Lussinge jusqu'à ce qu'il soit devenu riche, ensuite avare, peureux et enfin désagréable dans ses propos et presque malhonnête en janvier 1830.

Il avait une mère avare mais surtout folle, et qui pouvait donner tout son bien aux prêtres. Il songea à se marier ; ce serait une occasion pour sa mère de se lier par des actes qui l'empêcheraient de donner son bien à son confesseur. Les intrigues, démarches, pendant qu'il allait à la chasse d'une femme, nous amusèrent beaucoup. Lussinge fut sur le point de demander une fille charmante qui eût donné à lui le bonheur et l'éternité à notre amitié : je veux parler de la fille du g[énér]al Gilly (depuis Mme Doin, femme d'un avoué, je crois). Mais le général avait été condamné à mort après 1815, cela eût effarouché la noble baronne, mère de Lussinge. Par un grand hasard, il évita d'épouser une

_____

* Fatigué de ces 21 pages, 20 juin 1832.

coquette, depuis Mme Varambon. Enfin, il épousa une
sotte parfaite, grande et assez belle, si elle eût eu un
nez. Cette sotte se confessait directement à M. de
Quélen, archevêque de Paris, dans le salon duquel elle
allait se confesser. Le hasard m'avait donné quelques
données sur les amours de cet archevêque qui peut-être
avait alors Mme de Podenas, dame d'honneur de Mme la
duchesse de Berry, et, depuis ou avant maîtresse du
trop fameux duc de Raguse. Un jour, indiscrètement
pour moi, c'est là, si je ne me trompe, un de mes
nombreux défauts, je plaisantai un peu Mme de Lussinge sur l'archevêque. C'était chez Mme la comtesse
d'Avelles. « Ma cousine, imposez silence à M. Beyle,
s'écria-t-elle, furieuse [5]. »

Depuis ce moment, elle a été mon ennemie, quoique
avec des retours de coquetterie bien étrange. Mais me
voilà embarqué dans un épisode bien long ; je continue, car j'ai vu Lussinge deux fois par jour pendant
8 ans, et plus tard il faudrait revenir à cette grande et
florissante baronne, qui a près de 5 pieds 6 pouces.

Avec sa dot, ses appointements de chef de bureau au
ministère de la Police [6], les donations de sa mère,
Lussinge réunit 22 ou 23 mille livres de rente vers
1828. De ce moment, un seul sentiment le domina : la
peur de perdre. Méprisant les Bourbons, non pas
autant que moi qui ai de la vertu politique, mais les
méprisant comme maladroits, il arriva à ne pouvoir
plus supporter sans un vif accès d'humeur l'énoncé de
leurs maladresses. (Il voyait vivement et à l'improviste
un danger pour ses propriétés.) Chaque jour il y en
avait quelque nouvelle, comme on peut le voir dans les
journaux de 1826 à 1830. Lussinge allait au spectacle le
soir et jamais dans le monde, il était un peu humilié de
sa place. Tous les matins, nous nous réunissions au

Café; je lui racontais ce que j'avais appris la veille; ordinairement nous plaisantions sur nos différences de parti. Le 3 janvier 1830, je crois, il me nia je ne sais quel fait antibourbonien que j'avais appris chez M. Cuvier, alors Conseiller d'État, fort ministériel[7]. Cette sottise fut suivie d'un fort long silence; nous traversâmes le Louvre sans parler. Je n'avais alors que le strict nécessaire; lui, comme on sait, 22 000 francs. Je croyais m'apercevoir, depuis un an, qu'il voulait prendre à mon égard un ton de supériorité. Dans nos discussions politiques, il me disait : « Vous, vous n'avez pas de fortune. »

Enfin, je me déterminai au très pénible sacrifice de changer de Café sans le lui dire. Il y avait 9 ans que j'allais tous les jours à 10 heures 1/2 au Café de Rouen, tenu par M. Pique, bon bourgeois, et Mme Pique, alors jolie, dont Maisonnette, un de nos amis communs, obtenait, je crois, des rendez-vous à 500 francs l'un[8]. Je me retirai au Café Lemblin, le fameux café libéral, également situé au Palais-Royal*. Je ne voyais plus Lussinge que tous les 15 jours; depuis, notre intimité, devenue un besoin pour tous les deux, je crois, a voulu souvent se renouer, mais jamais elle n'en a eu la force. Plusieurs fois après, la musique ou la peinture, où il était instruit, étaient pour nous des terrains neutres, mais toute l'impolitesse de ses façons revenait avec âpreté dès que nous parlions politique et qu'il avait peur pour ses 22 000 francs; il n'y avait pas moyen de continuer. Son bon sens m'empêchait de m'égarer trop loin dans mes illusions poétiques. Ma gaieté, car je devins gai ou plutôt j'acquis l'art de le paraître, le distrayait de son humeur sombre et méchante et de la

* 21 juin [1832].

terrible *peur de perdre.* Quand je suis rentré dans une petite place en 1830, je crois qu'il a trouvé les appointements trop considérables[9]. Mais enfin de 1821 à 1828 j'ai vu Lussinge deux fois par jour, et à l'exception de l'amour et des projets littéraires auxquels il ne comprenait rien, nous avons longuement bavardé sur chacune de mes actions, aux Tuileries et sur le quai du Louvre qui conduisait à son bureau. De 11 heures à midi et demi nous étions ensemble et, très souvent, il parvenait à me distraire complètement de mes chagrins qu'il ignorait.

Voilà enfin ce long épisode fini, mais il s'agissait du premier personnage de ces Mémoires, de celui à qui, plus tard, j'inoculai d'une manière si plaisante mon amour frénétique pour Madame Azur dont il est depuis 2 ans l'amant fidèle et ce qui est plus comique, il l'a rendue fidèle. C'est une des Françaises les moins *poupées* que j'aie rencontrées[10].

Mais n'anticipons point. Rien n'est plus difficile dans cette grave histoire, que de garder respect à l'ordre chronologique[11].

Nous en sommes donc au mois d'août 1821, moi logeant avec Lussinge à l'hôtel de Bruxelles, le suivant à 5 heures à la table d'hôte excellente et bien tenue par le plus poli des Français, M. Petit, et par sa femme, femme de chambre à grande façon, mais toujours piquée. Là Lussinge qui a toujours craint, je le vois en 1832, de me présenter à ses amis, ne put pas s'empêcher de me faire connaître :

1° un aimable et excellent garçon, beau et sans nul esprit, M. Barot, banquier de Charleville, alors occupé à gagner une fortune de 80 000 francs de rente[12] ;

2° un officier à la demi-solde, décoré à Waterloo, absolument privé d'esprit, encore plus d'imagination s'il est possible, sot, mais d'un ton parfait, et ayant eu tant de femmes qu'il était devenu sincère sur leur compte.

La conversation de M. Poitevin, le spectacle de son bon sens absolument pur de toute exagération causée par l'imagination, ses idées sur les femmes, ses conseils sur la toilette, m'ont été fort utiles. Je crois que ce pauvre Poitevin avait 1 200 francs de rente et une place de 1 500 francs. Avec cela, c'était l'un des jeunes gens les mieux mis de Paris. Il est vrai qu'il ne sortait jamais sans une préparation de deux heures, quelquefois de 2 h 1/2. Enfin il avait eu pendant deux mois, je crois, comme passade, la marquise de Rosine à laquelle plus tard j'ai eu tant d'obligations, que je me suis promis dix fois d'avoir. Ce que je n'ai jamais tenté, en quoi j'ai eu tort. Elle me pardonnait ma laideur et je lui devais bien d'être son amant. Je verrai à acquitter cette dette à mon premier voyage à Paris ; elle sera peut-être d'autant plus sensible à mon attention que la jeunesse nous a quittés tous deux. Au reste, je me vante peut-être, elle est fort sage depuis 10 ans, mais par force, selon moi [13].

Enfin abandonné par Mme Dar. sur laquelle je devais tant compter, je dois la plus vive reconnaissance à la Marquise [14].

Ce n'est qu'en réfléchissant pour être en état d'écrire ceci que se débrouille à mes yeux ce qui se passait dans mon cœur en 1821. J'ai toujours vécu, et je vis encore, au jour le jour et sans songer nullement à ce que je ferai demain. Le progrès du temps n'est marqué pour moi que par les dimanches, où ordinairement je m'ennuie et je prends tout mal. Je n'ai jamais pu deviner pourquoi. En 1821, à Paris, les dimanches étaient réellement horribles pour moi. Perdu sous les

grands marronniers des Tuileries, si majestueux à
cette époque de l'année, je pensais à Métilde, qui
passait plus particulièrement ces journées-là chez
l'opulente Mad. Traversi. Cette funeste amie qui me
haïssait, jalousait sa cousine et lui avait persuadé, par
elle et par ses amis, qu'elle se déshonorerait parfaitement si elle me prenait pour amant. Plongé dans une
sombre rêverie tout le temps que je n'étais pas avec
mes trois amis, Lussinge, Barot et Poitevin, je n'accep-
tais leur société que par distraction. Le plaisir d'être
distrait un instant de ma douleur ou la répugnance à
en être distrait, dictaient toutes mes démarches.
Quand l'un de ces MM. me soupçonnait d'être triste, je
parlais beaucoup, et il m'arrivait de dire les plus
grandes sottises, et de ces choses qu'il ne faut surtout
jamais dire en France, parce qu'elles piquent la vanité
de l'interlocuteur. M. Poitevin me faisait porter la
peine de ces mots-là au centuple.

J'ai toujours parlé infiniment trop au hasard et sans
prudence ; alors, ne parlant que pour soulager un
instant une douleur poignante, songeant surtout à
éviter le reproche d'avoir laissé une affection à Milan
et d'être triste pour cela, ce qui aurait amené sur ma
maîtresse prétendue des plaisanteries que je n'aurais
pas supportées, je devais réellement, à ces trois êtres
parfaitement purs d'imagination, paraître fou. J'ai su
quelques années plus tard qu'on m'avait cru seulement
extrêmement affecté. Je vois en écrivant ceci que si le
hasard ou un peu de prudence m'avait fait chercher la
société des femmes, malgré mon âge, ma laideur, etc.,
j'y aurais trouvé des succès et peut-être des consola-
tions. Je n'ai eu une maîtresse que par hasard en 1824,
trois ans après[15]. Alors seulement le souvenir de
Métilde ne fut plus déchirant. Elle devint pour moi

comme un fantôme tendre, profondément triste, et qui, par son apparition, me disposait souverainement aux idées tendres, bonnes, justes, indulgentes.

Ce fut pour moi une rude corvée en 1821 que de retourner pour la première fois dans les maisons où l'on avait eu des bontés pour moi quand j'étais à la cour de Napoléon (*There* détail de ces sociétés). Je différais, je renvoyais sans cesse. Enfin, comme il m'avait bien fallu serrer la main des amis que je rencontrais dans la rue, on sut ma présence à Paris, on se plaignit de la négligence.

Le comte d'Argout [16], mon camarade quand nous étions auditeur au Conseil d'État, très brave, travailleur impitoyable, mais sans nul esprit, était pair de France en 1821 ; il me donna un billet pour la Salle des Pairs, où l'on instruisait le procès d'une quantité de pauvres sots imprudents et sans logique. On appelait, je crois, leur affaire la conspiration du 19 ou 29 août [17]. Ce fut bien par hasard que leur tête ne tomba pas. Là, je vis pour la première fois M. Odilon Barrot, petit homme à barbe bleue. Il défendait, comme avocat, un de ces pauvres niais qui se mêlent de conspirer, n'ayant que les 2/3 ou les 3/4 du courage qu'il faut pour cette action saugrenue *. La logique de M. Odilon Barrot me frappa. Je me tenais d'ordinaire derrière le fauteuil du chancelier M. Dambray [18], à 1 pas ou 2. Ici description A'. Il me sembla qu'il conduisait tous ces débats avec assez d'honnêteté pour un noble. Ici description de la salle des pairs. C'était le ton et les manières de M. Petit, le maître de l'hôtel de Bruxelles, ancien valet de chambre de M. de Damas, mais avec cette différence que M. Dambray avait les manières

---

* 21 juin.

moins nobles. Le lendemain, je fis l'éloge de son honnêteté chez Mme la C^sse Doligny[19]. Là se trouvait la maîtresse de M. d'Ambray, une grosse femme de trente-six ans, très fraîche; elle avait l'aisance et la tournure de Mlle Contat dans ses dernières années[20]. (Ce fut une actrice inimitable; je l'avais beaucoup suivie en 1803, je crois.)

J'eus tort de ne pas me lier avec cette maîtresse de M. Dambray, ma folie avait été pour moi une distinction à ses yeux. Elle me crut d'ailleurs l'amant ou l'un des amants de Mme Doligny. Là j'aurais trouvé le remède à mes maux, mais j'étais aveugle.

Je rencontrai un jour, en sortant de la Chambre des pairs, mon cousin, M. le baron Martial Daru. Il tenait à son titre; d'ailleurs le meilleur homme du monde, mon bienfaiteur, le maître qui m'avait appris, à Milan en 1800, et à Brunswick en 1807, le peu que je sais dans l'art de me conduire avec les femmes[21]. Il en a eu 22 en sa vie, et des plus jolies, toujours ce qu'il y avait de mieux dans le lieu où il se trouvait. J'ai brûlé les portraits, cheveux, lettres, etc.

— Comment! vous êtes à Paris, et depuis quand? — Depuis 3 jours. — Venez demain. Mon frère sera bien aise de vous voir... Quelle fut ma réponse à l'accueil le plus aimable, le plus amical? Je ne suis allé voir ces excellents parents que 6 ou 8 ans plus tard. Et la vergogne de n'avoir pas paru chez mes bienfaiteurs a fait que je n'y suis pas allé 10 fois jusqu'à leur mort prématurée. Vers 1829, mourut l'aimable Martial Daru, devenu lourd et insignifiant à force de breuvages aphrodisiaques au sujet desquels j'ai eu 2 ou 3 scènes avec lui. Quelques mois après, je restai immobile dans mon Café de Rouen, alors au coin de la rue du Rempart, en trouvant dans mon journal l'annonce de

la mort de M. le comte Daru[22]. Je sautai dans un
cabriolet, la larme à l'œil, et courus au numéro 81 de la
rue de Grenelle. Je trouvai un laquais qui pleurait, et je
pleurai à chaudes larmes. Je me trouvais bien ingrat ;
je mis le comble à mon ingratitude en partant le soir
même pour l'Italie, je crois ; j'avançai mon départ ; je
serais mort de douleur en entrant dans sa maison. Là
aussi il y avait eu un peu de la folie qui me rendait si
baroque en 1821.

M. Doligny fils plaidait aussi pour un des malheureux nigauds qui avaient voulu conspirer[23]. De la place
qu'il occupait comme avocat, il me vit ; il n'y eut pas
moyen de ne pas aller voir sa mère. Elle avait un grand
caractère, c'était une femme, je ne sais pourquoi je ne
profitais pas de l'admirable obligeance de son accueil
pour lui conter mes chagrins et lui demander conseil.
Là encore je fus bien près du bonheur, car la raison
entendue de la bouche d'une femme eût eu un empire
tout autre sur moi que celui que je me faisais. Je dînais
souvent chez Mme Doligny ; au 2^d ou 3eme dîner elle
m'invita à déjeuner avec la maîtresse de M. Dambray
alors chancelier. Je réussis et j'eus la sottise de ne pas
me plonger dans cette société amie ; amant heureux ou
éconduit, j'y eusse trouvé un peu d'*oubli* que je cherchais partout et par exemple dans de longues promenades solitaires à Montmartre * et au bois de Boulogne. J'y ai été si malheureux que depuis j'ai pris ces
lieux aimables en horreur. Mais j'étais aveugle alors.
Ce ne fut qu'en 1824 lorsque le hasard me donna une
maîtresse que je vis le remède à mes chagrins[24].

* 21 juin [1832].

Ce que j'écris me semble bien ennuyeux; si cela continue, ceci ne sera pas un livre, mais un examen de conscience. Je n'ai presque pas de souvenirs distincts de ces temps d'orage et de passion.

La vue journalière de mes conspirateurs à la Chambre des Pairs me frappait profondément de cette idée : t[uer] quelqu'un à qui on n'a jamais parlé n'est qu'un duel ordinaire. Comment aucun de ces niais-là n'a-t-il eu l'idée d'imiter L[ouve]l [25] ?

Mes idées sont si vagues sur cette époque que je ne sais pas en vérité si c'est en 1821 ou en 1814 que j'ai rencontré la maîtresse de M. d'Ambray chez Mme Doligny.

Il me semble qu'en 1821 je ne vis M. Doligny qu'à son château de Corbeil, et encore je ne me déterminai à y aller qu'après 2 ou 3 invitations.

CHAPITRE III

L'amour * me donna, en 1821, une vertu bien comique : la chasteté.

Malgré mes efforts, en août 1821, MM. Lussinge, Barot et Poitevin, me trouvant soucieux, arrangèrent une délicieuse partie de filles. Barot, à ce que j'ai reconnu depuis, est un des premiers talents de Paris pour ce genre de plaisir assez difficile. Une femme n'est femme pour lui qu'une fois : c'est la première. Il dépense 30 000 francs de ses 80 000 francs, et, de ces 30 mille francs, au moins 20 mille en filles.

Barot arrangea donc une soirée avec Mme Petit, une de ses anciennes maîtresses à laquelle, je crois, il venait de prêter de l'argent pour prendre un établissement *(to raise a brothel)*, rue du Cadran, au coin de la rue Montmartre, au 4^{ème 1}.

Nous devions avoir Alexandrine, six mois après entretenue par les Anglais les plus riches, alors débutante depuis 2 mois. Nous trouvâmes sur les 8 heures du soir un salon charmant, quoique au 4e étage, du vin de Champagne frappé de glace, du punch chaud... Enfin parut Alexandrine conduite par une femme de

* 21 juin [1832].

chambre chargée de la surveiller. Chargée par qui ? Je
l'ai oublié. Mais il fallait que ce fût une grande autorité
que cette femme, car je vis sur le compte de la partie
qu'on lui avait donné 20 frs. Alexandrine parut et
surpassa toutes les attentes. C'était une fille élancée, de
17 à 18 ans, déjà formée, avec des yeux noirs que,
depuis, j'ai retrouvés dans le portrait de la duchesse
d'Urbin par le Titien à la galerie de Florence. A la
couleur des cheveux près, Titien a fait son portrait.
Elle était douce, point timide, assez gaie, décente. Les
yeux de mes collègues devinrent comme égarés à cette
vue. Lussinge lui offre un verre de champagne qu'elle
refuse et disparaît avec elle. Mme Petit nous présente 2
autres filles pas mal ; nous lui disons qu'elle-même est
plus jolie. Elle avait un pied admirable. Poitevin
l'enleva. Après un intervalle effroyable, Lussinge
revient tout pâle.

— A vous, Belle[2]. Honneur à l'arrivant ! s'écria-t-on.
Je trouve Alexandrine sur un lit, un peu fatiguée,
presque dans le costume et précisément dans la position de la duchesse d'Urbin du Titien. « Causons
seulement pendant dix minutes, me dit-elle avec
esprit. Je suis un peu fatiguée, bavardons. Bientôt je
retrouverai le feu de la jeunesse. »

Elle était adorable ; je n'ai peut-être rien vu d'aussi
joli. Il n'y avait point trop de libertinage, excepté dans
les yeux qui peu à peu redevinrent pleins de folie, et, si
l'on veut, de plaisir.

Je la manquai parfaitement, *fiasco*[3] complet. J'eus
recours à un dédommagement, elle s'y prêta. Ne
sachant trop que faire, je voulus revenir à ce jeu de
main qu'elle refusa. Elle parut étonnée, je lui dis
quelques mots assez jolis pour ma position, et je sortis.

A peine Barot m'eut-il succédé que nous entendîmes

des éclats de rire qui traversaient 3 pièces pour arriver jusqu'à nous. Tout à coup Mme Petit donna congé aux autres filles et Barot nous amena Alexandrine

dans le simple appareil
D'une beauté qu'on vient d'arracher au sommeil[4].

« Mon admiration pour Belle, dit-il en éclatant de rire, va faire que je l'imiterai. Je viens me fortifier par du champagne. » L'éclat de rire dura vingt minutes ; Poitevin se roulait sur le tapis. L'étonnement ingénu d'Alexandrine était impayable ; c'était pour la première fois que la pauvre fille était manquée.

Ces messieurs voulaient me persuader que je mourais de honte et que c'était là le moment le plus malheureux de ma vie. J'étais étonné et rien de plus. Je ne sais pourquoi l'idée de Métilde m'avait saisi en entrant dans cette chambre dont Alexandrine faisait un si joli ornement.

Enfin, pendant 10 années je ne suis pas allé trois fois chez les filles. Et la première fois après la charmante Alexandrine, ce fut en octobre ou en novembre 1826, étant pour lors au désespoir[5].

J'ai rencontré dix fois Alexandrine dans le brillant équipage qu'elle eut un mois après, et toujours j'ai eu un regret[6]. Enfin, au bout de 5 à 6 ans, elle a pris une figure grossière comme ses camarades.

De ce moment je passai pour Babillan[7] auprès des trois compagnons de vie que le hasard m'avait donnés. Cette belle réputation se répandit dans le monde et, peu ou beaucoup, m'a duré jusqu'à ce que Mme Azur ait rendu compte de mes faits et gestes[8]. Cette soirée augmenta beaucoup ma liaison avec Barot que j'aime encore et qui m'aime. C'est peut-être le seul Français dans le château duquel j'irais passer 15 jours avec plaisir. C'est le cœur le plus franc, le caractère le plus net, l'homme le moins spirituel et le moins instruit que je connaisse. Mais dans ses deux talents : celui de gagner de l'argent, sans jamais jouer à la Bourse, et celui de lier connaissance avec une femme qu'il voit à la promenade ou au spectacle, il est sans égal, dans le dernier surtout.

C'est que c'est une nécessité. Toute femme qui a eu des bontés pour lui devient comme un homme.

Un soir, Métilde me parlait de Mme Bignami, son amie[9]. Elle me conta d'elle-même une histoire d'amour fort connue, puis ajouta : « Jugez de son sort : chaque soir son amant, en sortant de chez elle, allait chez une fille. »

Or, quand j'eus quitté Milan, je compris que cette phrase morale n'appartenait nullement à l'histoire de Mme Bignami, mais était un avertissement moral à mon usage.

En effet, chaque soirée, après avoir accompagné Métilde chez sa cousine, Mme Traversi, à laquelle j'avais refusé gauchement d'être présenté, j'allais finir la soirée chez la charmante et divine comtesse Kassera[10]. Et, par une autre sottise, cousine germaine de celle que je fis avec Alexandrine, je refusai une fois d'être l'amant de cette jeune femme, la plus aimable peut-être que j'aie connue ; tout cela pour mériter, aux yeux de Dieu, que Métilde m'aimât. Je refusai, avec le même esprit et pour le même motif, la célèbre Viganò[11], qui, un jour, comme toute sa cour descendait l'escalier, et parmi les courtisans était cet homme d'esprit, le comte de Saurau, laissa passer tout le monde pour me dire : « Belle, on dit que vous êtes amoureux de moi. — On se trompe, répondis-je d'un grand sang-froid, sans même lui baiser la main. » Cette action indigne, chez cette femme qui n'avait que de la tête, m'a valu une haine implacable. Elle ne me saluait plus quand, dans une de ces rues étroites de Milan, nous nous rencontrions tête-à-tête.

Voilà trois grandes sottises. Jamais je ne me pardonnerai la comtesse Kassera (aujourd'hui, c'est la femme la plus sage et la plus respectée du pays).

CHAPITRE [IV[1]]

Voici une autre société, contraste avec celle du
chapitre précédent. En 1817, l'homme que j'ai le plus
admiré à cause de ses écrits, le seul qui ait fait
révolution chez moi, M. le comte de Tracy, vint me voir
à l'hôtel d'Italie, place Favart. Jamais je n'ai été aussi
surpris. J'adorais depuis 12 ans l'*Idéologie* de cet
homme qui sera célèbre un jour. On avait mis à sa
porte un exemplaire de l'*Histoire de la Peinture en
Italie*[2].

Il passa une heure avec moi. Je l'admirais tant que
probablement je fis *fiasco* par excès d'amour. Jamais je
n'ai moins songé à avoir de l'esprit ou à être agréable.
J'approchais de cette vaste intelligence, je la contem-
plais, étonné ; je lui demandais des lumières. D'ailleurs, en ce temps-là, je ne savais pas encore *avoir de
l'esprit*[3]. Cette improvisation d'un esprit tranquille ne
m'est venue qu'en 1827.

M. Destutt de Tracy, pair de France, membre de
l'Académie, était un petit vieillard remarquablement
bien fait et à tournure élégante et singulière. Il porte
habituellement une visière verte sous prétexte qu'il est
aveugle. Je l'avais vu recevoir à l'Académie par M. de
Ségur, qui lui dit des sottises au nom du despotisme

impérial ; c'était en 1811, je crois [4]. Quoique attaché à la cour, je fus profondément dégoûté. Nous allons tomber dans la barbarie militaire, nous allons devenir des général Grosse [5], me disais-je. Ce général, que je voyais chez Mme la comtesse Daru, était un des sabreurs les plus stupides de la garde impériale, c'est beaucoup dire. Il avait l'accent provençal et brûlait surtout de sabrer les Français ennemis de l'homme qui lui donnait la pâture. Ce caractère est devenu ma bête noire, tellement que le soir de la bataille de la Moskowa, voyant à quelques pas les restes de 2 ou 3 généraux de la Garde, il m'échappa de dire : *Ce sont des insolents de moins !* propos qui faillit me perdre et d'ailleurs inhumain.

M. de Tracy n'a jamais voulu permettre qu'on fît son portrait. Je trouve qu'il ressemble au pape Corsini, Clément..., tel qu'on le voit à Sainte-Marie-Majeure dans la belle chapelle à gauche en entrant [6].

Ses manières sont parfaites quand il n'est pas dominé par une abominable humeur noire. Je n'ai deviné ce caractère qu'en 1822. C'est un vieux don Juan (voir l'opéra de Mozart, Molière, etc.). Il prend de l'humeur de tout. Par exemple, dans son salon, M. de La Fayette était un plus grand homme que lui (même en 1821) [7]. Ensuite, les Français n'ont pas apprécié l'*Idéologie* et la *Logique*. M. de Tracy n'a été appelé à l'Académie par ces petits rhéteurs musqués que comme auteur d'une bonne grammaire et encore dûment injurié par ce plat Ségur, père d'un fils encore plus plat, le Philippe, qui a écrit nos malheurs de Russie pour avoir un cordon de Louis XVIII [8]. Cet infâme Philippe de Ségur me servira d'exemple pour le caractère que j'abhorre le plus à Paris : le ministériel fidèle à l'honneur en tout, excepté les démarches décisives dans une vie. Dernièrement, ce Philippe a joué envers le ministre Casimir Perier (voir les *Débats*, mai 1832) le rôle qui lui avait valu la faveur de ce Napoléon qu'il déserta si lâchement, et ensuite la faveur de Louis XVIII qui se complaisait dans ce genre de gens bas. Il comprenait parfaitement leur bassesse, la rappelait par des mots fins au moment où ils faisaient quelque chose de noble. Peut-être l'ami de Favras qui attendit la nouvelle de sa pendaison pour dire à un de ses gentilshommes : *Faites-nous servir*, se sentait-il ce caractère [9]. Il était bien homme à s'avouer qu'il était un infâme et à rire de son infamie.

Je sens bien que le terme infâme est mal appliqué, mais cette bassesse à la Philippe Ségur a été ma bête noire. J'estime et j'aime cent fois mieux un simple galérien, un simple assassin qui a eu un moment de faiblesse, et qui, d'ailleurs, mourait de faim habituellement. En 1828 ou [18]26, le bon [10] Philippe était occupé à faire un enfant à une veuve millionnaire qu'il avait séduite et qui a dû l'épouser (Madame Grefulhe, veuve du pair de France). J'avais dîné quelquefois avec ce général Philippe de Ségur à la table de service de l'Empereur. Alors, le Philippe ne parlait que de ses treize blessures, car l'animal est brave.

Il serait un héros en Russie, dans ces pays à demi civilisés. En France, on commence à comprendre sa bassesse. Mesdames Garnett (rue Duphot, n° 12) voulaient me mener chez son frère, leur voisin, n° 14, je crois, ce à quoi je me suis toujours refusé à cause de l'historien de la campagne de Russie [11].

M. le comte de Ségur, grand-maître des cérémonies à Saint-Cloud en 1811, quand j'y étais, mourait de chagrin de n'être pas duc [12]. A ses yeux, c'était pis qu'un malheur, c'est une *inconvenance*. Toutes ses

idées étaient *naines*, mais il en avait beaucoup et sur
tout. Il voyait chez tout le monde et partout de la
grossièreté, mais avec quelle grâce n'exprimait-il pas
ce sentiment ?

J'aimais chez ce pauvre homme l'amour passionné
que sa femme avait pour lui. Du reste, quand je lui
parlais, il me semblait avoir affaire à un Lilliputien. Je
rencontrais M. de Ségur, grand-maître des cérémonies
de 1810 à 1814, chez les ministres de Napoléon. Je ne
l'ai plus vu depuis la chute de ce grand homme, dont il
fut une des faiblesses et un des malheurs.

Même les Dangeau de la cour de l'Empereur [13], et il y
en avait beaucoup, par exemple mon ami le Bon Martial Daru, même ces gens-là ne purent s'empêcher
de rire du cérémonial inventé par M. le Cte de Ségur
pour le mariage de Napoléon avec Marie-Louise d'Autriche, et surtout pour la première entrevue. Quelque
infatué que Napoléon fût de son nouvel uniforme de
Roi, il n'y put pas tenir, il s'en moqua avec Duroc, qui
me le dit. Je crois que rien ne fut exécuté de ce
labyrinthe de petitesses. Si j'avais ici mes papiers de
Paris, je joindrais ce programme aux présentes baliver-
nes sur ma vie. C'est admirable à parcourir, on croit
lire une mystification.

Je soupire en 1832 en me disant : « Voilà cependant
jusqu'où la petite vanité parisienne avait fait tomber
un Italien : Napoléon ! »

Où en étais-je ?... Mon Dieu, comme ceci est mal
écrit !

M. le comte de Ségur était surtout sublime au
Conseil d'État [14]. Ce Conseil était respectable ; ce
n'était pas, en 1810, un assemblage de cuistres, de
Cousin, de Jacqueminot, de... [15], et autres plus obscurs
encore (1832).

Excepté les gens [16], ses ennemis avec folie, Napoléon avait réuni, dans son Conseil d'État, les 50 Français les moins bêtes. Il y avait des sections. Quelquefois la section de la Guerre (où j'étais apprenti sous l'admirable Gouvion Saint-Cyr) avait affaire à la section de l'Intérieur que M. de Ségur présidait quelquefois, je ne sais comment, je crois durant l'absence ou la maladie du vigoureux Regnault (de Saint-Jean-d'Angély).

Dans les affaires difficiles, par exemple celle de la levée des gardes d'honneur en Piémont *, dont je fus un des petits rapporteurs, l'élégant, le parfait M. de Ségur, ne trouvant aucune idée, avançait son fauteuil ; mais c'était par un mouvement incroyable de comique, en le saisissant entre ses cuisses écartées.

Après avoir ri de son impuissance, je me disais : Mais n'est-ce point moi qui ai tort ? C'est là le célèbre ambassadeur auprès de la Grande Catherine, qui vola sa plume à l'ambassadeur d'Angleterre [17]. C'est l'historien de Guillaume II ou III (je ne me rappelle plus lequel, l'amant de la Lichtenau pour laquelle Benjamin Constant se battait).

J'étais sujet à *trop respecter* dans ma jeunesse. Quand mon imagination s'emparait d'un homme, je restais stupide devant lui : *j'adorais ses défauts.*

Mais le ridicule de M. de Ségur guidant Napoléon se trouva, à ce qu'il paraît, trop fort pour ma *gullibility* [18].

Du reste, au comte de Ségur, grand-maître des cérémonies (en cela bien différent du Philippe), on eût pu demander tous les procédés délicats et même dans le genre femmes s'avançant jusques à l'héroïsme. Il avait aussi des mots délicats et charmants, mais il ne

---

* 23 juin [1832].

fallait pas qu'ils s'élevassent au-dessus de la taille lilliputienne de ses idées.

J'ai eu le plus grand tort de ne pas cultiver cet aimable vieillard de 1821 à 1830 ; je crois qu'il s'est éteint en même temps que sa respectable femme. Mais j'étais fou, mon horreur pour le vil allait jusqu'à la passion. Au lieu de m'en amuser, comme je fais aujourd'hui des actions de la cour de...[19] M. le Cte de Ségur m'avait fait faire des compliments en 1817, à mon retour d'Angleterre, sur *Rome, Naples et Florence*, brochure que j'avais fait mettre à sa porte.

Au fond du cœur*, sous le rapport moral, j'ai toujours méprisé Paris. Pour lui plaire, il fallait être comme M. de Ségur le grand-maître.

Sous le rapport physique Paris ne m'a jamais plu. Même vers 1803, je l'avais en horreur comme n'ayant pas de montagnes autour de lui. Les montagnes de mon pays (le Dauphiné), témoins des mouvements passionnés de mon cœur, pendant les 16 premières années de ma vie, m'ont donné là-dessus un *byas* (pli, terme anglais) dont jamais je ne pus revenir[20].

Je n'ai commencé à estimer Paris que le 28 juillet 1830. Encore le jour des ordonnances, à onze heures du soir, je me moquais du courage des Parisiens et de la résistance qu'on attendait d'eux, chez M. le comte Réal. Je crois que cet homme si gai et son héroïque fille, Madame la baronne Lacuée, ne me l'ont pas encore pardonné[21].

Aujourd'hui, j'estime Paris. J'avoue que pour le courage il doit être placé au premier rang, comme pour la cuisine, comme pour l'*esprit*. Mais il ne m'en séduit pas davantage pour cela. Il me semble qu'il y a

---

* 23 juin 1832.

toujours de la *Comédie* dans sa vertu. Les jeunes gens nés à Paris de pères provinciaux et à la mâle énergie, qui ont eu celle de faire leur fortune, me semblent des êtres *étiolés*, attentifs seulement à l'apparence extérieure de leurs habits, au bont goût de leur *chapeau gris*, à la bonne tournure de leur cravate, comme MM. Féburier, Viollet-le-Duc[22], etc. Je ne conçois pas un homme sans un peu de *mâle énergie*, de constance et de profondeur dans les idées, etc. Toutes choses aussi rares à Paris que le ton grossier ou même *dur*.

Mais il faut finir ici ce chapitre. Pour tâcher de ne pas mentir et de ne pas cacher mes fautes, je me suis imposé d'écrire ces souvenirs à 20 pages par séance, comme une lettre[23]. Après mon départ, on imprimera sur le manuscrit original. Peut-être ainsi parviendrai-je à la *véracité*, mais aussi il faudra que je supplie le lecteur (peut-être né ce matin dans la maison voisine) de me pardonner de terribles digressions.

CHAPITRE [V]

Je m'aperçois en 1832 * (en général, ma philosophie
est du jour où j'écris, j'en étais bien loin en 1821), je
vois donc que j'ai été un *mezzo termine* entre la
grossièreté énergique du général Grosse, du Cte
Regnault de Saint-Jean-d'Angély [1], et les grâces un peu
lilliputiennes, un peu étroites de M. le Cte de Ségur, de
M. Petit [2], le maître de l'hôtel de Bruxelles, etc.

Par la bassesse seule j'ai été étranger aux extrêmes
que je me donne. Faute de savoir faire, faute d'industrie, comme me disait, à propos de mes livres et de
l'Institut, M. D., des *Débats* (M. de l'écluze [3]), j'ai
manqué 5 ou 6 occasions de la plus grande fortune
politique, financière ou littéraire. Par hasard, tout cela
est venu successivement frapper à ma porte. Une
rêverie tendre en 1821 et plus tard philosophique et
mélancolique (toute vanité à part, exactement comme
celle de M. Jacques de *As you like it*) [4] est devenue un si
grand plaisir pour moi que, quand un ami m'aborde
dans la rue, je donnerais un paule [5] pour qu'il ne
m'adressât pas la parole. La vue seule de quelqu'un
que je connais me contrarie. Quand je vois un tel être

* 23 juin 1832, Mero.

de loin, et qu'il faut songer à le saluer, cela me contrarie 50 pas à l'avance. J'adore, au contraire, rencontrer des amis le soir en société, le samedi chez M. Cuvier, le dimanche chez M. de Tracy[6], le mardi chez Mme Ancelot[7], le mercredi chez le baron Gérard, etc., etc.

Un homme doué d'un peu de tact s'aperçoit facilement qu'il me contrarie en me parlant dans la rue. Voilà un homme qui est peu sensible à mon mérite, se dit la vanité de cet homme et elle a tort.

De là mon bonheur à [me] promener fièrement dans une ville étrangère, Lancaster, Torre-del-Greco[8], etc., où je suis arrivé depuis une heure et où je suis sûr de n'être connu de personne. Depuis quelques années ce bonheur commence à me manquer. Sans le mal de mer j'irais voyager avec plaisir en Amérique. Me croirat-on ? Je porterais un masque avec plaisir ; je changerais de nom avec délices. *Les Mille et Une Nuits* que j'adore occupent plus d'un quart de ma tête. Souvent je pense à l'anneau d'Angélique[9] ; mon souverain plaisir serait de me changer en un long Allemand blond, et de me promener ainsi dans Paris.

Je viens de voir, en feuilletant, que j'en étais à M. de Tracy. Ce vieillard si bien fait, toujours vêtu de noir, avec une immense paravue verte[10], se tenant devant sa cheminée tantôt sur un pied, tantôt sur l'autre, avait une manière de parler qui était l'antipode de ses écrits. Sa conversation était toute en aperçus fins, élégants ; il avait horreur d'un mot énergique comme d'un jurement, et il écrit comme un maire de campagne. La simplicité énergique qu'il me semble que j'avais dans ce temps-là, ne dut guère lui convenir. J'avais d'énormes favoris noirs dont Mme Doligny ne me fit honte qu'un an plus tard. Cette tête de boucher italien ne parut pas trop convenir à l'ancien colonel du règne de Louis XVI.

M. de Tracy, fils d'une veuve, est né vers 1765 [11] avec 300 000 francs de rente. Son hôtel était rue de Tracy près la rue St-Martin. Il fit le négociant sans le savoir comme une foule de gens riches de 1780. M. de Tracy fit sa rue et y perdit 2 ou 300 mille francs et ainsi de suite [12]. De façon que je crois bien qu'aujourd'hui cet homme si aimable quand, vers 1790, il était l'amant de Mme de Praslin, ce profond raisonneur a changé ses 300 mille livres de rente en 30, tout au plus.

Sa mère, femme d'un rare bon sens, était tout à fait de la cour ; aussi, à 22 ans, ce fils fut-il colonel et colonel d'un régiment où il trouva parmi les capitaines un Tracy, son cousin, apparemment aussi noble que lui, et auquel il ne vint jamais dans l'idée d'être choqué de voir cette petite poupée de 22 ans venir commander le régiment où il servait [13].

Cette poupée qui, me disait plus tard Mme de Tracy, avait des mouvements si admirables, cachait cependant un fonds de bon sens. Cette mère, femme rare, ayant appris qu'il y avait un philosophe à Strasbourg (et, remarquez, c'était en 1780, peut-être, non pas un philosophe comme Voltaire, Diderot, Raynal), ayant appris, dis-je, qu'il y avait à Strasbourg un Philosophe qui analysait les pensées de l'homme, images ou signes de tout ce qu'il a vu, de tout ce qu'il a senti, comprit que la science de remuer ces images, si son fils l'apprenait, lui donnerait une bonne tête.

Figurez-vous quelle tête devait avoir en 1785 un fort joli jeune homme, fort noble, tout à fait de la cour, avec 300 mille livres de rente.

Mme la marquise de Tracy fit placer son fils dans

l'artillerie, ce qui, deux ans de suite, le conduisit à
Strasbourg. Si jamais j'y passe, je demanderai quel
était l'Allemand philosophe célèbre là, vers 1780[14].

Deux ans après, je crois, M. de Tracy était à Rethel,
je crois, avec son régiment qui, ce me semble, était de
Dragons, chose à vérifier dans l'*Almanach Royal* du
temps.

Les citrons * [15]...

M. de Tracy ne m'a jamais parlé de ces citrons ; j'ai
su leur histoire par un autre misanthrope, un M. Jacquemont[16], ancien moine, et, qui plus est, homme du
plus grand mérite. Mais M. de Tracy m'a dit beaucoup
d'anecdotes sur la première armée de la France réfor-
mante ; M. de La Fayette y commandait en chef.

Son l[ieutenan]t-colonel voulait enlever le régiment
et le faire émigrer...

Congé et duel[17]...

Une haute taille, et au haut de ce grand corps, une
figure imperturbable, froide, insignifiante comme un
vieux tableau de famille, cette tête couverte par en
haut d'une perruque à cheveux courts, mal faite. Cet
homme vêtu de quelque habit gris mal fait et entrant,
en boitant un peu et s'appuyant sur un bâton, dans le
salon de Mme de Tracy qui l'appelait : « Mon cher
Monsieur », avec un son de voix enchanteur, tel était le
général de La Fayette en 1821, et tel nous l'a montré le
gascon Scheffer dans son portrait fort ressemblant.

Ce *Cher Monsieur* de Mme de Tracy[18], et dit de ce ton,
faisait, je crois, le malheur de M. de Tracy. Ce n'est pas
que M. de La Fayette eût été bien avec sa femme, ou

* 23 juin [18]32, Mero.

qu'il se souciât, à son âge, de ce genre de malheur ; c'est tout simplement que l'admiration sincère et jamais jouée ou exagérée de Mme de Tracy pour M. de La Fayette constituait trop évidemment celui-ci le premier personnage du salon.

Quelque neuf que je fusse en 1821 (j'avais toujours vécu dans les illusions de l'enthousiasme et des passions) je distinguai cela *tout seul*.

Je sentis aussi, sans que personne m'en avertît, que M. de La Fayette était tout simplement un héros de Plutarque. Il vivait au jour le jour, sans trop d'esprit, faisant tout simplement, comme Epaminondas, la grande action qui se présentait. Et en attendant, malgré son âge (né en 1757, comme son camarade du jeu de paume, Charles X), uniquement occupé de serrer par derrière le jupon de quelque jolie fille (*vulgô :* prendre le cul) et cela souvent et sans trop se gêner.

En attendant les grandes actions qui ne se présentent pas tous les jours et l'occasion de serrer les jupons des jeunes femmes qui ne se trouve guère qu'à minuit et demi, quand elles sortent, M. de La Fayette expliquait sans trop d'élégance le lieu commun de la Garde nationale. Ce gouvernement est bon, et celui-là seul, qui garantit au citoyen la sûreté sur la grande route, l'égalité devant le juge, et un juge assez éclairé, une monnaie au juste titre, des routes passables, une juste protection à l'étranger. Ainsi arrangée, la chose * n'est pas trop compliquée.

Il faut avouer qu'il y a loin d'un tel homme à M. de Ségur, le grand-maître ; aussi la France, et Paris surtout, sera-t-il exécrable chez la postérité pour n'avoir pas reconnu le grand homme.

* 23 juin 1832.

Pour moi, accoutumé à Napoléon et à Lord Byron, j'ajouterai à Lord Brougham, à Monti, à Canova, à Rossini, je reconnus sur-le-champ la grandeur chez M. de La Fayette et j'en suis resté là [19]. Je l'ai vu dans les journées de Juillet avec la chemise trouée ; il a accueilli tous les intrigants, tous les sots, tout ce qui a voulu faire de l'emphase. Il m'a moins bien accueilli, moi ; il a demandé ma dépouille (pour un grossier secrétaire, M. Levasseur [20]). Il ne m'est pas plus venu dans l'idée de me fâcher ou de moins le vénérer qu'il ne me vient dans l'idée de blasphémer contre le soleil lorsqu'il se couvre d'un nuage.

M. de La Fayette, dans cet âge tendre de 75 ans, a le même défaut que moi. Il se passionne pour une jeune Portugaise de 18 ans qui arrive dans le salon de M. de Tracy, où elle est l'amie de ses petites filles, Mlles Georges La Fayette, de Lasteyrie, de Maubourg. Il se figure, pour cette jeune Portugaise et pour toute autre jeune femme, il se figure qu'elle le distingue, il ne songe qu'à elle, et ce qu'il y a de plaisant c'est que souvent il a raison de se figurer. Sa gloire européenne, l'élégance foncière de ses discours, malgré leur apparente simplicité, ses yeux qui s'animent dès qu'ils se trouvent à un pied d'une jolie poitrine, tout concourt à lui faire passer gaiement ses dernières années, au grand scandale des femmes de 35 ans (Mme la marquise de Marmier (Choiseul), Mme de Perret et autres) qui viennent dans ce salon. Tout cela ne conçoit pas que l'on soit aimable autrement qu'avec les petits mots fins de M. de Ségur ou les réflexions scintillantes de M. Benjamin Constant [21].

M. de La Fayette est extrêmement poli et même affectueux pour tout le monde, mais poli *comme un Roi*. C'est ce que je dis un jour à Mme de Tracy qui se fâcha autant que la grâce incarnée peut se fâcher, mais elle comprit peut-être dès ce jour que la simplicité énergique de mes discours n'était pas la bêtise de M. Dunoyer[22], par exemple. C'était un brave libéral, aujourd'hui préfet moral de Moulins, le mieux intentionné, le plus héroïque peut-être et le plus bête des écrivains libéraux... Qu'on m'en croie, moi qui suis de leur parti, c'est beaucoup dire. L'admiration gobe-mouche de M. Dunoyer, le rédacteur du *Censeur*, et celle de 2 ou 3 autres de même force, environnait sans cesse le fauteuil du général qui, dès qu'il pouvait, à leur grand scandale, les plantait là pour aller admirer de fort près, et avec des yeux qui s'enflammaient, les jolies épaules de quelque jeune femme qui venait d'entrer. Ces pauvres hommes *vertueux* (tous vendus depuis comme des[23]... au ministre Perier, 1832) faisaient des mines plaisantes dans leur abandon et je m'en moquais, ce qui scandalisait ma nouvelle amie. Mais il était convenu qu'elle avait un faible pour moi. « Il y a une *étincelle en lui* », dit-elle un jour à une dame, de celles faites pour admirer les petits mots lilliputiens à la Ségur, et qui se plaignait à elle de la simplicité sévère et franche avec laquelle je lui disais que tous ces ultra libéraux étaient bien respectables par leur haute vertu sans doute, mais du reste incapables de comprendre que 2 et 2 font 4. La lourdeur, la lenteur, la vertu, s'alarmant de la moindre vérité dite aux Américains, d'un Dunoyer, d'un..., d'un..., est vraiment au-delà de toute croyance ; c'est comme l'absence d'idées autres que communes d'un Ludovic Vitet[24], d'un Mortimer Ternaux, nouvelle génération qui vint renouveler le salon Tracy vers 1828. Au milieu de tout cela, M. de La Fayette était et est sans doute encore un *Chef de parti*.

Il aura pris cette habitude en 1789. L'essentiel est de ne mécontenter personne et de se rappeler tous les noms, ce en quoi il est admirable. L'intérêt actif et pressant d'un chef de parti éloigne chez M. de La Fayette toute *idée littéraire,* dont d'ailleurs je le crois assez incapable. C'est, je pense, par ce mécanisme qu'il ne sentait pas toute la lourdeur, tout l'ennui des écrits de M. Dunoyer[25] et consorts.

J'ai oublié de peindre ce salon. Sir Walter Scott et ses imitateurs eussent sagement commencé par là *, mais moi, j'abhorre la description matérielle. L'ennui de la faire m'empêche de faire des romans[26].

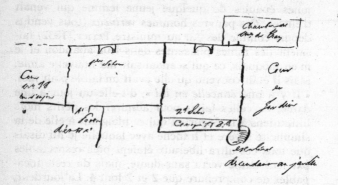

La porte d'entrée A donne accès à un salon de forme longue au fond duquel se trouve une grande porte toujours ouverte à deux battants. On arrive à un salon carré assez grand avec une belle lampe en forme de lustre et sur la cheminée une abominable petite pen-

* Le 23 juin 1832, troisième jour de travail. Fait de 60 à 90.

dule *. A droite, en entrant dans ce grand salon, il y a
un beau divan bleu [27] sur lequel sont assises 15 jeunes
filles de 12 à 18 ans et leurs prétendants : M. Charles de
Rémusat, qui a beaucoup d'esprit et encore plus
d'affectation. C'est une copie du fameux acteur Fleury.
M. François de Corcelles qui a toute la franchise et la
rudesse républicaines [28]. Probablement il s'est vendu
en 1831 ; en 1820, il publiait déjà une brochure qui
avait le malheur d'être louée par M. l'avocat Dupin
(fripon avéré et de moi connu comme tel dès 1827 [29]).
En 1821, MM. de Rémusat et de Corcelles étaient fort
distingués et, depuis ont épousé des petites-filles de M.
de La Fayette. A côté paraissait un Gascon froid, M.
Scheffer, peintre. C'est, ce me semble, le menteur le
plus effronté et la figure la plus ignoble que je
connaisse [30]. On m'assura dans le temps qu'il avait fait
la cour à la céleste..., l'aînée des petites-filles de M. de
La Fayette, et qui depuis a épousé le fils aîné de M.
Augustin Perier, le plus important et le plus empesé de
mes compatriotes. Mlle Virginie, je crois, était la
favorite de Mme de Tracy.

A côté de l'élégant M. de Rémusat, se voyaient deux
figures de jésuites au regard faux et oblique. Ces gens-
là étaient frères et avaient le privilège de parler des
heures entières à M. le comte de Tracy. Je les adorai
avec toute la vivacité de mon âge, en 1821 (j'avais
21 ans à peine pour la duperie du cœur). Les ayant
bientôt devinés, mon enthousiasme pour M. de Tracy
souffrit un notable déchet.

L'aîné de ces frères a publié une histoire sentimenta-
liste de la conquête de l'Angleterre par Guillaume.
C'est M. Thierry [31] de l'Académie des Inscriptions. Il a

* 23 juin.

eu le mérite de rendre leur véritable orthographe aux Clovis, Chilpéric, Thierry et autres fantômes des premiers temps de notre histoire. Il a publié un volume moins sentimental sur l'organisation des communes de France en 1200. Un vice de collège l'a fait aveugle [32]. Son frère, bien plus jésuite (par le cœur et la conduite) quoique ultra libéral comme l'autre, devint préfet de Vesoul en 1830 et probablement s'est vendu à ses appointements, comme son patron, M. Guizot.

Un contraste parfait avec ces deux frères jésuites, avec le lourd Dunoyer, avec le musqué Rémusat, c'était le jeune Victor Jacquemont, qui depuis a voyagé dans l'Inde. Victor était alors fort maigre ; il a près de 6 pieds, et dans ce temps-là il n'avait pas la moindre logique et, en conséquence, était misanthrope. Sous prétexte qu'il avait beaucoup d'esprit, M. Jacquemont ne voulait pas se donner la peine de raisonner. Ce vrai Français regardait à la lettre l'invitation à raisonner comme une insolence. Le voyage était réellement la seule porte que la vanité laissât ouverte à la vérité. Du reste, je me trompe peut-être. Victor me semble un homme de la plus grande distinction, comme un connaisseur (pardonnez-moi ce mot) voit un beau cheval dans un poulain de 4 mois qui a encore les jambes engorgées. Il devint mon ami, et ce matin (1832) j'ai reçu une lettre qu'il m'écrit de Kachemyr, dans l'Inde [33].

Son cœur n'avait qu'un défaut : une envie basse et subalterne pour Napoléon. Cette envie était du reste l'unique passion que j'aie jamais vue chez M. le Comte de Tracy. C'était avec des plaisirs indicibles que le vieux métaphysicien et le grand Victor contaient l'anecdote de la chasse aux lapins offerte par M. de Talleyrand à Napoléon, alors premier Consul depuis six semaines, et songeant déjà à trancher du Louis XIV.

Les lapins de tonneau et les cochons au bois de Boulogne [34].

Victor avait le défaut d'aimer beaucoup Mme Lavenelle, femme d'un espion qui a 40 000 [francs] de rente et qui avait la charge de rendre compte aux Tuileries des actions et propos du g[énér]al La Fayette. Le comique, c'est que le général, Benjamin Constant et M. Bignon [35] prenaient ce M. de Lavenelle pour confident de toutes leurs idées libérales. Comme on le voit d'avance, cet espion, terroriste en 93, ne parlait jamais que de marcher au château pour massacrer tous les Bourbons. Sa femme était si libertine, si amoureuse de l'homme physique, qu'elle acheva de me dégoûter des propos *libres* en français. J'adore ce genre de conversation en italien ; dès ma première jeunesse, sous-lieutenant au 6e Dragons, il m'a fait horreur dans la bouche * de Mme Henriett, la femme du Capitaine. Cette Mme Lavenelle est sèche comme un parchemin et d'ailleurs sans nul esprit, et surtout sans *passion,* sans possibilité d'être émue autrement que par les belles cuisses d'une compagnie de grenadiers défilant dans le jardin des Tuileries en culottes de casimir blanc.

Telle n'était pas Mme Baraguey d'Hilliers [36] du même genre, que bientôt je connus chez Mme Beugnot [37]. Telles n'étaient pas, à Milan, Madame Ruga et Mme Aresi. En un mot, j'ai en horreur les propos libertins français ; le mélange de l'esprit à l'émotion crispe mon âme, comme le liège que coupe un couteau offense mon oreille.

La description morale de ce salon est peut-être bien longue ; il n'y a plus que deux ou trois figures.

* 23 ju[in].

La charmante Louise Letort, fille du g[énér]al Letort, des Dragons de la Garde, que j'avais beaucoup connu à Vienne en 1809. Mlle Louise, devenue depuis si belle et qui, jusqu'ici, a si peu d'affectation dans le caractère et en même temps tant d'élévation, est née la veille ou le lendemain de Waterloo. Sa mère, la charmante Sarah Newton, épousa M. Victor de Tracy, fils du pair de France, alors major d'infanterie[38].

Nous l'appelions Barre de fer. C'est la définition de son caractère. Brave, plusieurs fois blessé en Espagne sous Napoléon, il a le malheur de voir en toutes choses le mal. Il y a huit jours (juin 1832) que le roi Louis-Philippe a dissous le régiment d'artillerie de la Garde nationale, dont M. Victor de Tracy était colonel[39]. Député, il parle souvent et a le malheur d'être trop poli à la tribune. On dirait qu'il n'ose pas parler net. Comme son père, il a été petitement jaloux de Napoléon. Actuellement que le héros est bien mort, il revient un peu, mais le héros vivait encore quand je débutai dans le salon de la rue d'Anjou. J'y ai vu la joie causée par sa mort. Les regards voulaient dire : nous avions bien dit qu'un bourgeois devenu roi ne pouvait pas faire une bonne fin.

J'ai vécu 10 ans dans ce salon, reçu poliment, estimé, mais tous les jours moins *lié*, excepté avec mes amis. C'est là un des défauts de mon caractère. C'est ce défaut qui fait que je ne m'en prends pas aux hommes de mon peu d'avancement. Cela, bien convenu, malgré ce que le g[énér]al Duroc m'a dit deux ou trois fois de mes talents pour le militaire, je suis content dans une position inférieure[40]. Admirablement content surtout quand je suis à 200 lieues de mon chef, comme aujourd'hui.

J'espère donc que, si l'ennui n'empêche pas qu'on

lise ce livre, on n'y trouvera pas de la rancune contre les hommes. On ne prend leur faveur qu'avec un certain hameçon. Quand je veux m'en servir, je pêche une estime ou deux, mais bientôt l'hameçon fatigue ma main. Cependant en 1814, au moment où Napoléon m'envoya dans la 7e division, Mme la C^{sse} Daru, femme d'un ministre, me dit : « Sans cette maudite invasion, vous alliez être préfet de grande ville. » J'eus quelque lieu de croire qu'il s'agissait de Toulouse.

J'oubliais un drôle de caractère de femme ; je négligeai de lui plaire, elle se fit mon ennemie. Mme de Montcertin[41], grande et bien faite, fort timide, paresseuse, tout à fait dominée par l'habitude, avait deux amants : l'un pour la ville, l'autre pour la campagne, aussi disgracieux l'un que l'autre. Cet arrangement a duré je ne sais combien d'années. Je crois que c'était le peintre Scheffer qui était l'amant de la campagne ; l'amant de ville était M. le colonel, aujourd'hui g[énér]al Carbonel qui s'était fait garde du corps du général La Fayette.

Un jour les 8 ou 10 nièces de Mme de Montcertin[42] lui demandèrent ce que c'était que l'amour ; elle répondit : « C'est une vilaine chose sale, dont on accuse quelquefois les femmes de chambre, et, quand elles en sont convaincues, on les chasse. »

J'aurais dû faire le galant auprès de Mme Montcertin. Cela n'était pas dangereux ; jamais je n'aurais réussi, car elle s'en tenait à ses deux hommes et avait une peur effroyable de devenir grosse. Mais je la regardai comme une *chose* et non pas comme un être. Elle se vengea en répétant trois ou quatre fois par semaine que j'étais un être léger, presque fou. Elle faisait le thé, et il est très vrai que fort souvent de toute la soirée je ne lui parlais qu'au moment où elle m'offrait du thé.

La quantité de personnes auxquelles il fallait demander de leurs nouvelles en entrant dans ce salon me décourageait tout à fait.

Outre les 15 ou 20 petites-filles de M. de La Fayette ou leurs amies, presque toutes blondes au teint éclatant et à la figure commune (il est vrai que j'arrivais d'Italie) qui étaient rangées en bataille sur le divan bleu, il fallait saluer :

Mme la C^{sse} de Tracy — 63 ans ;

M. le comte de Tracy — 60 ans [43] ;

le général La Fayette ;

son fils Georges Washington La Fayette (vrai citoyen des États-Unis d'Amérique, parfaitement pur de toute idée nobiliaire).

Mme de Tracy, mon amie, avait un fils :

M. Victor de Tracy, né vers 1785,

Mme Sarah de Tracy, sa femme, jeune et brillante, un modèle de la beauté délicate anglaise, un peu trop maigre,

et deux filles, Mesdames Georges de La Fayette et de l'Aubépin.

Il fallait saluer aussi le grand M. de l'Aubépin, auteur, avec un moine qu'il nourrit, du *Mémorial* [44]. Toujours présent, il dit 8 ou 10 mots par soirée.

Je pris pendant longtemps Madame Georges de La Fayette pour une religieuse que Mme de Tracy avait retirée chez elle par charité. Avec cette tournure, elle a des idées arrêtées avec aspérité comme si elle était janséniste. Or, elle avait 4 ou 5 filles au moins. Mme de Maubourg, fille de M. La Fayette [45], en avait 5 ou 6. Il m'a fallu 10 ans pour distinguer les unes des autres toutes ces figures blondes disant des choses *parfaitement convenables*, mais pour moi à dormir debout, accoutumé que j'étais aux yeux parlants et au caractère décidé des belles Milanaises, et plus anciennement, à l'adorable simplicité des bonnes Allemandes. (J'ai été intendant à Sagan, Silésie, et à Brunswick[46].)

M. de Tracy avait été l'ami intime du célèbre Cabanis, le père du matérialisme, dont le livre *(Rapports du physique et du moral)*, avait été ma bible à 16 ans[47]. Mme Cabanis et sa fille, haute de 6 pieds et malgré cela fort aimable, paraissaient dans ce salon. M. de Tracy me mena chez elles, rue des Vieilles-Tuileries, au diable[48] ; j'en fus chassé par la chaleur. Dans ce temps-là, j'avais toute la délicatesse de nerfs *italienne*. Une chambre fermée et dedans 10 personnes assises suffisaient pour me donner un malaise affreux, et presque me faire tomber. Qu'on juge de la chambre bien fermée avec un feu d'enfer.

Je n'insistai pas assez sur ce défaut physique ; le feu me chassa de chez Mme Cabanis. M. de Tracy ne me l'a jamais pardonné. J'aurais pu dire un mot à Mme la C^{sse} de Tracy, mais en ce temps-là j'étais *gauche à plaisir*, et même un peu en ce temps-ci.

Mlle Cabanis, malgré ses 6 pieds, voulait se marier ; elle épousa un petit danseur avec une perruque bien soignée, M. Dupaty, prétendu sculpteur, auteur du Louis XIII de la place Royale à cheval sur une espèce de mulet. Ce mulet est un cheval arabe que je voyais beaucoup chez M. Dupaty. Ce pauvre cheval se morfondait dans un coin de l'atelier. M. Dupaty me faisait grand accueil comme écrivain sur l'Italie et auteur d'une histoire de la Peinture. Il était difficile d'être plus *convenable* et plus vide de chaleur, d'imprévu, d'élan, etc., que ce brave homme. Le dernier des métiers pour ces Parisiens si soignés, si proprets, si *convenables*, c'est la Sculpture.

M. Dupaty, si poli, était de plus très brave, il aurait
dû rester militaire [49].

Je connus chez Mme Cabanis un honnête homme,
mais bien bourgeois, bien étroit dans ses idées, bien
méticuleux dans toute sa petite politique de ménage.
Le but unique de M. Thurot, professeur de grec, était
d'être membre de l'Académie des Inscriptions [50]. Par
une contradiction effroyable, cet homme, qui ne se
mouchait pas sans songer à ménager quelque vanité
qui pouvait influer à mille lieues de distance sur sa
nomination à l'Académie, était *ultra libéral*. Cela nous
lia d'abord, mais bientôt sa femme, bourgeoise à
laquelle je ne parlais jamais que par force, me trouva
imprudent.

Un jour, M. de Tracy et M. Thurot me demandèrent
ma politique, je me les aliénai tous deux par ma
réponse :

« Dès que je serais au pouvoir, je réimprimerais la
liste des émigrés déclarant que Napoléon a usurpé un
pouvoir qu'il n'avait pas en les rayant. Les 3/4 sont
morts ; je les exilerais dans les départements des
Pyrénées et 2 ou 3 voisins. Je ferais cerner ces 4 ou
5 départements par deux ou trois petites armées qui,
pour l'effet moral, bivouaqueraient au moins six mois
de l'année. Tout émigré qui sortirait de là serait
impitoyablement fusillé.

« Leurs biens rendus par Napoléon, vendus en morceaux, non supérieurs à 2 arpents, les émigrés joui-
raient de pensions de 1 000, 2 000, 3 000 francs par an.
Ils pourraient choisir un séjour dans les pays étrangers. Mais s'ils couraient le monde pour intriguer, plus
de pardon. »

Les figures de MM. Thurot et de Tracy s'allongeaient
pendant l'explication de ce plan ; je semblais atroce à

ces petites âmes étiolées par la politesse de Paris[51]
Une jeune femme présente admira mes idées, et surtout l'excès d'imprudence avec lequel je me livrais, elle
vit en moi le *Huron* (roman de Voltaire).

L'extrême bienveillance de cette jeune femme m'a
consolé de bien des irréussites. Je n'ai jamais été son
amant tout à fait. Elle était extrêmement coquette,
extrêmement occupée de parure, parlant toujours de
beaux hommes, liée avec tout ce qu'il y avait de
brillant dans les loges de l'Opéra Buffa.

J'arrange un peu pour qu'elle ne soit pas reconnue.
Si j'eusse eu la prudence de lui faire comprendre que je
l'aimais, elle en eût probablement été bien aise. Le fait
est que je ne l'aimais pas assez pour oublier que je ne
suis pas beau. Elle l'avait oublié. A l'un de mes départs
de Paris, elle me dit au milieu de son salon : « J'ai un
mot à vous dire », et, dans un passage qui conduisait à
une antichambre où heureusement il n'y avait personne, elle me donna un baiser sur la bouche, je le lui
rendis avec ardeur. Je partis le lendemain et tout finit
là.

Mais, avant d'en venir là, nous nous *parlâmes* plusieurs années, comme on dit en Champagne. Elle me
racontait fidèlement à ma demande tout le mal qu'on
disait de moi.

Elle avait un ton charmant, elle avait l'air ni d'ap-
prouver, ni de désapprouver. Avoir ici un Ministre de
la police est ce que je trouve de plus doux dans les
amours d'ailleurs si froides de Paris.

On n'a pas d'idée des propos atroces que l'on
apprend. Un jour elle me dit : « M..., l'espion, a dit
chez M. de Tracy : « Ah ! voilà M. Beyle qui a un habit
neuf ; on voit bien que Mme Pasta vient d'avoir un
bénéfice. »

Cette bêtise plut. M. de Tracy ne me pardonnait pas cette liaison publique (autant qu'innocente) avec cette actrice célèbre[52].

Le piquant de la chose c'est que Céline[53], qui me rapportait le propos de l'espion, était peut-être elle-même jalouse de mon assiduité chez Mme Pasta.

A quelque heure que mes soirées ailleurs se termin-assent, j'allais chez Mme Pasta (rue de Richelieu, vis-à-vis la Bibliothèque, hôtel des Lillois, n° 63). Je logeais à cent pas de là, au n° 47. Ennuyé de la colère du portier, fort contrarié de m'ouvrir souvent à 3 heu-res du matin, je finis par loger dans le même hôtel que Mme Pasta. Quinze jours après je me trouvai diminué de 70 % dans le salon de Mme de Tracy. J'eus le plus grand tort de ne pas consulter mon amie Mme de Tracy. Ma conduite à cette époque n'est qu'une suite de caprices. Marquis, colonel, avec 40 000 francs de rente, je serais parvenu à me perdre.

J'aimais passionnément non pas la musique, mais uniquement la musique de Cimarosa et de Mozart[54]. Le salon de Mme Pasta était le rendez-vous de tous les Milanais qui venaient à Paris. Par eux quelquefois, par hasard, j'entendais prononcer le nom de Métilde.

Métilde à Milan apprit que je passais ma vie chez une actrice. Cette idée finit peut-être de la guérir.

J'étais parfaitement aveugle à tout cela. Pendant tout un été, j'ai joué au pharaon jusqu'au jour chez Mme Pasta, silencieux, ravi d'entendre parler milanais, et respirant l'idée de Métilde par tous les sens. Je montais dans ma charmante chambre, au troisième, et je corrigeais, les larmes aux yeux, les épreuves de l'*Amour*. C'est un livre écrit au crayon à Milan, dans mes intervalles lucides. Y travailler à Paris me faisait mal, je n'ai jamais voulu l'arranger[55].

Les hommes de lettres disent : « Dans les pays étrangers, on peut avoir des pensées ingénieuses, on ne sait *faire un livre* qu'en France. » Oui, si le seul but d'un livre est de *faire comprendre une idée,* non, s'il espère en même temps faire sentir, donner quelque nuance d'émotion.

La règle française n'est bonne que pour un livre d'histoire, par exemple l'*Histoire de la Régence,* de M. Lemontey, dont j'admirais ce matin le style vraiment académique. La préface de M. Lemontey (avare, que j'ai beaucoup connu chez M. le comte Beugnot) peut passer pour un modèle de ce style académique.

Je plairais presque sûrement aux sots, si je prenais la peine d'arranger ainsi quelques morceaux du présent bavardage. Mais peut-être, écrivant ceci comme une lettre, à 30 pages par séance, *à mon insu,* je fais *ressemblant.*

Or, avant tout, je veux être vrai. Quel miracle ce serait dans ce siècle de comédie, dans une société dont les 3/4 des acteurs sont des charlatans aussi effrontés que M. Magendie[56] ou M. le comte Regnault de Saint-Jean-d'Angély[57], ou M. le baron Gérard !

Un des caractères du siècle de la Révolution (1789-1832), c'est qu'il n'y ait point de grand succès sans un certain degré d'impudeur et même de charlatanisme décidé. M. de La Fayette seul est au-dessus du charlatanisme qu'il ne faut point confondre ici avec l'accueil obligeant, *arme nécessaire* d'un chef de parti.

J'avais connu chez Mme Cabanis un homme qui certes n'est pas charlatan, M. Fauriel[58] (l'ancien amant de Mme Condorcet). C'est, avec M. Mérimée et moi, le seul exemple à moi connu de non-charlatanisme parmi les gens qui se mêlent d'écrire.

Aussi M. Fauriel n'a-t-il aucune réputation. Un jour,

le libraire Bossanges me fit offrir 50 exemplaires d'un de ses ouvrages si je voulais non seulement faire un bel article d'annonce, mais encore le faire insérer dans je ne sais quel journal où alors (pour 15 jours) j'étais en faveur. Je fus scandalisé et prétendis faire l'article pour un seul exemplaire. Bientôt le dégoût de faire ma cour à des faquins sales me fit cesser de voir ces journalistes et j'ai à me reprocher de ne pas avoir fait l'article.

Mais ceci se passait en 1826 ou 27. Revenons à 1821. M. Fauriel, traité avec mépris par Mme Condorcet à sa mort (ce ne fut qu'une femme à plaisir physique), allait beaucoup chez une petite pie-grièche à demi bossue, Mlle Clarke [59].

C'était une Anglaise qui avait de l'esprit, on ne saurait le nier, mais un esprit comme les cornes du chamois : sec, dur et tortu. M. Fauriel, qui alors goûtait beaucoup mon mérite, me mena bien vite chez Mlle Clarke ; j'y retrouvai mon ami Augustin Thierry (auteur de l'histoire de la Conquête de Guillaume) qui, là, faisait la pluie et le beau temps. Je fus frappé de la superbe figure de Mme Belloc (femme du peintre) qui ressemblait étonnamment à Lord Byron qu'alors j'aimais beaucoup. Un homme fin, qui me prenait pour un Machiavel, parce que j'arrivais d'Italie, me dit : « Ne voyez-vous pas que vous perdrez votre temps avec Mme Belloc ? Elle fait l'amour avec Mlle Montgolfier (petit monstre horrible avec de beaux yeux). »

Je fus étourdi, et de mon machiavélisme, et de mon prétendu amour pour Mme Belloc, et encore plus de l'amour de cette dame. Peut-être en est-il quelque chose [60].

Au bout d'un an ou deux, Mlle Clarke me fit une querelle d'Allemand à la suite de laquelle je cessai de la voir, et M. Fauriel, dont bien me fâche, prit son parti. MM. Fauriel et Victor Jacquemont s'élèvent à une immense hauteur au-dessus de toutes mes connaissances de ces premiers mois de mon retour à Paris. Mme la comtesse de Tracy était au moins à la même hauteur. Au fait, je surprenais ou scandalisais* toutes mes connaissances. J'étais un Monstre ou un Dieu. Encore aujourd'hui, toute la société de Mlle Clarke croit fermement que je suis un monstre :

Un monstre d'immoralité surtout. Le lecteur sait à quoi s'en tenir, je n'étais allé qu'une fois chez les filles, et l'on se souvient peut-être de mes succès auprès de cette fille d'une céleste beauté, Alexandrine.

Voici ma vie à cette époque. Levé à 10 heures je me trouvais à 10 1/2 au café de Rouen, où je rencontrais le baron de Lussinge et mon cousin Colomb (homme intègre, juste, raisonnable, mon ami d'enfance)[61]. Le mal, c'est que ces deux êtres ne comprenaient absolument rien** à la théorie du cœur humain ou à la peinture de ce cœur par la littérature et la musique. Le raisonnement à perte de vue sur cette matière, les conséquences à tirer de chaque anecdote nouvelle *et bien prouvée*, forment de bien loin la conversation la plus intéressante pour moi. Par la suite, il s'est trouvé que M. Mérimée, que j'estime tant, n'avait pas non plus le goût de ce genre de conversation. Mon ami d'enfance, l'excellent Crozet (Ingénieur en Chef du Département de l'Isère), excelle dans ce genre[62]. Mais sa femme me l'a enlevé depuis nombre d'années, jalouse de notre amitié. Quel dommage ! Quel être

---

* Samedi, 23 juin.
** 1832, samedi 23, veille de la Saint-Jean. *Made* 30 pages. 24 juin [18]32, Saint-Jean.

supérieur que M. Crozet, s'il eût habité Paris ! Le
mariage et surtout la province vieillissent étonnamment un hom[me] : l'esprit devient paresseux, et un
mouvement du cerveau à force d'être rare devient
pénible et bientôt impossible.

Après avoir savouré au café de Rouen notre excellente tasse de café et deux brioches, j'accompagnais
Lussinge à son bureau[63]. Nous prenions par les Tuileries et par les quais, nous arrêtant à chaque marchand
d'estampes. Quand je quittais Lussinge le moment
affreux de la journée commençait pour moi. J'allais,
par la grande chaleur de cette année, chercher l'ombre
et un peu de fraîcheur sous les grands marronniers des
Tuileries. « Puisque je ne puis l'oublier, ne ferais-je pas
mieux de me tuer ? » me disais-je. Tout m'était à
charge. J'avais encore en 1821 les restes de cette
passion pour la peinture d'Italie qui m'avait fait écrire
sur ce sujet en 1816 et 17. J'allais au Musée avec un
billet que Lussinge m'avait procuré. La vue de ces
chefs-d'oeuvre ne faisait que me rappeler plus vivement Brera et Métilde. Quand je rencontrais le nom
français correspondant dans un livre je changeais de
couleur.

J'ai bien peu de souvenirs de ces jours qui tous se
ressemblaient. Tout ce qui plaît à Paris me faisait
horreur. Libéral moi-même, je trouvais les libéraux
outrageusement niais. Enfin, je vois que j'ai conservé
un souvenir triste et offensant pour moi de tout ce que
je voyais alors.

Le gros Louis XVIII, avec ses yeux de bœuf, traîné
lentement par ses six gros chevaux, que je rencontrais
sans cesse, me faisait particulièrement horreur. J'ache-
tai quelques pièces de Shakespeare, édition anglaise à
30 sous la pièce ; je les lisais aux Tuileries et souvent je

baissais le livre pour songer à Métilde. L'intérieur de
ma chambre solitaire était affreux pour moi.

Enfin, cinq heures arrivait ; je volais à la table d'hôte
de l'hôtel de Bruxelles. Là je retrouvais Lussinge,
sombre, fatigué, ennuyé, le brave Barot, l'élégant
Poitevin, 5 ou 6 originaux de table d'hôte, espèce qui
côtoie le Chevalier d'industrie d'un côté et le conspirateur subalterne de l'autre. A cette table d'hôte je
reconnus M. Alpy autrefois aide de camp du général
Michaud et qui allait chercher les bottes du général.
Étonné, je le revis là colonel et gendre de M. Kentzin-
ger, riche, bête, ministériel et maire de Strasbourg. Je
ne parlai pas à ce colonel ni à son beau-père. Un
homme maigre, assez grand, jaune et bavard me
frappa. Il y avait un peu du feu sacré de Jean-Jacques
Rousseau dans ses phrases en faveur des Bourbons,
que toute la table trouvait plates et ridicules. Cet
homme avait la tournure, antipode de la grâce, d'un
officier autrichien ; plus tard il devint célèbre : c'est
M. Courvoisier, garde des Sceaux [64]. Lussinge l'avait
connu à Besançon.

Après le dîner, le café était encore un bon moment
pour moi. Tout au contraire de la promenade au
boulevard de Gand [65], fort à la mode et rempli de
poussière. Être dans ce lieu-là, rendez-vous des élégants subalternes, des officiers de la garde, des filles de
la première classe et des bourgeoises élégantes leurs
rivales, était un supplice pour moi*.

Là, je rencontrais un de mes amis d'enfance, le
comte de Barral, bon et excellent garçon qui, petit-fils
d'un avare célèbre, commençait à 30 ans à ressentir les

* 24 juin [1832].

atteintes de cette triste passion. Le marquis de Barral
son grand-père [66]...

Bouillon [...] ;

étrenne père Dom[inique] [67].

En 1810, ce me semble, M. de Barral ayant perdu
tout ce qu'il avait au jeu, je lui prêtai quelque argent et
je le forçai à partir pour Naples. Son père, fort galant
homme, lui faisait une pension de 6 000 francs.

Au bout de quelques années, Barral, de retour de
Naples, me trouva vivant avec une actrice chantante
qui, chaque soir, à 11 heures et 1/2, venait s'établir
dans mon lit. Je rentrais à une heure, et nous soupions
avec une perdrix froide et du vin de Champagne. Cette
liaison a duré 2 ou 3 ans. Mlle B[éreyter] [68] avait une
amie, fille du célèbre Rose, le marchand de culottes de
peau. Molé, le célèbre acteur, avait séduit les trois
sœurs, filles charmantes. L'une d'elles est aujourd'hui
Mme la marquise de D***. Anette, de chute en chute,
vivait alors avec un homme de la Bourse [69]. Je la vantai
tant à Barral qu'il en devint amoureux. Je persuadai à
la jolie Anette de quitter son vilain agioteur. Barral
n'avait pas exactement 5 francs le 2 du mois. Le 1er, en
revenant de chez son banquier avec 500 francs, il allait
dégager sa montre qui était en gage et jouer les 400
francs qui lui restaient. Je pris de la peine, je donnai
deux dîners aux parties belligérantes, chez Véry, aux
Tuileries, et enfin je persuadai à Anette de se faire
l'économe du comte et de vivre sagement [?] avec lui
des 500 donnés par le père. Aujourd'hui (1832), il y a
10 ans que ce ménage dure. Malheureusement, Barral
est devenu riche : il a 20 000 francs de rente au moins,
et avec la richesse est venue une avarice atroce.

En 1817, j'avais été très amoureux d'Anette pendant
15 jours ; après quoi, je lui avais trouvé les idées

étroites et parisiennes. C'est pour moi le plus grand
remède à l'amour. Le soir, au milieu de la poussière du
boulevard de Gand, je trouvais cet ami d'enfance et
cette bonne Anette. Je ne savais que leur dire. Je
périssais d'ennui et de tristesse ; les filles ne
m'égayaient point. Enfin, vers les 10 heures et 1/2
j'allais chez Mme Pasta pour le pharaon, et j'avais le
chagrin d'arriver le premier et d'être réduit à la
conversation toute de cuisine de la *Rachele,* mère de la
Giuditta. Mais elle me parlait milanais[70] ; quelquefois
je trouvais avec elle quelque nigaud, nouvellement
arrivé de Milan, auquel elle avait donné à dîner. Je
demandais timidement à ce niais des nouvelles de
toutes les jolies femmes de Milan. Je serais mort plutôt
que de nommer Métilde, mais quelquefois d'eux-
mêmes ils m'en parlaient. Ces soirées faisaient époque
dans ma vie. Enfin le pharaon commençait[71]. Là,
plongé dans une rêverie profonde, je perdais ou
gagnais 30 francs en 4 heures.

J'avais tellement abandonné tout soin de mon honneur que, quand je perdais plus que je n'avais dans ma
poche, je disais à qui gagnait : — Voulez-vous que je
monte chez moi ? — On répondait : *Non, si figuri*[72] ! Et
je ne payais que le lendemain. Cette bêtise souvent
répétée me donna la réputation d'un pauvre. Je m'en
aperçus dans la suite aux lamentations que faisait
l'excellent Pasta, le mari de la Judith, quand il me
voyait perdre 30 ou 35 francs. Même après avoir ouvert
les yeux sur ce détail, je ne changeai pas de conduite.

CHAPITRE [VI]

Quelquefois j'écrivais une date sur un livre que j'achetais et l'indication du sentiment qui me dominait. Peut-être trouverai-je quelque date dans mes livres [1]. Je ne sais trop comment j'eus l'idée d'aller en Angleterre. J'écrivis à M..., mon banquier, de me donner une lettre de crédit de mille écus sur Londres, il me répondit qu'il n'avait plus à moi que 126 francs. J'avais de l'argent je ne sais où, à Grenoble peut-être, je le fis venir et je partis.

Ma première idée de Londres me vint ainsi en 1821. Un jour, vers 1816 je crois, à Milan, je parlais de suicide avec le célèbre Brougham (aujourd'hui Lord Brougham, Chancelier d'Angleterre, et qui bientôt sera mort à force de travail [2]).

Quoi de plus désagréable, me dit Brougham, que l'idée que tous les journaux vont annoncer que vous vous êtes brûlé la cervelle, et ensuite entrer dans votre vie privée pour chercher les motifs ?... Cela est à dégoûter de se tuer. — Quoi de plus simple, répondis-je, que * de prendre l'habitude d'aller se promener sur mer, avec les bateaux pêcheurs ? Un jour de gros temps, on tombe à la mer par accident.

Cette idée de me promener en mer me séduisit. Le seul écrivain lisible pour moi était Shakespeare, je me faisais une fête de le voir jouer. Je n'avais rien vu de Shakespeare en 1817, à mon premier voyage en Angleterre [3].

* 24 juin [1832].

Je n'ai aimé avec passion en ma vie que :
Cimarosa[4],
Mozart
et Shakespeare.

A Milan, en 1820, j'avais envie de mettre cela sur ma
tombe. Je pensais chaque jour à cette inscription,
croyant bien que je n'aurais de tranquillité que dans la
tombe. Je voulais une tablette de marbre de la forme
d'une carte à jouer.

N'ajouter aucun signe sale, aucun ornement plat, faire graver cette inscription en caractères majuscules. Je hais Grenoble, je suis arrivé à Milan en mai 1800, j'aime cette ville[5]. Là j'ai trouvé les plus grands plaisirs et les plus grandes peines, là surtout ce qui fait la patrie [:] j'ai trouvé les premiers plaisirs. Là je désire passer ma vieillesse, et mourir.

Que de fois, balancé sur une barque solitaire par les ondes du lac de Côme, je me disais avec délices :

Hic captabis frigus opacum[6].

Si je laisse de quoi faire cette tablette, je prie qu'on la place dans le cimetière d'Andilly, près Montmorency, exposée au levant[7]. Mais, surtout je désire n'avoir pas d'autre monument, rien de parisien, rien de *vaudevilique* ; j'abhorre ce genre. Je l'abhorrais bien plus en 1821. L'esprit français que je trouvais dans les théâtres de Paris allait presque jusqu'à me faire m'écrier tout haut : Canaille ! Canaille ! Canaille[8] ! Je sortais après le 1er acte. Quand la musique française était jointe à l'esprit français, l'*horreur* allait jusqu'à me faire faire des grimaces et me donner en spectacle[9]. Mme Longueville me donna un jour sa loge au théâtre Feydeau[10] Par bonheur, je n'y menai personne. Je m'enfuis au bout d'un quart d'heure, faisant des grimaces ridicules et faisant vœu de ne pas rentrer à Feydeau de deux ans : j'ai tenu ce serment.

Tout ce qui ressemble aux romans de Mme de Genlis, à la poésie de MM. Legouvé, Jouy, Campenon, Treneuil, m'inspirait la même horreur[11]. Rien de plus plat à écrire en 1832, tout le monde pense ainsi. En 1821, Lussinge se moquait de mon insupportable orgueil quand je lui montrais ma haine convulsive. Il en concluait que sans doute M. de Jouy ou M. Campenon avait fait une sanglante critique de quelques-uns de mes écrits. Un critique qui s'est moqué de moi m'inspire un tout autre sentiment. Je rejuge, à chaque fois que je relis sa critique, qui a raison de lui ou de moi.

Ce fut, ce me semble, en septembre 1821 que je partis pour Londres [12]. Je n'avais que du dégoût pour Paris. J'étais aveugle, j'aurais dû demander des conseils à Madame la comtesse de Tracy. Cette femme adorable et de moi aimée comme une mère, non mais comme une ex-jolie femme, mais sans aucune idée d'amour terrestre, avait alors 63 ans. J'avais repoussé son amitié par mon peu de confiance. J'aurais dû être l'ami, non, l'amant de Céline. Je ne sais si j'aurais réussi alors comme amant, mais je vois clairement aujourd'hui que j'étais sur le bord de l'intime amitié. J'aurais dû ne pas repousser le renouvellement de connaissance avec Madame la comtesse Berthois [13].

J'étais au désespoir, ou, pour mieux dire, profondément dégoûté de la vie de Paris, de moi surtout. Je me trouvais tous les défauts ; j'aurais voulu être un autre. J'allais à Londres chercher un remède au Spleen et je l'y trouvai assez. Il fallait mettre une colline entre moi et la vue du dôme de Milan. Les pièces de Shakespeare et l'acteur Kean (prononcer Kîne) furent cet événement [14]. Assez souvent je trouvais dans la société des gens qui venaient me faire compliment sur un de mes ouvrages ; j'en avais fait bien peu alors [15]. Et le compliment fait et répondu, nous ne savions que nous dire. Ces complimenteurs parisiens, s'attendant à quelque réponse de vaudeville, devaient me trouver bien gauche et peut-être bien orgueilleux. Je suis accoutumé à

---

* 24 juin [1832].

paraître le contraire de ce que je suis. Je regarde et j'ai toujours regardé mes ouvrages comme des billets à la loterie. Je n'estime que d'être réimprimé en 1900. Pétrarque comptait sur son poème latin de l'*Africa* et ne songeait guère à ses sonnets [16].

Parmi les complimenteurs, deux me flattèrent. L'un, de 50 ans, grand et fort bel homme, ressemblait étonnamment à *Jupiter Mansuetus*. En 1821, j'étais encore fou du sentiment qui m'avait fait écrire, 4 ans auparavant, le commencement du second volume de l'*Histoire de la Peinture* [17]. Ce complimenteur si bel homme parlait avec l'afféterie des lettres de Voltaire ; il avait été condamné à mort à Naples en 1800 ou 1799. Il s'appelait *di Fiori* et se trouve aujourd'hui le plus cher de mes amis [18]. Nous avons été 10 ans sans nous comprendre ; alors je ne savais comment répondre à son petit tortillage à la Voltaire.

Le second complimenteur avait des cheveux anglais blonds superbes, bouclés. Il pouvait avoir 30 ans et s'appelait *Edouard Edwards*. Ancien mauvais sujet sur le pavé de Londres et commissaire des guerres, je crois, dans l'armée d'occupation commandée par le duc de Wellington. Dans la suite, quand j'appris qu'il avait été mauvais sujet sur le pavé de Londres, travaillant pour les journaux, visant à faire quelque calembour célèbre, je m'étonnai bien qu'il ne fût pas Chevalier d'industrie. Le pauvre Edouard Edwards avait une autre qualité : il était naturellement et parfaitement brave. Tellement naturellement que lui, qui se vantait de tout avec une vanité plus que française, s'il est possible, et sans la retenue française, ne parlait jamais de sa bravoure.

Je trouvai M. Edouard dans la diligence de Calais. Se trouvant avec un auteur français, il se crut obligé de parler et fit mon bonheur. J'avais compté sur le paysage pour m'amuser. Il n'y a rien de si plat (pour moi du moins) que la route par Abbebille, Montreuil-sur-Mer, etc. Ces longues routes blanches se dessinant au loin sur un terrain platement ondulé auraient fait mon malheur sans le bavardage d'Edwards.

Cependant les murs de Montreuil et la faïence du déjeuner me rappelèrent tout à fait l'Angleterre.

Nous voyagions avec un nommé *Schmit*, ancien secrétaire du plus petitement intrigant des hommes, M. le conseiller d'État Fréville, que j'avais connu chez Mme Nardot, rue de Ménars, n° 4 [19]. Ce pauvre Schmidt, d'abord assez honnête, avait fini par être espion politique. M. Decazes l'envoyait dans les congrès, aux eaux d'Aix-la-Chapelle. Toujours intrigant et à la fin, je crois, volant, changeant de fortune tous les 6 mois, un jour *Schmidt* me rencontra et me dit que, comme mariage *de convenance* et non d'inclination, il allait épouser la fille du maréchal Oudinot, duc de Reggio, qui, à la vérité, a un régiment de filles, et demandait l'aumône à Louis XVIII tous les 6 mois [20].

« Épousez ce soir, mon cher ami, lui dis-je tout surpris. » Mais j'appris, quinze jours après, que M. le duc Decazes, apprenant malheureusement la fortune de ce pauvre Schmidt, s'était cru obligé d'écrire un mot au beau-père. Mais Schmidt était assez bon diable et assez bon compagnon.

A Calais, je fis une grosse sottise. Je parlai à table d'hôte comme un homme qui n'a pas parlé depuis un an. Je fus très gai. Je m'enivrai presque de bière anglaise. Un demi-manant, capitaine anglais au petit cabotage, fit quelques objections à mes contes, je lui répondis gaiement et en bon enfant. La nuit, j'eus une indigestion terrible, la première de ma vie. Quelques jours après *Edwards* me dit avec mesure, chose si rare

chez lui, qu'à Calais j'aurais dû répondre vertement et
non gaiement au Capitaine anglais.

Cette faute horrible, je l'ai commise une autre fois en
1813, à Dresde, envers M ..., depuis fou. Je ne manque
point de bravoure, une telle chose ne m'arriverait plus
aujourd'hui. Mais dans ma jeunesse quand j'improvisais, j'étais fou. Toute mon attention était à la beauté
des images que j'essayais de rendre. L'avertissement
de M. Edwards fut pour moi comme le chant du coq
pour saint Pierre. Pendant deux jours nous cherchâmes
le capitaine anglais dans toutes les infâmes tavernes
que ces sortes de gens fréquentent près de la tour, ce
me semble.

Le second jour, je crois, Edwards me dit avec
mesure, politesse et même élégance : « Chaque nation,
voyez-vous, met de certaines façons à se battre ; notre
manière à nous, Anglais, est baroque, etc., etc., etc. »
Enfin, le résultat de toute cette philosophie était de me
prier de le laisser parler au Capitaine qui, il y avait 10
à parier contre un, malgré l'éloignement national pour
les Français, dirait qu'il n'avait nullement eu l'intention de m'offenser, etc., etc., etc. Mais enfin, si l'on se
battait, Edwards me suppliait de permettre qu'il se
battît à ma place.

— Est-ce que vous [vous] foutez de moi ? lui dis-je. Il
y eut des paroles dures, mais enfin il me convainquit
qu'il n'y avait de sa part qu'excès de zèle et nous nous
remîmes à chercher le Capitaine. Deux ou trois fois je
sentis tous les poils de mes bras se hérisser sur moi,
croyant reconnaître le Capitaine. J'ai pensé depuis que
la chose m'eût été difficile sans Edwards ; j'étais ivre
de gaieté, de bavardage et de bière à Calais. Ce fut la
première infidélité au souvenir de Milan.

Londres me toucha beaucoup à cause des promenades le long de la Tamise vers *Little Chelsea* (little chelsy). Il y avait là de petites maisons garnies de rosiers qui furent pour moi la véritable élégie. Ce fut la première fois que ce genre fade me toucha *.

Je comprends ** aujourd'hui que mon âme était toujours bien malade. J'avais une horreur presque hydrophobique à l'aspect de tout être grossier. La conversation d'un gros marchand de province grossier m'hébétait et me rendait malheureux pour tout le reste de la journée ; par exemple, le riche banquier Charles Durand de Grenoble qui me parlait avec amitié. Cette disposition d'enfance, qui m'a donné tant de moments noirs de quinze ans à vingt-cinq, reprenait avec force.

2do J'étais si malheureux que j'aimais les figures connues. Toute figure nouvelle, qui dans l'état de santé m'amuse, alors m'importunait.

Le hasard me conduisit à Tavistock Hotel, Covent-Garden. C'est l'hôtel des gens aisés qui de la province viennent à Londres. Ma chambre toujours ouverte dans ce pays du vol avec impunité, avait 8 pieds de large et 10 de long. Mais, en revanche, on allait déjeuner dans un salon qui pouvait avoir 100 pieds de long, 30 de large et 20 de haut. Là, on mangeait *** tout ce qu'on voulait et tant qu'on voulait pour 50 sous (2 shillings). On vous faisait des biftecks à l'infini, ou l'on plaçait devant vous un morceau de bœuf rôti de 40 livres avec un couteau bien tranchant. Ensuite venait le thé pour cuire toutes ces viandes. Ce salon s'ouvrait

---

* En cinq jours, 20-24 juin 1832 ; j'en suis ici, *id est* à la 148ᵉ page. Rome, juin 1832. Reçu hier une lettre de Cachemyre, juin 1831, de V[ict]or Jacquemont.

** 24 juin 1832.

*** 25 juin [1832].

en arcades sur la place de Covent-Garden. Je trouvais là tous les matins une trentaine de bons Anglais marchant avec gravité, et beaucoup avec l'air malheureux. Il n'y avait ni affectation ni fatuité françaises et bruyantes. Cela me convint ; j'étais moins malheureux dans ce salon. Le déjeuner me faisait toujours passer non pas une heure ou deux comme une diversion, mais une bonne [21] heure.

CAHIER N° 2*

[*Suite de la vie de Henri Brulard*] [21]

LIFE

2d Cahier de 151 à 270

[*Suite du mémoire de ce qui lui est arrivé pendant ce qu'il appelle son dernier voyage à Paris, du 21 juin 1821 au 6 novembre 1830, époque à laquelle il se rendit à Trieste, en qualité de consul de France (Pour le commencement, voir le cahier n° 1er, pages 1 à 150).*]

J'appris à lire machinalement les journaux anglais, qui, au fond, ne m'intéressaient point. Plus tard, en 1826, j'ai été bien malheureux sur cette même place de Covent-Garden au Ouxkum Hotel, ou quelque nom aussi disgracieux, à l'angle opposé à Tavistock. De 1826 à 1832, je n'ai pas eu de malheurs [22].

On ne donnait point encore Shakespeare le jour de mon arrivée à Londres ; j'allais à Haymarket qui, ce me semble, était ouvert. Malgré l'air malheureux de la salle, je m'y amusai assez.

She stoops to conquer, comédie de ... [23], m'amusa infiniment à cause du jeu de Jones, de l'acteur qui faisait le mari de Miss ..., qui s'abaissait pour conquérir : c'est un peu le sujet des ... de Marivaux. Une jeune fille à marier se déguise en femme de chambre.

« Beaux Stratagem » m'amusa fort [24]. Le jour, j'er-

* 25 juin 1831 [21].

rais dans les environs de Londres ; j'allais souvent à Richmond.

Cette fameuse terrasse offre le même mouvement de terrain que St-Germain-en-Laye. Mais la vue plonge de moins haut peut-être sur des prés d'une charmante verdure parsemés de grands arbres vénérables par leur antiquité. On n'aperçoit, au contraire, du haut de la terrasse de St-Germain, que du sec et du rocailleux. Rien n'est égal à cette fraîcheur du vert en Angleterre et à la beauté de ses arbres : les couper serait un crime et un déshonneur, tandis qu'au plus petit besoin d'argent le propriétaire français vend les 5 ou 6 grands chênes qui sont dans son domaine. La vue de Richmond, celle de Windsor, me rappelaient ma chère Lombardie, les monts de Brianza, Desio, Como, la Cadenabbia, le sanctuaire de Varèse, beaux pays où se sont placés mes beaux jours. J'étais si fou dans ces moments de bonheur que je n'ai presque aucun souvenir distinct [25] ; tout au plus quelque date pour marquer, sur un livre nouvellement acheté, l'endroit où je l'avais lu. La moindre remarque marginale fait que si je relis jamais ce livre, je reprends le fil de mes idées et *vais en avant*. Si je ne trouve aucun souvenir en relisant un livre, le travail est à recommencer.

Un soir, assis sur le pont qui est au bas de la terrasse de Richmond, je lisais les Mémoires de Mme Hutchinson ; c'est l'une de mes passions [26]. — Mister Bell ! dit un homme en s'arrêtant droit devant moi.

C'était M. B... que j'avais vu en Italie, chez Milady Jersey, à Milan. M. B..., homme très fin de quelque 50 ans, sans être précisément de la bonne compagnie y était admis (en Angleterre les classes sont marquées, comme aux Indes, au pays des parias ; voyez la Chaumière indienne [27]).

Avez-vous vu Lady Jersey ? — Non ; je la connaissais trop peu à Milan et l'on dit que vous autres, voyageurs anglais, êtes un peu sujets à perdre la mémoire en repassant la Manche. — Quelle idée ! Allez-y. — Être reçu froidement, simplement n'être pas reconnu, me ferait beaucoup plus de peine que ne pourrait me faire de plaisir la réception la plus empressée. — Vous n'avez pas vu MM. Hobhouse, Brougham[28] ? Même réponse.

M. B... qui avait toute l'activité d'un diplomate, me demanda beaucoup de nouvelles de France[29]. — Les jeunes gens de la petite bourgeoisie, bien élevés et ne sachant où se placer, trouvant partout devant eux les protégés de la Congrégation, renverseront la Congrégation et, par occasion, les Bourbons[30]. (Ceci ayant l'air d'une prédiction, je laisse au lecteur bénévole toute liberté de n'y pas croire.) J'ai placé cette phrase pour ajouter que mon extrême dégoût de tout ce dont je parlais me donna apparemment cet air malheureux sans lequel on n'est pas considéré en Angleterre.

Quand M. B... comprit que je connaissais M. de La Fayette, M. de Tracy :

Eh ! me dit-il avec l'air du plus profond étonnement, *vous n'avez pas donné plus d'ampleur à votre voyage !*

Il dépendait de vous de dîner deux fois la semaine chez lord Holland, chez Lady N..., chez Lady[31]...

— Je n'ai pas même dit à Paris que je venais à Londres. Je n'ai qu'un objet : voir jouer les pièces de Shakespeare.

Quand M. B... m'eut bien compris, il crut que j'étais devenu fou. La première fois que j'allai au bal d'*Almack,* mon banquier, voyant mon billet d'admission, me dit avec un soupir : Il y a 22 ans, monsieur, que je travaille pour aller à ce bal, où vous serez dans une heure [32] !

La société, étant divisée par tranches comme un bambou, la grande affaire d'un homme est de monter dans la classe supérieure à la sienne, et tout l'effort de cette classe est de l'empêcher de monter.

Je n'ai trouvé ces mœurs en France qu'une fois. C'est quand les généraux de l'ancienne armée de Napoléon qui s'étaient vendus à Louis XVIII, essayaient à force de bassesses de se faire admettre dans le salon de Madame de Talaru et autres du faubourg St-Germain [33]. Les humiliations que ces êtres vils empochaient chaque jour rempliraient 50 pages. Le pauvre Amédée de Pastoret, s'il écrivait jamais ses souvenirs, en aurait de belles à raconter [34]. Eh bien ! je ne crois pas que les jeunes gens qui font leur droit en 1832, aient en eux de supporter de telles humiliations. Ils feront une bassesse, une scélératesse, si l'on veut, commise en un jour, mais se faire assassiner ainsi à coups d'épingle par le mépris, c'est ce qui est hors de nature pour qui n'est pas né dans les salons de 1780, ressuscités de 1804 à 1830.

Cette bassesse, qui supporte tout de la femme d'un Cordon bleu (Mme de Talaru), ne paraîtra plus que parmi les jeunes gens nés à Paris. Et Louis-Philippe prend trop peu de c[on]sistance pour que de tels salons se reforment de longtemps à Paris.

Probablement le bill de réforme (juin 1832) va faire cesser en Angleterre la fabrique de gens tels que M. B..., qui ne me pardonna jamais de n'avoir pas donné plus d'*ampleur* à mon voyage. Je ne me doutais pas en 1821 d'une objection que j'ai comprise à mon voyage de 1826 : les dîners et les bals de l'aristocratie coûtent un argent fou, et le plus mal dépensé du monde.

J'eus une obligation à M. B... : il m'apprit à revenir de Richmond à Londres par eau ; c'est un voyage délicieux.

Enfin, le ... 1821, on afficha Othello par Kean. Je faillis être écrasé avant d'atteindre à mon billet de parterre. Les moments d'attente de la queue me rappelèrent vivement les beaux jours de ma jeunesse quand nous nous faisions écraser en 1800 pour voir la première représentation de Pinto (germinal VIII) [35]. Le malheureux qui veut un billet à Covent Garden est engagé dans des passages tortueux, larges de 3 pieds, et garnis de planches que le frottement des habits des patients a rendues parfaitement lisses.

La tête remplie d'idées littéraires, ce n'est qu'engagé dans ces affreux passages et quand la colère m'eut donné une force supérieure à celle de mes voisins que je me dis : Tout plaisir est impossible ce soir pour moi. Quelle sottise de ne pas acheter d'avance un billet de loge !

Heureusement, à peine dans le parterre, les gens avec qui j'avais fait le coup d'épaule me regardèrent avec l'air bon et ouvert. Nous nous dîmes quelques mots bienveillants sur les peines passées* ; n'étant plus en colère, je fus tout à mon admiration pour Kean, que je ne connaissais que par les hyperboles de mon compagnon de voyage Edouard Edwards. Il paraît que Kean est un héros d'estaminet, un crâne de mauvais ton [36].

Je l'excusais facilement. S'il fût né riche ou dans une famille de [?] bon ton, il ne serait pas Kean, mais

* 25 juin [1832].

quelque fat bien froid. La politesse des hautes classes
de France, et probablement d'Angleterre, *proscrit toute
énergie,* et l'use si elle existait par hasard. Parfaitement
poli et parfaitement pur de toute énergie, tel est l'être
que je m'attends à voir quand on annonce, chez M. de
Tracy, M. de Syon ou tout autre jeune homme du
faubourg Saint-Germain. Et encore je n'étais pas bien
placé en 1821 pour juger de toute l'insignifiance de ces
êtres étiolés. M. de Syon, qui vient chez le général La
Fayette, qui est allé en Amérique à sa suite, je crois,
doit être un monstre d'énergie dans le salon de Mme de
La Trémoille[37].

Grand Dieu ! Comment est-il possible d'être aussi
insignifiant ! comment peindre de telles gens ! Questions que je me faisais pendant l'hiver de 1830, en
étudiant ces jeunes gens. Alors leur grande affaire était
la peur que leurs cheveux arrangés de façon à former
un bourrelet d'un côté du front à l'autre ne vinssent à
tomber.

For me. Je suis découragé par le manque absolu de
dates. L'imagination se perd à courir après les dates au
lieu de se figurer les objets.

Mon plaisir, en voyant Kean, fut mêlé de beaucoup
d'étonnement. Les Anglais, peuple *fâché,* ont des gestes
fort différents des nôtres pour exprimer les mêmes
mouvements de l'âme.

Le baron de Lussinge * et l'excellent Barot vinrent
me rejoindre à Londres ; peut-être Lussinge y était-il
venu avec moi[38]. J'ai un talent malheureux pour
communiquer mes goûts ; souvent, en parlant de mes
maîtresses à mes amis, je les en ai rendus amoureux,
ou, ce qui est bien pis, j'ai rendu ma maîtresse

* 26 juin [1832].

amoureuse de l'ami que j'aimais réellement. C'est ce qui m'est arrivé pour Mme Azur et Mérimée. J'en fus au désespoir pendant 4 jours. Le désespoir diminuant, j'allai prier Mérimée d'épargner ma douleur pendant 15 jours. « Quinze mois, me répondit-il, je n'ai aucun goût pour elle. J'ai vu ses bas plissés sur sa jambe (en *garaude*[39], français de Grenoble). »

Barot qui fait les choses avec règle et raison, comme un négociant, nous engagea à prendre un valet de place[40]. C'était un petit fat anglais. Je les méprise plus que les autres ; la mode chez eux n'est pas un plaisir, mais un devoir sérieux, auquel il ne faut pas manquer. J'avais du bon sens pour tout ce qui n'avait pas rapport à certains souvenirs ; je sentis sur-le-champ le ridicule des dix-huit heures de travail de l'ouvrier anglais[41]. Le pauvre Italien tout déguenillé est bien plus près du bonheur. Il a le temps de faire l'amour, il se livre 80 ou 100 jours par an à une religion d'autant plus amusante qu'elle lui fait un peu peur, etc., etc.

Mes compagnons se moquèrent rudement de moi. Mon paradoxe devient vérité à vue d'œil, et sera lieu commun en 1840. Mes compagnons me trouvaient fou tout à fait quand j'ajoutais : « Le travail exorbitant et accablant de l'ouvrier anglais nous venge de Waterloo et de 4 coalitions. Nous, nous avons enterré nos morts, et nos survivants sont plus heureux que les Anglais. » Toute leur vie Barot et Lussinge me croiront une mauvaise tête. 10 ans après je cherche à leur faire honte : « Vous pensez aujourd'hui comme moi à Londres, en 1821. » Ils le nient, et la réputation de mauvaise tête me reste. Qu'on juge de ce qui m'arrivait quand j'avais le malheur de parler littérature. Mon cousin Colomb m'a cru longtemps réellement *envieux*, parce que je lui disais que le *Lascaris* de M. Villemain[42] était ennuyeux à dormir debout. Qu'était-ce, grand Dieu ! quand j'abordais les principes généraux ! Un jour que je parlais du travail anglais, le petit fat qui nous servait de valet de place prétendit son honneur national offensé. « Vous avez raison, lui dis-je, mais nous sommes malheureux : nous n'avons plus de connaissances agréables. — Monsieur, je ferai votre affaire. Je ferai le marché moi-même... Ne vous adressez pas à d'autres, on vous rançonnerait, etc., etc. »

Mes amis riaient. Ainsi, pour me moquer de l'honneur du fat, je me trouvais engagé dans une partie de filles. Rien de plus maussade et repoussant que les détails du marché que notre homme nous fit essuyer le lendemain en nous montrant Londres.

D'abord, nos jeunes filles habitaient un quartier perdu, Westminster Road, admirablement disposé pour que 4 matelots souteneurs puissent rosser des Français. Quand nous en parlâmes à un ami anglais : « Gardez-vous bien de ce guet-apens ! nous dit-il. » Le fat ajoutait qu'il avait longuement marchandé pour nous faire donner du thé le matin en nous levant. Les filles ne voulaient pas accorder leurs bonnes grâces et leur thé pour vingt et un shillings (25 francs 5 sous). Mais enfin elles avaient consenti. Deux ou trois Anglais nous dirent : « Jamais un Anglais ne donnerait dans un tel piège. Savez-vous qu'on vous mènera à une lieue de Londres ? » Il fut bien convenu entre nous que nous n'y irions pas. Le soir venu, Barot me regarda. Je le compris. « Nous sommes forts, lui dis-je, nous avons des armes. » Lussinge n'osa jamais venir.

Nous prîmes un fiacre, Barot et moi, nous passâmes le pont Westminster. Ensuite le fiacre nous engagea dans des rues sans maisons, entre des jardins. Barot riait. « Si vous avez été si brillant avec Alexandrine dans une maison charmante, au centre de Paris, que n'allez-vous pas faire ici ? » J'avais un dégoût profond ; sans l'ennui de l'après-dîner à Londres quand il n'y a pas de spectacle, comme c'était le cas ce jour-là, et sans la petite pointe de danger, jamais Westminster Road ne m'aurait vu. Enfin, après avoir été 2 ou 3 fois sur le point de verser dans de prétendues rues sans pavé, ce me semble, le fiacre, jurant, nous arrêta devant une maison à trois étages qui tout entière pouvait avoir vingt-cinq pieds de haut. De la vie je n'ai vu quelque chose de si petit.

Certainement, sans l'idée du danger, je ne serais pas entré ; je m'attendais à voir trois infâmes salopes. Elles étaient menues, trois petites filles avec de beaux cheveux châtains, un peu timides, très empressées, fort pâles.

Les meubles étaient de la petitesse la plus ridicule. Barot est gros et grand, moi gros, nous ne trouvions pas à nous asseoir, exactement parlant, les meubles avaient l'air faits pour des poupées. Nous avions peur de les écraser. Nos petites filles virent notre embarras ; le leur s'accrut. Nous ne savions que dire absolument. Heureusement Barot eut l'idée de parler du jardin.

« Oh ! nous avons un jardin, dirent-elles, avec non pas de l'orgueil, mais enfin un peu de joie d'avoir quelque objet de luxe à montrer. » Nous descendîmes au jardin avec des chandelles pour le voir ; il avait vingt-cinq pieds de long et dix de large. Barot et moi partîmes d'un éclat de rire. Là étaient tous les instruments d'économie domestique de ces pauvres filles : leur petit cuvier pour faire la lessive, leur petite cuve avec un appareil elliptique pour brasser elles-mêmes leur bière [43].

Je fus touché et Barot dégoûté. Il me dit en français :

« Payons-les et décampons. — Elles vont être si humiliées, lui dis-je. — Bah ! humiliées ! vous les connaissez
bien ! Elles enverront chercher d'autres pratiques, s'il
n'est pas trop tard, ou leurs amants, si les choses se
passent ici comme en France. »

Ces vérités ne firent aucune impression sur moi.
Leur misère, tous ces petits meubles bien propres et
bien vieux m'avaient touché. Nous n'avions pas fini de
prendre le thé que j'étais intime avec elles au point de
leur confier en mauvais anglais notre crainte d'être
assassinés. Cela les déconcerta beaucoup. « Mais enfin,
ajoutai-je, la preuve que nous vous rendons justice,
c'est que je vous raconte tout cela. »

Nous renvoyâmes le fat. Alors je fus comme avec des
amis tendres que je reverrais après un voyage d'un
an [44].

Aucune porte ne fermait : autre sujet de soupçons
quand nous allâmes nous coucher. Mais à quoi eussent
servi des portes et de bonnes serrures ? Partout avec un
coup de poing on eût enfoncé les petites séparations en
briques. Tout s'entendait dans cette maison. Barot, qui
était monté au second dans la chambre au-dessus de la
mienne, me cria : « Si l'on vous assassine, appelez-
moi ! »

Je voulus garder de la lumière ; la pudeur de ma
nouvelle amie, d'ailleurs si soumise et si bonne, n'y
voulut jamais consentir. Elle eut un mouvement de
peur bien marqué, quand elle me vit étaler pistolets et
poignard sur la table de nuit placée du côté du lit
opposé à la porte. Elle était charmante, petite, bien
faite, pâle.

Personne ne nous assassina. Le lendemain nous les
tînmes quittes de leur thé, nous envoyâmes chercher
Lussinge par le valet de place en lui recommandant

d'arriver avec des viandes froides, du vin. Il parut bien vite escorté d'un excellent déjeuner, et tout étonné de notre enthousiasme.

Les deux sœurs envoyèrent chercher une de leurs amies*. Nous leur laissâmes du vin et des viandes froides dont la beauté avait l'air de surprendre ces pauvres filles.

Elles crurent que nous nous moquions d'elles, quand nous leur dîmes que nous reviendrions. Miss ..., mon amie, me dit à part : « Je ne sortirais pas si je pouvais espérer que vous reviendrez ce soir. Mais notre maison est trop pauvre pour des gens comme vous. »

Je ne pensai, toute la journée, qu'à la soirée bonne, douce, tranquille *(full of snugness* [45]*)*, qui m'attendait. Le spectacle me parut long. Barot et Lussinge voulurent voir toutes les demoiselles effrontées qui remplissaient le foyer de Covent-Garden. Enfin, Barot et moi, nous arrivâmes dans notre petite maison. Quand ces demoiselles virent déballer des bouteilles de Claret et de Champagne, les pauvres filles ouvrirent de grands yeux. Je croirais assez qu'elles ne s'étaient jamais trouvées vis-à-vis une bouteille non déjà entamée de *real Champaign*, Champagne véritable.

Heureusement le bouchon du nôtre sauta ; elles furent parfaitement heureuses, mais leurs transports étaient tranquilles et décents. Rien de plus décent que toute leur conduite. Nous savions déjà cela.

Ce fut la première consolation réelle et intime au malheur qui empoisonnait tous mes moments de solitude. On voit bien que je n'avais que vingt ans, en 1821. Si j'en avais eu trente-huit, comme semblait le prouver mon extrait de baptême, j'aurais pu essayer

---

* 26 juin [1832]. Église de Saint-Jean-des-Florentins.

de trouver cette consolation auprès des femmes honnêtes de Paris qui me marquaient de la sympathie. Je
doute cependant quelquefois que j'eusse pu y réussir.
Ce qui s'appelle air du grand monde, ce qui fait que
Mme de Marmier [46] a l'air différent de Mme Edwards me
semble souvent damnable affectation et pour un instant ferme hermétiquement mon cœur.

Voilà un de mes grands malheurs, l'éprouvez-vous
comme moi ? Je suis mortellement choqué des plus
petites nuances.

Un peu plus ou un peu moins des façons du grand
monde fait que je m'écrie intérieurement : « *Bourgeoise !* ou *poupée du faubourg Saint-Germain !* » et, à
l'instant, je n'ai plus que du dégoût ou de l'*ironie* au
service du prochain.

On peut connaître tout, excepté soi-même : « Je suis
bien loin de croire tout connaître », ajouterait un
homme poli du noble faubourg attentif à garder toutes
les avenues contre le ridicule. Mes médecins, quand
j'ai été malade, m'ont toujours traité avec plaisir
comme étant un monstre, pour l'excessive *irritabilité
nerveuse.* Une fois, une fenêtre ouverte dans la chambre
voisine dont la porte était fermée me faisait froid. La
moindre odeur (excepté les mauvaises) affaiblit mon
bras et ma jambe gauche et me donne envie de tomber
de ce côté.

Mais c'est de l'égotisme abominable que ces détails !
— Sans doute, et qu'est ce livre autre chose * qu'un
abominable égotisme ? A quoi bon étaler de la grâce de
pédant comme M. Villemain dans un article d'hier sur
l'arrestation de M. de Chateaubriand [47] ?

Si ce livre est ennuyeux, au bout de deux ans il

---

* 30 juin [1832]. Deux jours sans travail. L'officiel m'a occupé.

enveloppera le beurre chez l'épicier ; s'il n'ennuie pas, on verra que l'égotisme, *mais sincère,* est une façon de peindre ce cœur humain dans la connaissance duquel nous avons fait des pas de géant depuis 1721, époque des *Lettres persanes* de ce grand homme que j'ai tant étudié, Montesquieu.

Le progrès est quelquefois si étonnant que Montesquieu en paraît grossier *.

Je me trouvais si bien de mon séjour à Londres depuis que toute la soirée je pouvais être bonhomme, en mauvais anglais, que je laissai repartir pour Paris le baron, appelé par son bureau, et Barot, appelé par ses affaires de Baccarat et de Cardes[48]. Leur société m'était cependant fort agréable. Nous ne parlions pas beaux-arts, ce qui a toujours été ma pierre d'achoppement avec mes amis. Les Anglais sont, je crois, le peuple du monde le plus obtus, le plus barbare. Cela est au point que je leur pardonne les infamies de Sainte-Hélène.

Ils ne les sentaient pas. Certainement, un Espagnol, un Italien, un Allemand même, se serait figuré le martyre de Napoléon. Ces honnêtes Anglais, sans cesse *côtoyés* par l'abîme du danger de mourir de faim s'ils oublient un instant de travailler, chassaient l'idée de Sainte-Hélène, comme ils chassent l'idée de Raphaël, comme propre à leur faire *perdre du temps,* et voilà tout.

A nous trois : moi pour la rêverie et la connaissance de Say et de Smith (Adam)[49], le baron de Lussinge

---

* Je suis heureux en écrivant ceci. Le travail officiel m'a occupé en quelque façon jour et nuit depuis trois jours (juin 1832). Je ne pourrais reprendre à 4 heures, mes lettres aux ministres cachetées, un ouvrage d'imagination. Je fais ceci aisément sans autre peine et plan que *me souvenir.*

pour le mauvais côté à voir en tout, Barot pour le travail (qui change une livre d'acier valant 12 francs en 3/4 de livre de ressorts de montres, valant 10 000 francs), nous formions un voyageur assez complet.

Quand je fus seul, l'honnêteté de la famille anglaise qui a 10 000 francs de rente se battit dans mon cœur avec la démoralisation complète de l'Anglais qui, ayant des goûts chers, s'est aperçu que pour les satisfaire il faut se vendre au gouvernement. Le Philippe de Ségur anglais est pour moi à la fois l'être le plus vil et le plus absurde à écouter.

Je partis comme... sans savoir, à cause du combat de ces deux idées, s'il fallait désirer une *Terreur* qui nettoierait l'étable d'Augias en Angleterre.

La fille pauvre chez laquelle je passais les soirées m'assurait qu'elle mangerait des pommes et ne me coûterait rien si je voulais l'emmener en France.

J'ai été sévèrement puni d'avoir donné à une sœur que j'avais le conseil de venir à Milan en 1816, je crois. Mme Périer s'est attachée à moi comme une huître, me chargeant à tout jamais de la responsabilité de son sort. Mme Périer avait toutes les vertus et assez de raison et d'amabilité. J'ai été obligé de me brouiller pour me délivrer de cette huître ennuyeusement attachée à la carène de mon vaisseau, et qui bon gré mal gré me rendait responsable de tout son bonheur à venir. Chose effroyable [50] !

Ce fut cette effrayante idée qui m'empêcha d'emmener Miss Appleby à Paris. J'aurais évité bien des moments d'un noir diabolique. Pour mon malheur, l'affectation m'étant tellement antipathique, il m'est fort difficile d'être simple, sincère, bon, en un mot parfaitement allemand, avec une femme française.

(J'augmenterai cet article de Londres en 1821, quand je retrouverai mes pièces anglaises avec les dates des jours où je les avais vu jouer.)

Un jour, l'on annonça qu'on pendrait huit pauvres diables. A mes yeux, quand on pend un voleur ou un assassin en Angleterre, c'est l'aristocratie qui immole une victime à sa sûreté, car c'est elle qui l'a forcé à être scélérat, etc., etc. Cette vérité, si paradoxale aujourd'hui, sera peut-être un lieu commun quand on lira mes bavardages[51].

Je passai la nuit à me dire que c'est le devoir du voyageur de voir ces spectacles et l'effet qu'ils produisent sur le peuple qui est resté de son pays *(who has raciness*[52]). Le lendemain, quand on m'éveilla à huit heures, il pleuvait à verse. La chose à laquelle je voulais me forcer était si pénible que je me souviens encore du combat. Je ne vis point ce spectacle atroce.

CHAPITRE [VII]

A mon retour à Paris, vers le mois de décembre [1], il se trouva que je prenais un peu plus d'intérêt aux hommes et aux choses. Je vois aujourd'hui que c'est parce que je savais qu'indépendamment de ce que j'avais laissé à Milan, je pouvais trouver un peu de bonheur ou du moins d'amusement autre part. Cet autre part était la petite maison de Miss Appleby.

Mais je n'eus pas assez de bon sens pour arranger systématiquement ma vie. Le hasard guidait toujours mes relations. Par exemple :

Il y avait une fois un Ministre de la guerre à Naples qui s'appelait Micheroux. Ce pauvre officier de fortune était, je pense, de Liège. Il laissa à ses deux fils des pensions de la cour ; à Naples, on compte sur les grâces du roi comme sur un patrimoine [2].

Le chevalier Alexandre Micheroux dînait à la table d'hôte du n° 47, rue de Richelieu. C'est un beau garçon qui a l'apparence flegmatique d'un Hollandais. Il était consumé de chagrins. Lors de la Révolution de 1820, il était tranquille à Naples et royaliste.

Francesco [3], prince royal et depuis le plus méprisé des *Kings*, était régent et protecteur spécial du chevalier de M[icheroux]. Il le fit appeler et le pria, en le tutoyant, d'accepter la place de ministre à Dresde, de laquelle l'apathique Miche[roux] ne se souciait nullement. Cependant, comme il n'avait pas le courage de déplaire à une Altesse royale et à un prince héréditaire, il alla à Dresde. Bientôt Francesco l'exila, le condamna à mort, je crois, ou du moins lui confisqua ses pensions.

Sans aucun esprit ou disposition pour rien, le chevalier a été un bourreau pour lui-même : il a longtemps travaillé dix-huit heures par jour, comme un Anglais, pour devenir peintre, musicien, métaphysicien, que sais-je ? Cette éducation était dirigée comme pour faire pièce à la logique.

Je sais ses étonnants travaux d'une actrice de mes amies, qui, de sa fenêtre, voyait ce beau jeune homme travailler de 5 heures du matin à 5 heures du soir à la peinture, et ensuite lire toute la soirée. De ces travaux effroyables, il était resté au chevalier l'art d'accompagner supérieurement au piano et assez de bon sens ou de bon goût musical, comme on voudra, pour n'être pas dupe tout à fait de la crème fouettée et des fanfaronnades de Rossini[4]. Dès qu'il voulait raisonner, cet esprit faible, accablé de fausse science, tombait dans les sottises les plus comiques. En politique, surtout, il était curieux. Au reste, je n'ai jamais rien connu de plus poétique et de plus absurde que le libéral italien ou *Carbonaro* qui, de 1821 à 1830, remplissait les salons libéraux de Paris.

Un soir après dîner Mi[cheroux] monta chez lui. Deux heures après, ne le voyant point venir au café de Foy où l'un de nous qui avait perdu le café le payait, nous montâmes chez lui. Nous le trouvâmes évanoui de douleur. Il avait le *scolozione*[5] ; après dîner, la douleur locale avait redoublé ; cet esprit flegmatique et triste s'était mis à considérer toutes ses misères, y compris la misère d'argent. La douleur l'avait accablé. Un autre se serait tué ; quant à lui, il se serait contenté de mourir évanoui, si à grand-peine nous ne l'eussions réveillé.

Ce sort me toucha. Peut-être un peu par la réflexion : « Voilà un être, cependant, plus malheureux que moi. » Barot lui prêta 500 francs qui ont été rendus. Le lendemain Lussinge ou moi le présentâmes à Madame Pasta.

Huit jours après, nous nous aperçûmes qu'il était l'ami préféré. Rien de plus froid, rien de plus raisonnable que ces deux êtres l'un vis-à-vis de l'autre. Je les ai vus tous les jours pendant 4 ou 5 ans ; je n'aurais pas été étonné après tout ce temps qu'un magicien, me donnant la faculté d'être invisible [6], me mît à même de voir qu'ils ne faisaient pas l'amour ensemble, mais simplement parlaient musique. Je suis sûr que Mme Pasta, qui pendant 8 ou 10 ans non seulement a habité Paris, mais y a été à la mode les trois quarts de ce temps, n'a jamais eu d'amant français [*].

Dans le temps où on lui présenta M[icheroux], le beau Lagrange venait chaque soir passer trois heures à nous ennuyer, assis à côté d'elle sur son canapé. C'est ce général qui jouait le rôle d'Apollon ou du bel Espagnol délivré aux ballets de la cour impériale [7]. J'ai vu la reine Caroline Murat et la divine princesse Borghèse danser en costumes de sauvage avec lui. C'est un des êtres les plus vides de la bonne compagnie, assurément ; c'est beaucoup dire.

Comme tomber dans une inconvenance de parole est

_____

[*] 30 juin 1832, *written* douze pages dans un bout de soirée, après avoir fait ma besogne officielle. Je n'aurais pu travailler ainsi à une œuvre d'imagination.

beaucoup plus funeste à un jeune homme qu'il ne lui est avantageux de dire un joli mot, la postérité, probablement moins niaise, ne se fera pas d'idée de l'insipidité de la bonne compagnie.

Le chevalier Missirini[8] avait des manières distinguées, presque élégantes. A cet égard, c'était un contraste parfait avec Lussinge et même Barot *, qui n'est qu'un bon et brave garçon de province qui, par hasard, a gagné des millions. Les façons élégantes de Missirini me lièrent avec lui. Je m'aperçus bientôt que c'était une âme parfaitement froide.

Il avait appris la musique comme un savant de l'Académie des Inscriptions apprend ou fait semblant d'apprendre le persan. Il avait *appris* à admirer tel morceau, la première qualité était toujours dans un son d'être juste, dans une phrase d'être correcte.

A mes yeux, la première qualité, de bien loin, est d'être *expressif.*

La première qualité, pour moi, dans tout ce qui est noir sur du blanc, est de pouvoir dire avec Boileau :

Et mon vers, bien ou mal, dit toujours quelque chose[9].

La liaison avec Missirini et Mme Pasta se renforçant, j'allai loger au troisième étage de l'hôtel des Lillois, dont cette aimable femme occupa successivement le second et le premier étage[10].

Elle a été, à mes yeux, sans vices, sans défauts, caractère simple, uni, juste, naturel, et avec le plus grand talent tragique que j'aie jamais connu.

Par habitude de jeune homme (on se rappelle que je n'avais que vingt ans en 1821[11]), j'aurais d'abord voulu

* 1er juillet 1832.

qu'elle eût de l'amour pour moi, qui avais tant d'admiration pour elle. Je vois aujourd'hui qu'elle était trop froide, trop raisonnable, pas assez folle, pas assez caressante pour que notre liaison, si elle eût été d'amour, pût continuer. Ce n'aurait été qu'une passade de ma part ; elle, justement indignée, se fût brouillée. Il est donc mieux que la chose se soit bornée à la plus sainte et plus dévouée amitié de ma part, et de la sienne à un sentiment de même nature, mais qui a eu des hauts et des bas.

Missirini, me craignant un peu, m'affubla de 2 ou 3 bonnes calomnies que *j'usai* en n'y faisant pas attention. Au bout de 6 ou 8 mois, je suppose que Mme Pasta se disait : « Mais cela n'a pas le sens commun ! »

Mais il en reste toujours quelque chose ; mais, au bout de 6 ou 8 ans, ces calomnies ont fait que notre amitié est devenue fort tranquille. Je n'ai jamais eu un moment de colère contre Missirini. Après le procédé si royal de François [12], il pouvait dire alors, comme je ne sais quel héros de Voltaire :

Une pauvreté noble est tout ce qui me reste [13],

et je suppose que *la Giuditta,* comme nous l'appelions en italien, lui prêtait quelques petites sommes pour le garantir des pointes les plus dures de cette pauvreté.

Je n'avais pas grand esprit alors, pourtant j'avais déjà des jaloux. M. de Perrey, l'espion de la société de M. de Tracy, sut ma liaison d'amitié avec Mme Pasta : ces gens-là savent tout par leurs camarades. Il l'arrangea de la façon la plus odieuse aux yeux des dames de la rue d'Anjou [14]. La femme la plus honnête, à l'esprit de laquelle toute idée de liaison est le plus étrangère, ne pardonne pas l'idée de liaison avec une actrice. Cela m'était déjà arrivé à Marseille en 1805 ; mais alors, Mme Séraphie T...[15] avait raison de ne plus vouloir me voir chaque soir, quand elle sut ma liaison avec Mlle Louason (cette femme de tant d'esprit, depuis Mme de Barkoff)[16].

Dans la rue d'Anjou, qui, au fond, était ma société la plus respectable, pas même le vieux M. de Tracy, le philosophe, ne me pardonna ma liaison avec une actrice.

Je suis vif, passionné, fou, sincère à l'excès en amitié et en amour jusqu'au premier froid. Alors, de la folie de seize ans je passe, en un clin d'œil, au Machiavélisme de 50 et, au bout de 8 jours, il n'y a plus rien que *glace fondante,* froid parfait. (Cela vient encore de m'arriver ces jours-ci *with Lady* Angelica, 1832, mai[17].)

J'allais donner tout ce qu'il y a d'amitié dans mon cœur à la société Tracy, quand je m'aperçus d'une superficie de gelée blanche. De 1821 à 1830, je n'y ai plus été que froid et machiavélique, c'est-à-dire parfaitement prudent. Je vois encore les tiges rompues de plusieurs amitiés qui allaient commencer dans la rue d'Anjou. L'excellente comtesse de Tracy, que je me reproche amèrement de ne pas avoir aimée davantage, ne me marqua pas cette nuance de froid. Cependant je revenais d'Angleterre pour elle, avec une ouverture de cœur, un besoin d'être ami sincère qui se calma par *consenso* pur, en prenant la résolution d'être froid et calculateur avec tout le reste du salon.

En Italie, j'adorais l'opéra. Les plus doux moments de ma vie sans comparaison se sont passés dans les salles de spectacle. A force d'être heureux à *la Scala* (salle de Milan), j'étais devenu une espèce de connaisseur[18].

A dix ans, mon père, qui avait tous les préjugés de la

religion et de l'aristocratie, m'empêcha violemment d'étudier la musique [19]. A seize, j'appris successive- ment à jouer du violon, à chanter et à jouer de la clarinette. De cette dernière façon seule, j'arrivai à produire des sons qui me faisaient plaisir. Mon maître, un bon et bel Allemand, nommé Hermann, me faisait jouer des cantilènes tendres. Qui sait ? peut-être il connaissait Mozart ? C'était en 1797, Mozart venait de mourir.

Mais alors ce grand nom ne me fut point révélé. Une grande passion pour les mathématiques m'entraîna ; pendant deux ans, je n'ai pensé qu'à elles. Je partis pour Paris, où j'arrivai le lendemain du 18 brumaire (10 novembre [17]99). Depuis, quand j'ai voulu étudier la musique, j'ai connu qu'il était trop tard à ce signe : ma passion diminuait à mesure qu'il me venait un peu de connaissance. Les sons que je produisais me fai- saient horreur, à la différence de tant d'exécutants du 4ème ordre qui ne doivent leur peu de talent, qui toutefois le soir à la campagne fait plaisir, qu'à l'intrépidité avec laquelle le matin ils s'écorchent les oreilles à eux-mêmes. Mais ils ne se les écorchent pas, car... Cette métaphysique ne finirait jamais.

Enfin, j'ai adoré la musique et avec le plus grand bonheur pour moi de 1806 à 1810 en Allemagne. De 1814 à 1821 en Italie. En Italie je pouvais discuter musique avec le vieux Mayer, avec le jeune Pacini, avec les compositeurs. Les exécutants, le marquis Carafa, Viscontini de Milan, trouvaient au contraire que je n'avais pas le sens commun [20]. C'est comme aujour- d'hui si je parlais politique à un sous-préfet.

Un des étonnements du comte Daru, véritable homme de lettres de la tête aux pieds, digne de l'hébétement de l'Académie des Inscriptions de 1828, était que je pusse écrire une page qui fît plaisir à quelqu'un. Un jour il acheta de Delaunay, qui me l'a dit, un petit ouvrage de moi qui, à cause de l'épuisement de l'édition, se vendait 40 francs[21]. Son étonnement fut à mourir de rire, dit le libraire.

— Comment, 40 francs ! — Oui, Monsieur le Comte, et par grâce, et vous ferez plaisir au marchand en ne le prenant pas à ce prix. — Est-il possible ! disait l'académicien en levant les yeux au ciel ; cet enfant ! ignorant comme une carpe !

Il était parfaitement de bonne foi. Les gens des antipodes, regardant la lune lorsqu'elle n'a qu'un petit croissant pour nous, se disent : « Quelle admirable clarté ! la lune est presque pleine ! » M. le comte Daru, membre de l'Académie française, associé de l'Académie des Sciences, etc., etc., et moi, nous regardions le cœur de l'homme, la nature, etc., de côtés opposés.

Une des admirations de Missirini, dont la jolie chambre était voisine de la mienne, au second étage de l'hôtel des Lillois, c'est qu'il y eût des êtres qui pussent m'écouter quand je parlais musique. Il ne revint pas de sa surprise quand il sut que c'était moi qui avais fait une brochure sur Haydn[22]. Il approuvait assez le livre, « trop métaphysique », disait-il ; mais que j'eusse pu l'écrire, mais que j'en fusse l'auteur, moi incapable de frapper un accord de 7ème diminuée sur un piano, voilà ce qui lui faisait ouvrir de grands yeux. Et il les avait fort beaux, quand il y avait par hasard un peu d'expression.

Cet étonnement, que je viens de décrire un peu au long, je l'ai trouvé petit ou grand chez tous mes interlocuteurs jusqu'à l'époque (1827) où je me suis mis à avoir de l'esprit[23].

Je suis comme une femme honnête qui se ferait fille,

j'ai besoin de vaincre à chaque instant cette pudeur d'honnête homme qui a horreur de parler de soi. Ce livre n'est pas fait d'autre chose cependant. Je ne prévoyais pas cet accident, peut-être il me fera tout abandonner. Je ne prévoyais d'autre difficulté que d'avoir le courage de dire la vérité sur tout : c'est la moindre chose.

Les détails me manquent un peu sur ces époques reculées ; je deviendrai moins sec et même verbeux à mesure que je m'approcherai de l'intervalle de 1826 à 1830. Alors, mon malheur me força à avoir de l'esprit ; je me souviens de tout comme de hier.

Par une malheureuse disposition physique qui m'a fait passer pour menteur, pour bizarre et surtout pour mauvais Français, je ne puis que très difficilement avoir du plaisir par de la musique chantée dans une salle française.

Ma grande affaire, comme celle de tous mes amis en 1821, n'en était pas moins *l'opera buffa*.

Mme Pasta y jouait *Tancrède, Otello, Roméo et Juliette...* d'une façon qui, non seulement n'a jamais été égalée, mais qui n'avait certainement jamais été prévue par les compositeurs de ces opéras [24].

Talma, que la postérité élèvera peut-être si haut, avait l'âme tragique, mais il était si bête qu'il tombait dans les affectations les plus ridicules. Je soupçonne que, outre l'éclipse totale d'esprit, il avait encore cette servilité indispensable pour commencer les succès, et que j'ai retrouvée avec tant de peine jusque chez l'admirable et aimable Béranger [25].

Talma fut donc probablement servile, bas, rampant, flatteur, etc., et, peut-être, quelque chose de plus envers Mme de Staël qui, continuellement et bêtement aussi occupée de sa laideur (si un tel mot que bête peut s'écrire à propos de cette femme admirable) avait besoin pour être *rassurée* de raisons palpables et sans cesse renaissantes[26].

Mme de Staël, qui avait admirablement, comme un de ses amants, M. le prince de Talleyrand, *l'art du succès à Paris*, comprit * qu'elle aurait tout à gagner à donner son cachet au succès de Talma, qui commençait à devenir général et à perdre par sa durée le peu respectable caractère de *mode***

Le succès de Talma commença par de la hardiesse ; il eut le courage d'innover, le seul des courages qui soit étonnant en France. Il fut neuf dans le *Brutus* de Voltaire et bientôt après dans cette pauvre amplification, le *Charles IX* de M. de Chénier.

Un vieil et très mauvais acteur que j'ai connu, l'ennuyeux et royaliste Naudet, fut si choqué du génie innovateur du jeune Talma, qu'il le provoqua plusieurs fois en duel. Je ne sais en vérité où Talma avait pris l'idée et le courage d'innover ; je l'ai connu bien au-dessous de cela[27].

Malgré sa grosse voix factice et l'affectation presque aussi ennuyeuse de ses poignets disloqués, l'être en France qui avait de la disposition à être ému par les beaux sentiments tragiques du troisième acte de l'*Hamlet* de Ducis ou les belles scènes des derniers actes d'*Andromaque* n'avait d'autre ressource que de voir Talma.

Il avait l'âme tragique et à un point étonnant[28]. S'il y eût joint un caractère simple et le courage de demander conseil, il eût pu aller bien loin ; par exemple, être aussi sublime que Monvel dans Auguste

---

* En 1803, peut-être. A vérifier.
** 1er juillet 1832.

(Cinna) [29]. Je parle ici de toutes choses que j'ai vues et bien vues ou du moins fort en détail, ayant été amateur passionné du Théâtre-Français.

Heureusement pour Talma, avant qu'un écrivain, homme d'esprit et parlant souvent en public (M. l'abbé Geoffroy), s'amusât à vouloir détruire sa réputation, il avait été dans les convenances de Mme de Staël de le porter aux nues [30]. Cette femme éloquente se chargea d'apprendre aux sots en quels termes ils devaient parler de Talma. On peut penser que l'emphase ne fut pas épargnée. Le nom de Talma devint européen.

Son abominable affectation devint de plus en plus invisible aux Français, gent moutonnière. Je ne suis pas mouton ce qui fait que je ne suis rien.

La mélancolie vague et donnée par la fatalité, comme dans *Œdipe*, n'aura jamais d'acteur comparable à Talma. Dans Manlius, il était bien romain : « *Prends, lis* », et : « *Connais-tu la main de Rutile ?* » étaient divins [31]. C'est qu'il n'y avait pas moyen de mettre là l'abominable chant du vers alexandrin. Quelle hardiesse il me fallait pour penser cela en 1805 ! Je frémis presque d'écrire de tels blasphèmes aujourd'hui (1832) que les deux idoles sont tombées. Cependant, en 1805, je prédisais 1832, et le succès m'étonne et me *rend stupide (Cinna)* [32].

M'en arrivera-t-il autant avec la ... [33] ?

Le chant continu, la grosse voix, le tremblement des poignets, la démarche affectée m'empêchaient d'avoir un plaisir pur 5 minutes de suite en voyant Talma. A chaque instant, il fallait choisir : vilaine occupation pour l'imagination, ou plutôt alors la tête tue l'imagination. Il n'y avait de parfait dans Talma que sa tête et son *regard vague*. Je reviendrai sur ce grand mot à propos des madones de Raphaël et de Mlle Virginie de

La Fayette (Mme Adolphe Perier)[34] qui avait cette beauté en un degré suprême et dont sa bonne grand' mère, Mme la comtesse de Tracy, était bien fière.

Je trouvai le tragique qui me convenait dans Kean et je l'adorai. Il remplit mes yeux et mon cœur. Je vois encore là, devant moi, Richard III et Othello.

Mais le tragique dans une femme, où pour moi il est le plus touchant, je ne l'ai trouvé que chez Mme Pasta et là il était pur, parfait, sans mélange. Chez elle, elle était silencieuse et impassible. Le soir pendant 2 heures elle était...[35]. En rentrant, elle passait 2 heures sur son canapé à pleurer et à avoir un accès de nerfs.

Toutefois ce talent tragique était mêlé avec le talent de chanter. L'oreille achevait l'émotion commencée par les yeux, et Mme Pasta restait longtemps, par exemple deux secondes ou trois, dans la même position. Cela a-t-il été une facilitation ou un obstacle de plus à vaincre ? J'y ai souvent rêvé. Je penche à croire que cette circonstance de rester forcément longtemps dans la même position ne donne ni facilité ni difficulté nouvelles. Reste pour l'âme de Mme Pasta la difficulté de donner son attention à bien chanter.

Le chevalier Missirini, Lussinge, di Fiori, Sutton Sharpe[36] et quelques autres réunis par notre admiration pour la *gran donna*, nous avions un éternel sujet de discussion dans la manière dont elle avait joué *Roméo* à la dernière représentation, dans les sottises que disaient à cette occasion ces pauvres gens de lettres français, obligés d'avoir un avis sur une chose si antipathique au caractère français : la *musique*. L'abbé Geoffroy, de bien loin le plus spirituel et le plus savant des journalistes, appelait sans façon Mozart *un faiseur de charivari* ; il était de bonne foi et ne sentait que Grétry et Monsigny, qu'il *avait appris*[37].

De grâce, lecteur bénévole, comprenez bien ce mot. C'est l'histoire de la musique en France.

Qu'on juge des âneries que disaient en 1822 toute la tourbe des gens de lettres, journalistes tellement inférieurs à M. Geoffroy. On a réuni les feuilletons de ce spirituel maître d'école et, dit-on, c'est une plate réunion [38]. Ils étaient divins, servis en impromptu, deux fois la semaine, et mille fois supérieurs aux lourds articles d'un M. Hoffmann ou d'un M. Féletz qui, réunis, font peut-être meilleure figure que les délicieux feuilletons de Geoffroy [39]. Dans leur temps, je déjeunais au café Hardy alors à la mode avec de délicieux rognons à la brochette. Eh bien ! les jours où il n'y avait pas feuilleton de Geoffroy, je déjeunais mal.

Il les faisait en entendant la lecture des thèmes latins de ses écoliers à la pension ... où il était maître [40]. Un jour, faisant entrer des écoliers dans un café près de la Bastille pour prendre de la bière, ceux-ci eurent la joie de trouver un journal qui leur apprit ce que faisait leur maître qu'ils voyaient souvent écrire en portant le papier au bout de son nez tant il avait la vue basse.

C'était aussi à sa vue basse que Talma devait ce beau regard vague et qui montre tant d'âme (comme une demi-concentration intérieure dès que quelque chose d'intéressant ne tire pas forcément l'attention dehors).

Je trouve une diminution au talent de Mme Pasta. Elle n'avait pas * grand-peine à jouer naturellement la grande âme : elle l'avait ainsi.

Par exemple, elle était avare, ou, si l'on veut, économe par raison, ayant un mari prodigue. Eh bien ! en un seul mois il lui est arrivé de faire distribuer 200 francs à de pauvres réfugiés italiens. Et il y en

* 1er juillet 1832.

avait de bien peu gracieux, de bien faits pour dégoûter de la bienfaisance ; par exemple, M. Gianonne, le poète de Modène, que le ciel absolve. Quel regard il avait !

M. di Fiori, qui ressemble comme deux gouttes d'eau au *Jupiter Mansuetus*, condamné à mort à 23 ans, à Naples en 1799, se chargeait de distribuer judicieusement les secours de Mme Pasta. Lui seul le savait et me l'a dit longtemps après, en confidence. La reine de France, dans le journal de ce jour, a fait enregistrer un secours de 70 francs envoyé à une vieille femme (juin 1832) !

CHAPITRE [VIII]

Outre l'impudence de parler de soi continuellement,
ce travail offre un autre découragement : que de choses
hardies et que je n'avance qu'en tremblant seront de
plats lieux communs, dix ans après ma mort, pour peu
que le ciel m'accorde une vie un peu honnête de 84 ou
90 ans !

D'un autre côté, il y a du plaisir à parler du général
Foy [1], de Mme Pasta, de Lord Byron, de Napoléon, etc.,
de tous ces grands hommes ou du moins ces êtres si
distingués que mon bonheur a été de connaître et qui
ont daigné parler avec moi !

Du reste, si le lecteur est envieux comme mes
contemporains, qu'il se console, peu de ces grands
hommes que j'ai tant aimés m'ont deviné. Je crois
même qu'ils me trouvaient plus ennuyeux qu'un
autre ; peut-être ils ne voyaient en moi qu'un *exagéré
sentimental*.

C'est la pire espèce en effet. Ce n'est que depuis que
j'ai de l'esprit que j'ai été apprécié et bien au-delà de
mon mérite. Le général Foy, Mme Pasta, M. de Tracy,
Canova, n'ont pas *deviné* en moi (j'ai sur le cœur ce mot
sot : deviné) une âme remplie d'une rare bonté, j'en ai

la *bosse* (système de Gall[2]) et un esprit enflammé et capable de les comprendre.

Un des hommes qui ne m'a pas compris et peut-être, à tout prendre, celui de tous que j'ai le plus aimé (il réalisait mon idéal, comme a dit je ne sais quelle bête emphatique), c'est Andrea Corner de Venise, ancien aide de camp du prince Eugène à Milan[3].

J'étais en 1811 ami intime du comte Widmann, capitaine de la compagnie des gardes de Venise (j'étais l'amant de sa maîtresse)[4]. Je revis l'aimable Widmann à Moscou où il me demanda tout uniment de le faire sénateur du royaume d'Italie. On me croyait alors favori de M. le comte Daru, mon cousin, qui ne m'a jamais aimé, au contraire. En 1811 Widmann me fit connaître Corner qui me frappa comme une belle figure de Paul Véronèse.

Le comte Corner a mangé 5 millions, dit-on. Il a des actions de la générosité la plus rare * et les plus opposées au caractère de l'homme du monde français. Quant à la bravoure, il a eu les 2 croix de la main de Napoléon (croix de fer et la Légion d'honneur).

C'est lui qui disait si naïvement à 4 heures du soir le jour de la bataille de la Moscowa (7 septembre 1812) : « Mais cette diable de bataille ne finira donc jamais ! » Widmann ou Migliorini[5] me le dirent le lendemain.

Aucun des Français si braves mais si affectés que j'ai connus à l'armée alors, par exemple le général Caulaincourt, le général Montbrun, etc., n'auraient osé dire un tel mot, pas même M. le duc de Frioul (Michel Duroc). Il avait cependant un naturel bien rare dans le caractère, mais pour cette qualité comme pour l'esprit amusant il était bien loin d'Andrea Corner.

---

* 1er juillet [1832].

Cet homme aimable était alors à Paris sans argent, commençant à devenir chauve. Tout lui manquait à 38 ans, à l'âge où, quand on est désabusé, l'ennui commence à poindre. Aussi, et c'est le seul défaut que je lui ai jamais vu, quelquefois le soir il se promenait seul un peu ivre, au milieu du jardin alors sombre du Palais-Royal. C'est la fin de tous les illustres malheureux : les princes détrônés, M. Pitt voyant les succès de Napoléon, et apprenant la bataille d'Austerlitz *.

Lussinge **, l'homme le plus prudent que j'aie connu, voulant s'assurer un copromeneur pour tous les matins, avait la plus grande répugnance à me donner des connaissances.

Il me mena cependant chez M. de Maisonnette [6], l'un des êtres les plus singuliers que j'aie vus à Paris. Il est noir, maigre, fort petit, comme un Espagnol, il en a l'œil vif et la bravoure irritable.

Qu'il puisse écrire en une soirée 30 pages élégantes et verbeuses pour prouver une thèse politique sur un mot d'indication que le ministre lui expédie, à 6 heures du soir, avant d'aller dîner, c'est ce que Maisonnette a de commun avec les ..., les Vitet, les Léon Pillet, les Saint-Marc-Girardin et autres écrivains de la Trésorerie. Le curieux, l'incroyable, c'est que Maisonnette croit ce qu'il écrit. Il a été successivement amoureux, mais amoureux à sacrifier sa vie, de M. Decazes, ensuite de M. de Villèle, ensuite, je crois, de M. de Martignac. Au moins celui-ci était aimable.

Bien des fois j'ai essayé de deviner Maisonnette. J'ai

---

* 1ᵉʳ juillet 1832. *They speak of* Lamb[ruschini] *as La Bourdonnaye secretary and of Sanctus Olai departure. Yesterday* Mᵐᵉ Malibran.
** 2 juillet 1832.

cru voir une totale absence de logique et quelquefois une capitulation de conscience, un étourdissement d'un petit remords qui demandait à naître. Tout cela fondé sur le grand axiome : « Il faut que je vive. »

Maisonnette n'a aucune idée des devoirs de citoyen ; il regarde cela comme je regarde, moi, les rapports de l'homme avec les anges que croit si fermement M. F. Ancillon[7], actuel ministre des Affaires étrangères à Berlin (de moi bien connu en 1806 et [180]7). Maisonnette est pur des devoirs du citoyen, comme Dominique de ceux de la religion[8]. Si quelquefois en écrivant si souvent le mot *honneur* et loyauté, il lui vient un petit remords, il s'en acquitte dans le for intérieur par son dévouement chevaleresque pour ses amis. Si j'avais voulu, après l'avoir négligé par ennui 6 mois de suite, je l'aurais fait lever à 5 heures du matin pour aller solliciter pour moi. Il serait allé chercher sous le pôle pour se battre avec lui, un homme qui aurait douté de son honneur comme homme de société.

Ne perdant jamais son esprit dans les utopies de bonheur public, de constitution sage, il était admirable pour savoir les faits particuliers. Un soir Lussinge, Gazul[9] et moi parlions de M. de Jouy[10], alors l'auteur à la mode, le successeur de Voltaire ; il se lève et va chercher dans un de ses volumineux recueils la lettre autographe par laquelle M. de Jouy demandait aux Bourbons la croix de Saint-Louis. Il ne fut pas 2 minutes à trouver cette pièce qui jurait d'une manière si plaisante avec la vertu farouche du libéral M. de Jouy.

Maisonnette n'avait pas la coquinerie lâche et profonde, le parfait jésuitisme des rédacteurs du *Journal des Débats*. Aussi aux *Débats* on était scandalisé des 15 ou 20 000 francs que M. de Villèle, cet homme si positif, donnait à M[aisonne]tte.

Les gens de la rue des Prêtres[11] le regardaient comme un niais, cependant ses appointements les empêchaient de dormir comme les lauriers de Miltiade[12].

Quand nous eûmes admiré la lettre de l'adjudant général de Jouy, M[aisonne]tte dit : « Il est singulier que les deux coryphées de la littérature et du libéralisme actuels s'appellent tous les deux Étienne[13]. » M. de Jouy naquit à Jouy, d'un bourgeois nommé Étienne. Doué de cette effronterie française * que les pauvres Allemands ne peuvent pas concevoir, à 14 ans le petit Étienne quitta Jouy près Versailles pour aller aux Indes. Là il se fit appeler Étienne de Jouy, É. de Jouy et enfin de Jouy tout court. Il devint réellement capitaine ; plus tard un représentant, je crois, le fit colonel. Quoique brave, il a peu ou point servi. Il était fort joli homme. Un jour dans l'Inde lui et 2 ou 3 amis entrèrent dans un temple pour éviter une chaleur épouvantable. Ils y trouvèrent la prêtresse, espèce de vestale. M. de Jouy trouva plaisant de la rendre infidèle à Brahma sur l'autel même de son Dieu.

Les Indiens s'en aperçurent, accoururent en armes, coupèrent les poignets et ensuite la tête à la vestale, scièrent en deux l'officier, camarade de l'auteur de *Sylla* qui, après la mort de son ami, put monter à cheval et galope encore.

Avant que M. de Jouy appliquât son talent pour l'intrigue à la littérature, il était secrétaire général de la préfecture de Bruxelles vers 1810. Là, je pense, il était l'amant de la préfète et le factotum de M. de

* 2 juillet 1832.

Pontécoulant, préfet, homme d'un véritable esprit. Entre M. de Jouy et lui, ils supprimèrent la mendicité. Ce qui est immense partout et plus qu'ailleurs en Belgique, pays éminemment catholique.

A la chute du grand homme, M. de Jouy demanda la croix de Saint-Louis ; les imbéciles qui régnaient la lui ayant refusée, il se mit à se moquer d'eux par la littérature et leur a fait plus de mal que tous les gens de lettres des *Débats*, si grassement payés, ne leur ont fait de bien. Voir en 1820 la fureur des *Débats* contre la *Minerve*[14].

M. de Jouy, par son *Hermite de la Chaussée d'Antin*, livre si bien adapté à l'esprit du bourgeois de France et à la curiosité bête de l'Allemand, s'est vu et *s'est cru*, pendant 5 ou 6 ans, le successeur de Voltaire dont à cause de cela il avait le buste dans son jardin de la maison des Trois-Frères.

Depuis 1829 les littérateurs romantiques, qui n'ont pas même autant d'esprit que M. de Jouy, le font passer pour le *Cotin* de l'époque (Boileau), et sa vieillesse est rendue malheureuse *(amareggiata)* par la gloire extravagante de son âge mûr[15].

Il partageait la dictature littéraire, quand j'arrivai en 1821, avec un autre sot bien autrement grossier, M. A.-V. Arnault, de l'Institut, amant de Mme Brac[16]. J'ai beaucoup vu celui-ci chez Mme Cuvier, sœur de sa maîtresse. Il avait l'esprit d'un portier ivre. Il a cependant fait ces jolis vers :

> Où vas-tu, feuille de chêne ?
> — Je vais où le vent me mène[17].

Il les fit la veille de son départ pour l'exil[18]. Le malheur personnel avait donné quelque vie à cette âme de liège. Je l'avais connu bien bas, bien rampant vers

1811 chez M. le comte Daru qu'il reçut à l'Académie
française. M. de Jouy, beaucoup plus gentil, vendait les
restes de sa mâle beauté à Mme Davillier, la plus vieille
et la plus ennuyeuse des coquettes de l'époque. Elle
était ou elle est encore bien plus ridicule que Mme la
comtesse Baraguey-d'Hilliers qui, dans l'âge tendre de
57 ans, recrutait alors des amants parmi les gens
d'esprit. Je ne sais si c'est à ce titre que je fus obligé de
la fuir chez Mme Dubignon. Elle prit ce lourdaud de
Masson (maître des requêtes), et comme une femme de
mes amies lui disait : « Quoi ! un être si laid ! — Je l'ai
pris pour son esprit, dit-elle. » Le bon, c'est que le
triste secrétaire de M. Beugnot avait autant d'esprit
que de beauté. On ne peut lui refuser l'esprit de
conduite, l'art d'avancer par la patience et en avalant
des couleuvres, et, d'ailleurs, des connaissances, non
pas en finances, mais dans l'art de noter les opérations
de finances de l'État. Les nigauds confondent ces
2 choses. Mme d'Hilliers, dont je regardais les bras
qu'elle avait encore superbes, me dit : « Je vous
apprendrai à faire fortune par vos talents. Tout seul,
vous vous casserez le nez. »

Je n'avais pas assez d'esprit pour la comprendre. Je
regardais souvent cette vieille comtesse à cause des
charmantes robes de Victorine[19] qu'elle portait.
J'aime à la folie une robe bien faite, c'est pour moi la
volupté. Jadis, Mme N.C.D. me donna ce goût, lié aux
souvenirs délicieux de Cideville[20].

Ce fut, je crois, Mme Baraguey-d'Hilliers qui m'apprit
que l'auteur d'une chanson délicieuse que j'adorais et
avais dans ma poche, faisait de petites pièces de vers
pour les jours de naissance de ces deux vieux singes :
MM. de Jouy et Arnault et de l'effroyable Mme Davil-

lier. Voilà ce que je n'ai jamais fait, mais, aussi je n'ai pas fait

le Roi d'Yvetot,
le Sénateur,
la Grand-mère[21].

M. de Béranger, content d'avoir acquis en flattant ces magots le titre de grand poète (d'ailleurs si mérité), a dédaigné de flatter le gouvernement de Louis-Philippe auquel tant de libéraux se sont vendus.

CHAPITRE [IX]

Mais il faut revenir à un petit jardin de la rue Caumartin[1]. Là chaque soir en été nous attendaient de bonnes bouteilles de bière bien fraîche, à nous versée par une grande et belle femme, Mme Romance, femme séparée d'un imprimeur fripon[2] et maîtresse de M. de Maisonnette, qui l'avait achetée dudit mari, 2 ou 3 000 francs.

Là nous allions souvent, Lussinge et moi. Le soir nous rencontrions, sur le boulevard, M. Darbelles, homme de 6 pieds, notre ami d'enfance, mais bien ennuyeux[3]. Il nous parlait de Court de Gébelin[4] et voulait avancer par la science. Il a été plus heureux d'une autre façon, puisqu'il est ministre aujourd'hui. Il allait voir sa mère rue Caumartin ; pour nous débarrasser de lui nous entrions chez Maisonnette.

Je commençais cet été-là à renaître un peu aux idées de ce monde. Je parvenais à ne plus penser à Milan pendant 5 ou 6 heures de suite ; le réveil seul était encore amer pour moi. Quelquefois je restais dans mon lit jusqu'à midi, occupé à broyer du noir. J'écoutais donc dans la bouche de M[aisonne]tte la description de la manière dont le *pouvoir*, seule chose réelle, était distribué à Paris alors, en 1821.

En arrivant dans une ville je demande toujours :

1° quelles sont les 12 plus jolies femmes ;

2° quels sont les 12 hommes les plus riches ;

3° quel est l'homme qui peut me faire pendre.

M[aisonne]tte répondait assez bien à mes questions. L'étonnant pour moi c'est qu'il fût de bonne foi dans son amour pour le mot de *Roi*. « Quel mot pour un Français ! me disait-il avec enthousiasme et ses petits yeux noirs et égarés se levant au ciel, que ce mot *le Roi !* » Maisonnette était professeur de rhétorique en 1811, il donna spontanément congé à ses élèves le jour de la naissance du roi de Rome. En 1815, il fit un pamphlet en faveur des Bourbons [5]. M. Decazes le lut, l'appela et le fit écrivain politique avec 8 000 francs. Aujourd'hui, M[aisonne]tte est bien commode pour un premier ministre : il sait parfaitement et sûrement comme un dictionnaire tous les petits faits, tous les dessous de cartes des intrigues politiques de Paris de 1815 à 1832.

Je ne voyais pas ce mérite, qu'il faut interroger pour le voir. Je n'apercevais que cette incroyable manière de raisonner.

Je me disais : « De qui se moque-t-on ici ? Est-ce de moi ? Mais à quoi bon ? Est-ce de Lussinge ? Est-ce de ce pauvre jeune homme en redingote grise et si laid avec son nez retroussé ? » Ce jeune homme avait quelque chose d'effronté et d'extrêmement déplaisant. Ses yeux petits et sans expression avaient un air toujours le même et cet air était méchant.

Telle fut la première vue du meilleur de mes amis actuels. Je ne suis pas trop sûr de son cœur, mais je suis sûr de ses talents, c'est M. le comte Gazul, aujourd'hui si connu, et dont une lettre reçue la semaine passée m'a

rendu heureux pendant deux jours*. Il devait avoir
18 ans, étant né, ce me semble, en 1804. Je croirais
assez, avec Buffon, que nous tenons beaucoup de nos
mères, toute plaisanterie à part sur l'incertitude pater-
nelle, incertitude qui est bien rare pour le premier
enfant[6].

Cette théorie me semble confirmée par le comte
Gazul. Sa mère a beaucoup d'esprit français et une
raison supérieure. Comme son fils, elle me semble
susceptible d'attendrissement une fois par an. Je
trouve la sensation du *sec* dans plusieurs des ouvrages
de M. Gazul, mais j'escompte sur l'avenir.

Dans le temps du joli petit jardin de la rue Caumartin, Gazul était l'élève en rhétorique du plus abominable maître. Le mot *abominable* est bien étonné de se
voir accolé au nom de Maisonnette, le meilleur des
êtres. Mais tel était son goût dans les arts : le faux, le
brillant, le vaudevillique avant tout.

Il était élève de M. Luce de Lancival[7] que j'ai connu
dans ma première jeunesse chez M. de Maisonneuve**,
qui n'imprimait pas ses tragédies, quoiqu'elles eussent
rencontré le succès. Ce brave homme me rendit le
grand service de dire que j'avais un esprit supérieur.
« Vous voulez dire un *orgueil supérieur*, dit en riant
Martial Daru qui me croyait presque stupide. » Mais je
lui pardonnais tout : il me menait chez Clotilde (alors
la première danseuse de l'Opéra). Quelquefois, quels
jours pour moi ! je me trouvais dans sa loge à l'Opéra,

---

* *Made* 14 pages le 2 juillet de 5 à 7. Je n'aurais pas pu travailler
ainsi à un ouvrage d'imagination comme *le Rouge et le Noir*.
   Edwards.
  ** 3 juillet [1832].

et devant moi, quatrième, elle s'habillait et se désha-
billait. Quel moment pour un provincial !

Luce de Lancival avait une jambe de bois et de la
gentillesse ; du reste, il eût mis un calembour dans une
tragédie. Je me figure que c'est ainsi que Dorat devait
penser dans les arts[8]. Je trouve le mot juste : c'est un
berger de Boucher. Peut-être en 1860 y aura-t-il encore
des tableaux de Boucher au Musée.

Maisonnette avait été l'élève de Luce, et Gazul est
l'élève de Maisonnette. C'est ainsi qu'Annibal Carrache
est élève du flamand Calvart[9].

Outre sa passion prodigieuse autant que sincère
pour le ministre régnant, et sa bravoure, Maisonnette
avait une autre qualité qui me plaît : il recevait
22 000 francs du ministre pour prouver aux Français
que les Bourbons étaient adorables, et il en mangeait 30.

Après avoir écrit quelquefois 12 heures de suite pour
persuader les Français, M[aisonne]tte allait voir une
femme honnête du peuple à laquelle il offrait
500 francs. Il était laid, petit, mais il avait un feu
tellement espagnol qu'après trois visites ces dames
oubliaient sa singulière figure pour ne plus voir que la
sublimité du billet de 500 francs.

Il faut que j'ajoute quelque chose pour l'œil d'une
femme honnête et sage, si jamais un tel œil s'arrête sur
ces pages. D'abord 500 francs en 1822, c'est comme
1 000 en 1872. Ensuite, une charmante marchande de
cachets m'avoua qu'avant le billet de 500 francs de
Maisonnette, elle n'avait jamais eu à elle un double
napoléon. Les gens riches sont bien injustes et bien
comiques lorsqu'ils se font juges dédaigneux de tous
les péchés et crimes commis pour de l'argent. Voyez les
effroyables bassesses et les 10 ans de soins qu'ils se

donnent à la cour pour un portefeuille. Voyez la vie de M. le duc Decazes depuis sa chute en 1820, après l'action de Louvel, jusqu'à ce jour.

Me voici donc en 1822, passant trois soirées par semaine à l'*Opera Buffa* et une ou deux chez Maisonnette, rue Caumartin. Quand j'ai eu du chagrin, la soirée a toujours été le moment difficile de ma vie. Les jours d'Opéra, de minuit à deux heures, j'étais chez Mme Pasta avec Lussinge, Missirini, Fiori, etc.

Je faillis avoir un duel avec un homme fort gai et fort brave qui voulait que je le présentasse chez Mme Pasta. C'est l'aimable Edouard Edwards, cet Anglais, le seul de sa race qui eût l'habitude de faire de la gaieté, mon compagnon de voyage en Angleterre, celui qui à Londres voulait se battre pour moi.

Vous n'avez pas oublié qu'il m'avait averti d'une vilaine faute : de n'avoir pas pris assez garde à une insinuation offensante d'une espèce de paysan, capitaine d'un bateau à Calais.

Je déclinai de le présenter. C'était le soir et déjà alors, ce pauvre Edwards, à 9 heures du soir, n'était plus l'homme du matin.

— Savez-vous, mon cher B..., me dit-il, qu'il ne tiendrait qu'à moi d'être offensé ?

— Savez-vous, mon cher Edwards, que j'ai autant d'orgueil que vous et que votre fâcherie m'est fort indifférente, etc., etc. ?

Cela alla fort loin. Je tire fort bien, je casse 9 poupées sur douze. (M. Prosper Mérimée l'a vu au tir du Luxembourg.) * Edwards tirait bien aussi, peut-être un peu moins bien.

Enfin, cette querelle augmenta notre amitié. Je m'en

---

* 3 juillet 1832.

souviens parce que, avec une étourderie bien digne de moi, je lui demandai, le lendemain ou le surlendemain au plus tard, de me présenter au fameux docteur Edwards son frère, dont on parlait beaucoup en 1822. Il tuait mille grenouilles par mois et allait, dit-on, découvrir comment nous respirons et un remède pour les maladies de poitrine des jolies femmes. Vous savez que le froid, au sortir du bal tue chaque année, à Paris, 1 100 jeunes femmes. J'ai vu le chiffre officiel [10].

Or le savant, sage, tranquille, appliqué docteur Edwards avait en fort petite recommandation les amis de son frère Edouard. D'abord le docteur avait 16 frères et mon ami était le plus mauvais sujet de tous. C'est à cause de son ton trop gai et de son amour passionné pour la plus mauvaise plaisanterie, qu'il ne voulait pas laisser perdre si elle lui venait, que je n'avais pas voulu le mener chez Mme Pasta. Il avait une grosse tête, de beaux yeux d'ivrogne et les plus jolis cheveux blonds que j'aie vus. Sans cette diable de manie de vouloir avoir autant d'esprit qu'un Français, il eût été fort aimable, et il n'a tenu qu'à lui d'avoir les plus beaux succès auprès des femmes comme je le dirai en parlant d'*Eugeny* [11], mais elle est encore si jeune que peut-être est-il mal d'en parler dans ce bavardage qui peut être imprimé 10 ans après ma mort. Si je mets vingt, toutes les *nuances de la vie* seront changées, le lecteur ne verra plus que les masses. Et où diable sont les *masses* dans ces jeux de ma plume ? C'est une chose à examiner.

Je crois [que] pour se venger noblement, car il avait l'âme noble quand elle n'était pas offusquée par 50 verres d'eau-de-vie, Edwards travailla beaucoup pour obtenir la permission de me présenter au docteur.

Je trouvai un petit salon archi-bourgeois ; une femme du plus grand mérite qui parlait morale et que je pris pour une *quakeress* et enfin dans le docteur un homme du plus rare mérite caché dans un petit corps malingre duquel la vie avait l'air de s'échapper. On n'y voyait pas dans ce salon (rue du Helder, n° 12). On m'y reçut fraîchement.

Quelle diable d'idée de m'y faire présenter ! Ce fut un caprice imprévu, une folie. Au fond, si je désirais quelque chose, c'était de connaître les hommes. Tous les mois peut-être je retrouvais cette idée, mais il fallait que les goûts, les passions, les cent folies qui remplissaient ma vie, laissassent tranquille la surface de l'eau pour que cette image pût y apparaître. Je me disais alors : « Je ne suis pas comme..., comme... », des fats de ma connaissance. Je ne choisis pas mes amis.

Je prends au hasard ce que le sort place sur ma route.

Cette phrase a fait mon orgueil pendant 10 ans.

Il m'a fallu 3 années de soins pour vaincre la répugnance et la frayeur que j'inspirais dans le salon de Mme Edwards. On me prenait pour un Don Juan (voir Mozart et Molière), pour un monstre de séduction et d'esprit infernal. Certainement il ne m'en eût pas coûté davantage pour me faire supporter dans le salon de Mme de Talaru, ou de Mme de Duras, ou de Mme de Broglie qui admettait tout couramment des bourgeois, ou de Mme Guizot que j'aimais (je parle de Mlle Pauline de Meulan), ou même dans le salon de Mme Récamier [12].

Mais, en 1822, je n'avais pas compris toute l'importance de la réponse à cette question sur un homme qui imprime un livre qu'on lit :

— *Quel homme est-ce ?*

J'ai été sauvé du mépris par cette réponse : « Il va beaucoup chez Mme de Tracy. » La société de 1829 a besoin de mépriser l'homme à qui à tort ou à raison elle accorde quelque esprit dans ses livres. Elle a peur, elle n'est plus juge impartial. Qu'eût-ce été si l'on avait répondu : « Il va beaucoup chez Mme de Duras (Mlle de Kersaint). »

Eh bien ! même aujourd'hui, où je sais l'importance de ces réponses, à cause de cette importance même, je laisserais le salon à la mode. (Je viens de déserter le salon de *Lady Holye* — en 1832 [13].)

Je fus fidèle au salon du docteur Edwards, qui n'était point aimable, comme on l'est à une maîtresse laide, parce que je pouvais le laisser chaque mercredi (c'était le jour de Mme Edwards).

Je me soumettrais à tout par le caprice du moment ; si l'on me dit la veille : « Demain il faudra vous soumettre à tel moment d'ennui », mon imagination en fait un monstre, et je me jetterais par la fenêtre plutôt que de me laisser mener dans un salon ennuyeux.

Chez Mme Edwards, je connus M. Stritch [14], Anglais impassible et triste, parfaitement honnête, victime de l'aristocratie, car il était Irlandais et avocat, et cependant défendant, comme faisant partie de son honneur, les préjugés semés et cultivés dans les têtes anglaises par l'aristocratie. J'ai retrouvé cette singulière absurdité mêlée avec la plus haute honnêteté, la plus parfaite délicatesse, chez M. Rogers, près Birmingham (chez qui je passai quelque temps en août 1826). Ce caractère est fort commun en Angleterre. Pour les idées semées et cultivées par l'intérêt de l'aristocratie, on peut dire, ce qui n'est pas peu, que l'Anglais manque de logique presque autant qu'un Allemand.

La logique de l'Anglais, si admirable en finance et dans tout ce qui tient à un art qui produit de l'argent à la fin de chaque semaine, devient confuse et se perd dès qu'on s'élève à des sujets un peu abstraits et qui *directement ne produisent pas de l'argent*. Ils sont devenus imbéciles dans les raisonnements relatifs à la haute littérature par le même mécanisme qui donne des imbéciles à la diplomatie *of the King of French ;* on ne choisit que dans un fort petit nombre d'hommes. Tel homme fait pour raisonner sur le génie de Shakespeare et de Cervantès (grands hommes morts le même jour, 16 avril 16...[15], je crois), est marchand de fil de coton à Manchester. Il se reprocherait comme perte de temps d'ouvrir un livre non directement relatif au coton et à son exportation en Allemagne quand il est filé, etc., etc.

De même le *k[in]g of Fr[ench]* ne choisit pas ses diplomates que parmi les jeunes gens de grande naissance ou de haute fortune. Il faut chercher le talent là où s'est formé M. Thiers (vendu en 1830). Il est fils d'un petit bourgeois d'Aix-en-Provence.

Arrivé à l'été de 1822, un an à peu près après mon départ de Milan, je ne songeais plus que rarement à m'esquiver volontairement de ce monde. Ma vie se remplissait peu à peu, non pas de choses agréables, mais enfin de choses quelconques qui s'interposaient entre moi et le dernier bonheur qui avait fait l'objet de mon culte.

J'avais deux plaisirs fort innocents :

1° bavarder après déjeuner en [me] promenant avec Lussinge ou quelque homme de ma connaissance ; j'en avais 8 ou 10 ; tous, comme à l'ordinaire, donnés par le hasard ;

2° quand il faisait chaud, aller lire les journaux anglais dans le jardin de Galignani[16]. Là je relus avec délices 4 ou 5 romans de Walter Scott[17]. Le premier, celui où se trouvent Henry Morton et le sergent Boswell (*Old Mortality*, je crois) me rappelait les souvenirs si vifs pour moi de Volterra. Je l'avais souvent ouvert par hasard, attendant Métilde à Florence, dans le cabinet littéraire de Molini sur l'Arno. Je le lus comme souvenir de 1818.

J'eus de longues disputes avec Lussinge. Je soutenais qu'un grand tiers du mérite de sir Walter Scott était dû à un secrétaire qui lui ébauchait les descriptions de paysage en présence de la nature. Je le trouvais, comme je le trouve, faible en peinture de passion, en connaissance du cœur humain. La postérité confirmera-t-elle le jugement des contemporains qui place le baronnet ultra immédiatement après Shakespeare ?

Moi j'ai en horreur sa personne et j'ai plusieurs fois refusé de le voir (à Paris par M. de Mirbel, à Naples en 1832, à Rome *(idem)*). Fox lui donna une place de 50 ou cent mille francs et il est parti de là pour calomnier adroitement Lord Byron qui profita de cette haute leçon d'hypocrisie : voir la lettre que Lord Byron m'écrivit en 1823 [18].

Avez-vous jamais vu *, lecteur bénévole, un ver à soie qui a mangé assez de feuille de mûrier ? La comparaison n'est pas noble, mais elle est si juste ! Cette laide bête ne veut plus manger, elle a besoin de grimper et de faire sa prison de soie.

Tel est l'animal nommé écrivain. Pour qui a goûté de la profonde occupation d'écrire, lire n'est plus qu'un plaisir secondaire. Tant de fois je croyais être à 2 heures, je regardais ma pendule : il était six heures et demie. Voilà ma seule excuse pour avoir noirci tant de papier.

La santé morale me revenant dans l'été de 1822, je songeais à faire imprimer un livre intitulé *l'Amour*,

_____

* 3 juillet 1832.

écrit au crayon à Milan en me promenant et songeant à Métilde. Je comptais le refaire à Paris et il en a grand besoin. Songer un peu profondément à ces sortes de choses me rendait trop triste. C'était passer la main violemment sur une blessure à peine cicatrisée. Je transcrivis à l'encre ce qui était encore au crayon.

Mon ami Edwards me trouva un libraire (M. Mongie) qui ne me donna rien de mon manuscrit et me promit la moitié du bénéfice, si jamais il y en avait.

Aujourd'hui que le hasard m'a donné des galons, je reçois des lettres de libraires à moi inconnus (1832, juin, de M. Thierry [19], je crois) qui m'offrent de payer comptant des manuscrits. Je ne me doutais pas de tout ce mécanisme de la basse littérature. Cela m'a fait horreur et m'eût dégoûté d'écrire. Les intrigues de M. Hugo (voir *Gazette des Tribunaux* de 1831, je crois, son procès avec le libraire Bossan[ge] ou Plassan [20]), les manœuvres de M. de Chateaubriand, les courses de Béranger, mais elles sont justifiables. Ce grand poète avait été destitué par les Bourbons de sa place de 1 800 francs au ministère de l'Intérieur.

« *Re sciocchi, re...* »
Trois vers de Monti [21].

La bêtise des B[ourbons] paraît dans tout son jour. S'ils n'eussent pas bassement destitué ce pauvre commis pour une chanson gaie bien plus que méchante, ce grand poète n'eût pas cultivé son talent et ne fût pas devenu un des plus puissants leviers qui a chassé les Bourbons. Il a formulé gaiement le mépris des Français pour ce *Trône pourri.* C'est ainsi que les appelait la reine d'Espagne morte à Rome, l'amie du prince de la Paix.

Le hasard me fit connaître cette cour, mais écrire autre chose que l'analyse du cœur humain m'ennuie.

Si le hasard m'avait donné un secrétaire, j'aurais été une autre espèce d'auteur. — Nous avons bien assez de celle-ci, dit l'avocat du diable.

Cette vieille reine avait amené d'Espagne à Rome un vieux confesseur. Ce confesseur entretenait la belle-fille du cuisinier de l'Académie de France. Cet Espagnol fort vieux et encore vert galant, eut l'imprudence de dire (ici je ne puis donner des détails plaisants, les masques vivent) de [22] dire enfin que Ferdinand VII était le fils d'un tel et non de Charles IV, c'était là un des grands péchés de la vieille reine. Elle était morte. Un espion sut le propos du prêtre. Ferdinand l'a fait enlever à Rome et cependant, au lieu de lui faire donner du poison, une contre-intrigue que j'ignore a fait jeter ce vieillard aux *Présides* [23].

Oserai-je dire quelle était la maladie de cette vieille reine remplie de bon sens ? (Je le sus à Rome en 1817 ou 1824.) C'était une suite de galanteries si mal guéries qu'elle ne pouvait tomber sans se casser un os. La pauvre femme, étant reine, avait honte de ces accidents fréquents et n'osait se faire bien guérir. Je trouvai le même genre de malheur à la cour de Napoléon en 1811. Je connaissais, hélas ! beaucoup l'excellent Cullerier (l'oncle, le père, le vieux en un mot ; le jeune m'a l'air d'un fat). Je lui menai trois dames, à deux desquelles je bandai les yeux (rue de l'Odéon, n° 26) [24].

Il me dit deux jours après qu'elles avaient la fièvre (effet de la vergogne et non de la maladie). Ce parfaitement galant homme ne leva jamais les yeux pour les regarder.

Il est toujours heureux pour la race des Bourbons d'être débarrassée d'un monstre comme Ferdinand VII[25]. M. le duc de Laval, parfaitement honnête homme, mais noble et duc (ce qui fait deux maladies mentales) s'honorait en me parlant de l'amitié de Ferdinand VII. Et cependant il avait été 3 ans ambassadeur à sa cour[26].

Cela rappelle la haine profonde de Louis XVI pour Franklin. Ce prince trouva une manière vraiment bourbonnique de se venger : il fit peindre la figure du vénérable vieillard au fond d'un pot de chambre de porcelaine.

Mme Campan nous racontait cela chez Mme Cardon (rue de Lille, au coin de la rue de Bellechasse), après le 18 Brumaire[27]. Les mémoires d'alors qu'on lisait chez Mme Cardon, étaient bien opposés à la rapsodie larmoyante qui attendrit les jeunes femmes les plus distinguées du faubourg Saint-Honoré (ce qui a désenchanté l'une d'elles à mes faibles yeux, vers 1827).

CHAPITRE [X]

Me voilà donc avec une occupation pendant l'été de 1822. Corriger les épreuves de *l'Amour* imprimé in-12, sur du mauvais papier. M. Mongie me jura avec indignation qu'on l'avait trompé sur la qualité du papier. Je ne connaissais pas les libraires en 1822. Je n'avais jamais eu affaire qu'à M. Pierre Didot, auquel je payais tout papier comme d'après son tarif [1]. M. Mongie faisait des gorges chaudes de mon imbécillité. « Ah ! celui-là *n'est pas ficelle !* disait-il en pâmant de rire et en me comparant aux Ancelot, aux Vitet, aux ... et autres auteurs de métier. » Eh bien ! j'ai découvert par la suite que M. Mongie était de bien loin le libraire le plus honnête homme. Que dirai-je de mon ami, M. Sautelet [2], jeune avocat, mon ami avant qu'il ne fût libraire ?

Mais le pauvre diable s'est tué de chagrin de se voir délaissé par une veuve riche, nommée Mme Bonnet ou Bourdet, quelque nom noble de ce genre et qui lui

préférait un jeune pair de France (cela commençait à
être un son bien séduisant en 1828). Cet heureux pair
était, je crois *, M. Pérignon, qui avait eu mon amie,
Mme Viganò, la fille du grand homme (en 1820, je
crois).

C'était une chose bien dangereuse pour moi, que de
corriger les épreuves d'un livre qui me rappelait tant
de nuances de sentiments que j'avais éprouvés en
Italie. J'eus la faiblesse de prendre une chambre à
Montmorency. J'y allais le soir en deux heures par la
diligence de la rue Saint-Denis. Au milieu des bois,
surtout à gauche de la Sablonnière en montant, je
corrigeais mes épreuves. Je faillis devenir fou.

Les folles idées de retourner à Milan que j'avais si
souvent repoussées, me revenaient avec une force
étonnante. Je ne sais comment je fis pour résister. La
force de la passion, qui fait qu'on ne regarde qu'une
seule chose, ôte tout souvenir, à la distance où je me
trouve de ces temps-là. Je ne me rappelle distinctement que la forme des arbres de cette partie des bois de
Montmorency.

Ce qu'on appelle la vallée de M[ontmorency] n'est
qu'un promontoire qui s'avance vers la vallée de la
Seine et directement sur le dôme des Invalides **.

* 3 juillet [18]32.
** 3 juillet, fatigué après 26 pages.

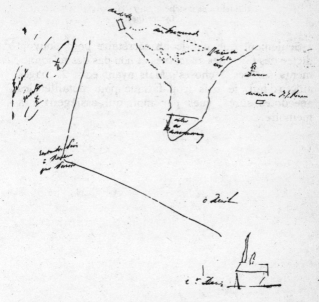

Paris[3]

Quand Lanfranc peignait * une coupole à 150 pieds de hauteur, il outrait certains traits. « *L'aria dipinge* (l'air se charge de peindre) », disait-il[4]. De même, comme on sera bien plus détrompé des *Kings*, des nobles et des prêtres vers 1870 qu'aujourd'hui, il me vient la tentation d'outrer certains traits contre cette vermine de l'espèce humaine. Mais j'y résiste, ce serait être *infidèle à la vérité,*

* 3 juillet 1832, 27 pages.

Infidèle à sa couche.
      Cymbeline[5].

Seulement que n'ai-je un secrétaire pour pouvoir dicter des faits, des anecdotes et non pas des raisonnements sur ces 3 choses ? Mais ayant écrit 27 pages aujourd'hui, je suis trop fatigué pour détailler les anecdotes sûres, vues par moi, qui assiègent ma mémoire.

CHAPITRE [XI]

J'allais assez souvent corriger les épreuves de *l'Amour* dans le parc de Mme Doligny, à Corbeil[1]. Là je pouvais éviter les rêveries tristes ; à peine mon travail terminé, je rentrais au salon.

Je fus bien près de rencontrer le bonheur en 1824[2]. En pensant à la France durant les 6 ou 7 ans que j'ai passés à Milan, espérant bien ne jamais revoir Paris sali par les Bourbons, ni la France, je me disais : « Une seule femme m'eût fait pardonner à ce pays-là, la comtesse Fanny Berthois[3]. » Je l'aimai en 1824. Nous pensions l'un à l'autre depuis que je l'avais vue les pieds nus en 1814, le lendemain de la bataille de Montmirail ou de Champaubert, entrant à 6 heures du matin chez sa mère, la M... de N., pour demander des nouvelles de l'affaire. Eh bien ! Mme Berthois était à la campagne chez Mme Doligny, son amie. Quand enfin je me déterminais à produire ma maussaderie chez Mme Doligny, elle me dit : « Mme Berthois vous a attendu. Elle ne m'a quittée qu'avant-hier à cause d'un événement affreux : elle vient de perdre une de ses charmantes filles. »

Dans la bouche d'une femme aussi sensée que Mme Doligny, ces paroles avaient une grande portée.

En 1814, elle m'avait dit : « Mme Berthois sent tout ce que vous valez. » En 1823 ou [18]22, Mme Berthois avait la bonté de m'aimer un peu. Mme Doligny lui dit un jour : « Vos yeux s'arrêtent sur Belle ; s'il avait la taille plus élancée, il y a longtemps qu'il vous aurait dit qu'il vous aime. »

Cela n'était pas exact. Ma mélancolie regardait avec plaisir les yeux si beaux de Mme Berthois. Dans ma stupidité, je n'allais pas plus loin. Je ne me disais pas : « Pourquoi cette jeune femme me regarde-t-elle ? » J'oubliais tout à fait les excellentes leçons d'amour que m'avaient jadis données mon oncle Gagnon et mon ami et protecteur Martial Daru. Mon oncle Gagnon [4], né à Grenoble vers 1765, était réellement un homme charmant. Sa conversation, qui était pour les hommes comme un roman emphatique et élégant, était délicieuse pour les femmes. Il était toujours plaisant, délicat, rempli de ces phrases qui veulent tout dire si l'on veut. Il n'avait point cette gaieté qui fait peur, qui est devenue mon lot. Il était difficile d'être plus joli et moins raisonnable que mon oncle Gagnon. Aussi n'a-t-il pas poussé loin sa fortune du côté des hommes. Les jeunes gens l'enviaient sans pouvoir l'imiter. Les gens *mûrs,* comme on dit à Grenoble, le trouvaient *léger.* Ce mot suffit pour tuer une réputation. Mon oncle quoique fort ultra, comme toute ma famille en 1815, ayant même émigré vers 1792, n'a jamais pu sous Louis XVIII être conseiller à la cour royale de Grenoble ; et cela quand on remplissait cette cour de coquins comme Faure, le notaire [5], etc., etc., et de gens qui se vantaient de n'avoir jamais lu l'abominable Code civil de la Révolution. En revanche mon oncle a eu exactement toutes les jolies femmes qui vers 1788 faisaient de Grenoble l'une des plus agréables villes de province. Le célèbre Laclos que je connus, vieux général d'artillerie, dans la loge de l'état-major à Milan et auquel je fis la cour à cause des *Liaisons dangereuses*, apprenant de moi que j'étais de Grenoble, *s'attendrit*[6].

Mon oncle*, donc, quand il me vit partir pour l'Ecole polytechnique en novembre 1799, me prit à part pour me donner 2 louis que je refusai, ce qui lui fit plaisir sans doute, car il avait toujours 2 ou 3 appartements en ville et peu d'argent. Après quoi, prenant un air paterne qui m'attendrit car il avait des yeux admirables, de ces grands yeux qui louchent un peu à la moindre émotion :

« Mon ami, me dit-il, tu te crois une bonne tête, tu es rempli d'un orgueil insupportable à cause de tes succès dans les écoles de mathématiques, mais tout cela n'est rien. On n'avance dans le monde que par les femmes. Or tu es laid, mais on ne te reprochera jamais ta laideur parce que tu as de la physionomie. Tes maîtresses te quitteront ; or rappelle-toi ceci : dans le moment où l'on est quitté rien de plus facile que d'accrocher un ridicule. Après quoi un homme n'est plus bon à donner aux chiens aux yeux des autres femmes du pays. Dans les 24 heures où l'on t'aura quitté, fais une déclaration à une femme ; faute de mieux, fais une déclaration à une femme de chambre. »

Sur quoi, il m'embrassa et je montai dans le courrier de Lyon. Heureux si je me fusse souvenu des avis de ce grand tacticien ! Que de succès manqués ! Que d'humiliations reçues ! Mais si j'eusse été habile, je serais dégoûté des femmes jusqu'à la nausée et, par conséquent, de la musique et de la peinture comme mes deux contemporains. MM. de la [Ro]sière et [Per]ro-

---

* 21 juin [1832].

chin. Ils sont secs, dégoûtés du monde, philosophes. Au lieu de cela, dans tout ce qui touche aux femmes, j'ai le bonheur d'être dupe comme à 25 ans.

C'est ce qui fait que je ne me brûlerai jamais la cervelle par dégoût de tout, par ennui de la vie. Dans la carrière littéraire je vois encore une foule de choses à faire. J'ai des travaux possibles de quoi occuper dix vies. La difficulté, dans ce moment-ci, 1832, est de m'habituer à n'être pas distrait par l'action de tirer une traite de 20 000 francs sur M. le caissier des dépenses centrales du Trésor à Paris.

CHAPITRE [XII]

Je ne sais* qui me mena chez M. de l'Étang[1]. Il s'était fait donner, ce me semble, un exemplaire de l'*Histoire de la peinture en Italie,* sous prétexte d'un compte rendu dans le *Lycée,* un de ces journaux éphémères qu'avait créés à Paris le succès de l'*Edinburgh Review*[2]. Il désira me connaître.

En Angleterre, l'aristocratie méprise les lettres. A Paris, c'est une chose trop importante. Il est impossible pour des Français habitant Paris de dire la vérité sur les ouvrages d'autres Français habitant Paris. Je me suis fait 8 ou 10 ennemis mortels pour avoir dit aux rédacteurs du *Globe,* en forme de conseil et parlant à eux-mêmes, que *le Globe* avait le ton un peu trop puritain et manquait peut-être un peu d'*esprit*[3].

Un journal littéraire et consciencieux comme le fut l'*Edinburgh Review* n'est possible qu'autant qu'il sera imprimé à Genève, et dirigé, là-bas, par une tête de négociant capable de secret. Le directeur ferait tous les ans un voyage à Paris, et recevrait à Genève les articles pour le journal du mois. Il choisirait, payerait bien

* 4 juillet 1832, Mme Malibran.

(200 francs par feuille d'impression) et ne nommerait jamais ses rédacteurs.

On me mena donc chez M. de l'Étang un dimanche à deux heures. C'est à cette heure incommode qu'il recevait. Il fallait monter 95 marches, car il tenait son académie au 6eme étage d'une maison qui lui appartenait à lui et à ses sœurs, rue Gaillon[4]. De ses petites fenêtres on ne voyait qu'une forêt de cheminées en plâtre noirâtre. C'est pour moi une des vues les plus laides, mais les quatre petites chambres qu'habitait M. de l'Étang, étaient ornées de gravures et d'objets d'art curieux et agréables.

Il y avait un superbe portrait du cardinal de Richelieu que je regardais souvent. A côté était la grosse figure lourde, pesante, niaise de Racine. C'était avant d'être aussi gras que ce grand poète avait éprouvé les sentiments dont le souvenir est indispensable pour faire *Andromaque* et *Phèdre*.

Je trouvai chez M. de l'Étang, devant un petit mauvais feu, car ce fut, ce me semble, en février 1822 qu'on m'y mena, 8 ou 10 personnes qui parlaient de tout. Je fus frappé de leur bon sens, de leur esprit et surtout du tact fin du maître de la maison qui, sans qu'il y parût, dirigeait la discussion de façon à ce qu'on ne parlât jamais trois à la fois ou que l'on n'arrivât pas à de tristes moments de silence.

Je ne saurais exprimer trop d'estime pour cette société. Je n'ai jamais rien rencontré, je ne dirai pas de supérieur, mais même de comparable. Je fus frappé le premier jour et, 20 fois peut-être pendant les 3 ou 4 ans qu'elle a duré, je me suis surpris à faire le même acte d'admiration.

Une telle société n'est possible que dans la patrie de Voltaire, de Molière, de Courier.

Elle est impossible en Angleterre, car chez M. de l'Étang on se serait moqué d'un duc comme d'un autre, et plus que d'un autre s'il eût été ridicule.

L'Allemagne ne pourrait la fournir : on y est trop accoutumé à croire avec enthousiasme la niaiserie philosophique à la mode (les anges de M. Ancillon). D'ailleurs, hors de leur enthousiasme, les Allemands sont trop bêtes.

Les Italiens auraient disserté, chacun y eût gardé la parole pendant 20 minutes et fût resté l'ennemi mortel de son antagoniste dans la discussion. A la 3eme séance, on eût fait des sonnets satiriques les uns contre les autres.

Car la discussion y était ferme et franche sur tout et avec tous. On était poli chez M. de l'Étang, mais à cause de lui. Il était souvent nécessaire qu'il protégeât la retraite des imprudents qui, cherchant une idée nouvelle, avaient avancé une absurdité trop marquante.

Je trouvai là M. de l'Étang, MM. Albert Stapfer, J.-J. Ampère[5], Sautelet, de Lussinge...

M. de l'Étang est un caractère * dans le genre du bon vicaire de Wakefield. Il faudrait pour en donner une idée toutes les demi-teintes de Goldsmith ou d'Addison[6].

D'abord il est fort laid ; il a surtout, chose rare à Paris, le front ignoble et bas, il est bien fait et assez grand.

Il a toutes les petitesses d'un bourgeois. S'il achète

* 4 juillet 1832. Première chaleur.

pour 36 francs une douzaine de mouchoirs chez le m[archan]d du coin, deux heures après il croit que ses mouchoirs sont une rareté, et que pour aucun prix on ne pourrait en trouver de semblables à Paris *.

---

* La chaleur m'ôte les idées à 1 h. $\frac{1}{2}$.

Projets d'autobiographie

I

[1821]

Henri Beyle, né à Grenoble en 1783, vient de mourir à ... (le ... octobre 182...). Après avoir étudié les mathématiques, il fut quelque temps officier dans le 6e Régiment des Dragons (1800, 1801, 1802). Il y eut une courte paix, il suivit à Paris une femme qu'il aimait[1] et donna sa démission, ce qui irrita beaucoup ses protecteurs. Après avoir suivi à Marseille une actrice[2] qui y allait remplir les premiers rôles tragiques, il rentra dans les affaires en 1806, comme adjoint aux Commissaires des Guerres. Il vit l'Allemagne en cette qualité, il assista à l'entrée triomphante de Napoléon à Berlin, qui le frappa beaucoup. Étant parent de M. Daru, Ministre de l'Armée et la 3eme personne après Napoléon et le Prince de Neuchâtel, M. B[eyle] vit de près plusieurs rouages de cette grande machine. Il fut employé à Brunswick en 1806, 1807 et 1808 et s'y distingua. Il étudia dans cette ville la langue et la philosophie allemandes, et conçut assez de mépris pour Kant, Fichte, ces hommes supérieurs qui n'ont fait que de savants châteaux de cartes.

M. B. revint à Paris en 1809, et fit la campagne de Vienne en 1809 et 1810. Au retour, il fut nommé Auditeur au Conseil d'État et Inspecteur Général du

Mobilier de la Couronne. Il fut chargé en outre du B[ure]au de la Hollande à l'administration de la liste Civile de l'Empereur. Il connut le duc de Frioul. En 1811, il fit un court voyage en Italie, pays qu'il aimait toujours depuis les 3 ans qu'il y avait passés dans sa jeunesse. En 1812, il obtint, après beaucoup de difficultés de la part de M. de Champagny, duc de Cadore, Intendant de la Maison de l'Empereur, de faire la Campagne de Russie. Il rejoignit le quartier général près d'Orcha le 14 août 1812. Il entra à Moscou le 14 septembre avec Napoléon et en partit le 16 octobre avec une mission. Il devait procurer quelque subsistance à l'armée, et c'est lui qui a donné à l'Armée au retour, entre Orcha et Bober, le seul morceau de pain qu'elle ait reçu. M. Daru reconnut ce service au nom de l'Empereur à Bober. M. B. ne crut jamais dans cette retraite qu'il y eût de quoi pleurer.

Près de Kœnigsberg, comme il se sauvait des Cosaques en passant le Frischaff sur la glace, la glace se rompit sous son traîneau. Il était avec M. le Ch[ier] Marchand, Commissaire des Guerres (rue du Doyenné, n° 5). Comme on n'avouait pas même qu'on fût en retraite à cette armée Impériale, il s'arrêta à Slangard puis à Berlin qu'il vit se détacher de la France.

A mesure qu'il s'éloignait du danger, il en prit horreur et il arriva à Paris navré de douleur. Le physique avait beaucoup de part à cet état. Un mois de bonne nourriture ou plutôt de nourriture suffisante le remirent. Son protecteur le força à faire la Campagne de 1813. Il fut intendant à Sagan avec le plus honnête et le plus borné des généraux, M. le marquis, alors comte V. de Latour-Maubourg. Il y tomba malade d'une espèce de fièvre pernicieuse. En 8 jours, il fut réduit à une faiblesse extrême et il fallut cela pour

qu'on lui permît de revenir en France. Il quitta sur-le-
champ Paris et trouva la santé sur le lac de Côme. A
peine de retour, l'Empereur l'envoya en mission dans
la 7e Division militaire avec un sénateur absolument
sans énergie. Il y trouva le brave général Dessaix, digne
du grand homme dont il portait presque le nom et
aussi libéral que lui. Mais le talent et l'ardent patriotisme du Gal Dessaix furent paralysés par l'égoïsme et
la médiocrité incurable du général Marchand, qu'il
fallut employer comme grand cordon de la Légion
d'honneur et étant du pays. On ne tira pas parti des
admirables dispositions de Vizille et de beaucoup
d'autres villages du Dauphiné.

M. Beyle demanda à aller voir les avant-postes à
Genève. Il se convainquit de ce dont il se doutait, qu'il
n'y avait rien de si facile que de prendre Genève.
Voyant qu'on repoussait cette idée et craignant la
trahison, il obtint la permission de revenir à Paris. Il
trouva les Cosaques à Orléans. Ce fut là qu'il désespéra
de la patrie ou pour parler exactement qu'il vit que
l'Empire avait éclipsé la Patrie. On était las de l'insolence des Préfets et autres agents de Napoléon. Il arriva
à Paris pour être témoin de la Bataille de Montmartre
et de l'imbécillité des Ministres de Napoléon.

Il vit l'entrée du Roi. Certains traits de M. de Blacas
qu'il sut bientôt le firent penser aux Stuarts. Il refusa
une place superbe que M. Beugnot avait la bonté de lui
offrir. Il se retira en Italie. Il y mena une vie heureuse
jusqu'en 1821 que l'arrestation des Carbonari par une
police imbécile l'obligea à quitter le pays, quoiqu'il ne
fût pas Carbonaro. La méchanceté et la méfiance des
Italiens lui avaient fait repousser la participation aux
secrets disant à ses amis : Comptez sur moi dans
l'occasion.

En 1814, lorsqu'il jugea les Bourbons, il eut 2 ou 3 jours de noir. Pour le faire passer il prit un copiste et lui dicta une traduction corrigée de la vie de Haydn, Mozart et Métastase, d'après un ouvrage italien, un volume in-8°, 1814.

En 1817, il imprima 2 volumes de l'histoire de la Peinture en Italie, et un petit voyage de 300 pages en Italie.

La Peinture n'ayant pas de succès il enferma dans une caisse les trois derniers volumes et s'arrangea pour qu'ils ne parussent qu'après sa mort [3].

En juillet 1819, passant par Bologne, il apprit la mort de son père. Il vint à Grenoble où il donna sa voix au plus honnête homme de France, au seul qui pût encore sauver la Religion, à M. Henri Grégoire. Cela le mit encore plus mal avec la police de Milan. Son père devait, suivant la voix commune, lui laisser 5 ou 6 000 francs de rente. Il ne lui en laissa pas la moitié. Dès lors, M. Beyle chercha à diminuer ses besoins et y réussit. Il fit plusieurs ouvrages, entre autres 500 pages sur *l'Amour* qu'il n'imprima pas. En 1821 s'ennuyant mortellement de la Comédie des manières françaises, il alla passer 6 semaines en Angleterre. L'amour a fait le bonheur et le malheur de sa vie. Mélanie, Thérèse, Gina et Léonore [4] sont les noms qui l'ont occupé. Quoiqu'il ne fût rien moins que beau, il fut aimé quelquefois. Gina l'empêcha de revenir au retour de Napoléon qu'il sut le 6 mars. L'acte additionnel lui ôta tous ses regrets. Souvent triste à cause de ses passions du moment qui allaient mal, il adorait la gaieté. Il n'eut qu'un ennemi, ce fut Mme Tr[aversi]. Il pouvait s'en venger d'une manière atroce, il résista pour ne pas fâcher Léonore. La Campagne de Russie lui laissa de violents maux de nerfs. Il adorait Shakespeare et avait une répugnance insurmontable pour Voltaire et Mme de Staël. Les lieux qu'il aimait le mieux sur la terre étaient le lac de Côme et Naples. Il adora la musique et fit une petite notice sur Rossini, pleine de sentiments vrais mais peut-être ridicules. Il aima tendrement sa sœur Pauline et abhorra Grenoble, sa patrie, où il avait été élevé d'une manière atroce. Il n'aima aucun de ses Parents. Il était amoureux de sa mère, qu'il perdit à 7 ans *.

II

[1831]

6 janvier 1831. Départ pour Fiume.

J'ai écrit les vies de plusieurs grands hommes : Mozart, Rossini, Michel-Ange, Léonard de Vinci. Ce fut le genre de travail qui m'amusa le plus. Je n'ai plus la patience de chercher des matériaux, de peser des témoignages contradictoires, il me vient l'idée d'écrire une vie dont je connais fort bien tous les incidents. Malheureusement, l'individu est bien inconnu, c'est moi.

Je naquis à Grenoble le 23 janvier 1783 [5]...

* M. le chevalier Louis Crozet, Ingénieur des Ponts et Chaussées, à Grenoble [Isère] or, *if dead, to* M. de Mareste, hôtel de Bruxelles, n° 45, rue de Richelieu, Paris. (*Life of* Dominique.)

III

[1831]

M. DARLINCOURT[6]

Pour se consoler du malheur de vendre ses chevaux (mai 1814), M. Darlincourt fit la vie de Haydn, Mozart et Métastase. Il avait réellement assisté au convoi de Haydn, à Vienne, en mai 1809. Il y fut conduit par M. Denon. Ce premier ouvrage est imité en partie d'une biographie italienne sur Haydn. Il fut traduit en anglais.

En 1817, M. Darlincourt publia deux volumes de l'*Histoire de la Peinture en Italie,* qui n'eut aucun succès et lui coûta quatre mille francs chez Didot. En ce temps-là, Darlincourt ne connaissait pas même les avantages de la camaraderie : il en eût en horreur. Un de ses amis fit insérer dans les *Débats* un article à la louange de l'*Histoire de la Peinture ;* le lendemain, les *Débats* se rétractèrent. Ces deux volumes furent le fruit de trois ans d'étude : l'Histoire pittoresque de Florence fut écrite à Florence ; de Rome, à Rome et ainsi de suite. M. Darlincourt consulta les manuscrits des bibliothèques de Florence, et toutefois fut trompé par un bibliothécaire qu'il payait. Le fils de Bianca Capello *vécut* et fut toujours traité en prince par pitié.

En 1817, M. Darlincourt publia *Rome, Naples et Florence.* Ce petit manuscrit avait été fait pour ses amis et sans nul dessein de l'imprimer. Il eut du succès, et l'*Histoire de la Peinture,* qui a été recopiée dix-sept fois, ne fut lue de personne.

En 1822, M. Darlincourt, toujours étranger à la camaraderie, eut grand'peine à trouver un libraire qui voulût gratuitement du manuscrit de *l'Amour.* Ce libraire lui dit au bout d'un mois : « Votre livre Monsieur, est comme les psaumes de M. de Pompignan, de qui on disait : Sacrés ils sont, car personne n'y touche. »

En 1822 et 24, il publia *Racine et Shakespeare* (quarante pages), qui eut beaucoup de succès et qui piqua Lord Byron.

En 1824-25, un second *Racine et Shakespeare* (cent cinquante pages) : succès d'estime. On n'y comprend rien. Grande colère de M. Auger, qui fait lire ce livre deux mois après. M. Darlincourt écrit au *Globe* pour combattre les trois unités.

En 1823, *Vie de Rossini,* fort bien vendue, deux petits volumes. Le seul des ouvrages de M. Darlincourt lu sur-le-champ dans la bonne compagnie.

En 1829, *Promenades dans Rome,* deux gros volumes.

En 1830, *Rouge et Noir,* deux volumes. Quelques articles dans les *Revues,* avec des noms dictés par la prudence. Notice sur Lord Byron dans l'ouvrage de Mme Sw. Belloc.

M. Darlincourt est pourchassé à Venise et à Barcelone à cause de la seconde édition de *Rome, Naples et Florence.* Obligé par état de voyager, il lui importe de n'être pas connu comme auteur d'ouvrages. On ne comprend pas ces choses quand on n'est pas sorti de France.

IV

MÉMOIRES DE HENRI B.

LIVRE I

CHAPITRE 1 *

Quoique ma première enfance ait été empoisonnée par bien des amertumes, grâce au caractère espagnol et altier de mes parents, depuis 2 ou 3 ans je trouve une certaine douceur à m'en rappeler les détails. Il a fallu plus de quarante années d'expérience pour que je pusse pardonner à mes parents leurs injustices atroces.

Je suis né à Grenoble le 23 janvier 1783, au sein d'une famille qui aspirait à la noblesse, c'est dire qu'on ne badinait pas avec les préjugés nécessaires à la conservation des ordres privilégiés. La religion catholique était vénérée dans la maison comme l'indispensable appui du trône. Quoique bourgeoise au fond, la famille dont je porte le nom avait deux branches. Le capitaine B[eyle], chef de la branche aînée, qui était fort riche, avait la croix de St-Louis et ne manqua pas d'émigrer, chose peu difficile, car Grenoble n'est qu'à 9 lieues de Chambéry, capitale de la Savoie.

Cet excellent capitaine B[eyle], le meilleur homme du monde, avec sa voix glapissante et ses éloges éternels de nos princes, ne s'était jamais marié, non plus que ses cinq ou six sœurs. Mon père, chef de la branche cadette, comptait bien hériter d'une trentaine de mille livres de rente, et comme mon père était un

* 15 février 1833.

homme à imagination, il m'admit de bonne heure à la création des châteaux en Espagne qu'il élevait sur cette fortune à venir, dont plus tard une loi de la *Terreur* nous priva presque entièrement. N'était-ce pas celle du 17 germinal an III ? Ce nom a retenti dans toute mon enfance, mais voici 33 ans que je n'y pense plus du tout. Grâce à la manie exagérante et noblifiante de la famille, peut-être que, même sans la loi de germinal sur les successions, cette fortune de trente mille francs de rente se serait réduite à 12 ou 15. Cela était encore fort considérable pour la province vers 1789.

Ma mère était une femme de beaucoup d'esprit, elle était adorée de son père. Henriette Gagnon avait un caractère généreux et décidé ; j'ai compris cela plus tard. J'eus le malheur de la perdre lorsque j'avais 7 ans et elle 33. J'en étais amoureux fou, je ne sais si elle s'en apercevait ; elle mourut en couches en prononçant mon nom et me recommandant à sa sœur cadette, Séraphie, la plus méchante des dévotes. Tout le bonheur dont j'aurais pu jouir disparut avec ma mère. La tristesse la plus sombre et la plus plate s'empara de la famille. Mon père, qui adorait d'autant plus sa femme que celle-ci ne l'aimait point, fut hébété par la douleur. Cet état dura 5 ou 6 ans, il s'en tira un peu en étudiant la chimie de *Maquart*, puis celle de *Fourcroy*. Ensuite il prit une grande passion pour l'agriculture et gagna 2 ou 300 mille francs à acheter des domaines (ou terres) ; puis vint la passion de bâtir des maisons, où il dérangea sa fortune, enfin sa passion pour les Bourbons qui le firent adjoint du maire de Grenoble et chevalier de la Légion d'honneur. Mon père négligea tellement ses affaires pour celles de l'État qu'il passa une fois 18 mois sans aller à son domaine (ou terre) de

Claix, qu'il faisait cultiver par des domestiques, et où, avant les honneurs Bourboniens, il allait 2 ou 3 fois la semaine. Dans les derniers temps, mon père était fort jaloux de moi ; comme j'avais fait la campagne de Moskow avec une petite place à la cour de Napoléon, que j'adorais, j'étais en quelque sorte à la tête du parti Bonapartiste (1816). Mais je m'égare. Mon père avait assuré en 1814 à mon ami, M. Félix Faure, aujourd'hui pair de France (né à Grenoble vers 1782), qu'il me laisserait 10 000 francs de rente. Félix grava cette somme sur ma montre. Sans cette assurance, j'aurais pris un état en 1814 : filateur de coton à Plancy en Champagne ou avocat à Paris. En 1814, j'allai m'amuser en Italie, où j'ai passé 7 ans ; mon père, à sa mort, m'a laissé un capital de 3 900 francs. J'étais alors amoureux fou de Mme D[embowski]. Pendant le premier mois qui suivit cette nouvelle, je n'y pensai pas trois fois. 5 ou 6 ans plus tard, j'ai cherché en vain à m'en affliger.

Le lecteur me trouvera mauvais fils, il aura raison. Je n'ai connu mon père, de 7 ans à 15, que par les injustices abominables qu'il exécutait sur moi, à la demande de ma tante Séraphie, dont à force d'ennui intérieur, il était peut-être devenu un peu amoureux. J'entrevois à peine cela aujourd'hui en y réfléchissant. Dans l'éducation sévère des familles, suivant les mœurs de l'Ancien Régime, où par-dessus tout les Parents songeaient à se faire respecter et craindre, les enfants étaient comme collés tout près de la base de statues de 80 pieds de haut. Dans une si mauvaise position, leur œil ne pouvait que porter les jugements les plus faux sur les proportions de ces statues.

Je ne me rappelle plus l'origine du sentiment du *juste*, qui est fort vif en moi. C'étaient non pas comme à moi désagréables, mais comme *injustes,* que les arrêts de ma tante Séraphie, appuyés par l'autorité de mon père, me faisaient verser des larmes de rage. 2 ou 3 fois la semaine, je passais une heure à me répéter à voix basse : « Monstres ! Monstres ! Monstres [7] ! »

Pourquoi diable ma tante m'avait-elle pris en grippe ? Je ne puis le deviner. Peut-être ma mère, mourant en couches avec le plus grand courage et toute sa tête, avait-elle fait jurer à son mari, au nom de son fils aîné, de ne jamais se remarier. Quand j'avais 30 ans, des témoins oculaires, entre autres l'excellente Mme Romagnier, amie que nous venons de perdre il y a 2 ou 3 ans, me parlaient encore de la haine passionnée et folle que j'avais inspirée à ma dévote de tante.

J'étais républicain forcené, rien de plus simple, mes parents étaient ultra et dévots au dernier degré ; on appelait cela, en 1793, être aristocrate.

Comme marquant par ses propos pleins d'imagination et de force, mon père fut mis en prison pendant 22 mois par le représentant du peuple Amar. On juge de l'horreur que mon [républicanisme] inspirait dans la famille. J'avais fait encore un petit drapeau tricolore que je promenais seul en triomphe dans les pièces non habitées de notre grand appartement, les jours de victoires républicaines. Ce devaient être alors celles du traître Pichegru. On me guettait, on me surprenait, on m'accablait des mots de *monstre,* mes parents pleuraient de rage et moi d'enthousiasme. « Il est beau, il est doux, m'écriai-je une fois, de souffrir pour la Patrie ! » Je crois qu'on me battit, ce qui, du reste, était fort rare, on me déchira mon drapeau. Je me crus un martyr de la patrie, j'aimai la *liberté* avec fureur. J'appelais ainsi, ce me semble, l'ensemble des cérémonies que je voyais souvent exécuter dans les rues, elles étaient touchantes et imposantes, il faut l'avouer. J'avais 2 ou 3 maximes que j'écrivais partout et que je suis fâché d'avoir si complètement oubliées. Elles me faisaient verser des larmes d'attendrissement, en voici une qui me revient :

Vivre libre ou mourir, que je préférais de beaucoup, comme éloquence, à : *La liberté ou la mort,* qu'on voulait lui substituer. J'adorais l'éloquence ; dès l'âge de 6 ans, je crois, mon père m'avait inoculé son enthousiasme pour J.-J. Rousseau, que plus tard il exécra comme *anti-Roi...*

V

Dimanche, 30 avril 1837, Paris, hôtel Favart.

Il pleut à verse.

Je me souviens que Jules Janin[8] me disait :

— Ah ! quel bel article nous ferions sur vous si vous étiez mort !

Afin d'échapper aux phrasiers, j'ai la fantaisie de faire moi-même cet article.

Ne lisez ceci qu'après la mort de

Beyle (Henri), né à Grenoble le 23 janvier 1783, mort à... le...

Ses parents avaient de l'aisance et appartenaient à la haute bourgeoisie. Son père, avocat au Parlement du Dauphiné, prenait le titre de noble dans les actes. Son grand-père était un médecin, homme d'esprit, ami ou du moins adorateur de Voltaire. M. Gagnon — c'était son nom — était le plus galant homme du monde, fort considéré à Grenoble, et à la tête de tous les projets d'amélioration. Le jeune Beyle vit couler le premier sang versé dans la Révolution Française, lors de la fameuse *journée des Tuiles* (17[88]). Le peuple se révoltait contre le Gouvernement, et du haut des toits lançait des tuiles sur les soldats. Les parents du jeune B. étaient dévots et devinrent des aristocrates ardents, et lui patriote exagéré. Sa mère, femme d'esprit qui lisait le Dante, mourut fort jeune. M. Gagnon, inconsolable de la perte de cette fille chérie, se chargea de l'éducation de son seul fils. La famille avait des sentiments d'honneur et de fierté exagérés, elle communiqua cette façon de sentir au jeune homme. Parler *d'argent*, nommer même ce métal passait pour une bassesse chez M. Gagnon qui pouvait avoir 8 à 9 mille livres de rente, ce qui constituait un homme riche à Grenoble en 1789.

Le jeune Beyle prit cette ville dans une horreur qui dura jusqu'à sa mort ; c'est là qu'il a appris à connaître les hommes et leurs bassesses. Il désirait passionnément aller à Paris et y vivre en faisant des livres et des comédies. Son père lui déclara qu'il ne voulait pas la perte de ses mœurs et qu'il ne verrait Paris qu'à 30 ans.

De 1796 à 1799, le jeune Beyle ne s'occupa que de mathématiques, il espérait entrer à l'École polytechnique, et voir Paris. En 1799 il remporta le premier prix de math[ématiques] à l'École centrale (M. Dupuy, professeur) ; les 8 élèves qui remportèrent le second prix furent admis à l'École polytechnique 2 mois après. Le parti aristocrate attendait les Russes à Grenoble, ils s'écriaient :

O Rus, quando ego te aspiciam !

L'examinateur Louis Monge ne vint pas cette année. Tout allait à la diable à Paris.

Tous ces jeunes gens partirent pour Paris afin de subir leur examen à l'école même. Beyle arriva à Paris le 10 novembre 1799, le lendemain du 18 brumaire, Napoléon venait de s'emparer du pouvoir. Beyle était recommandé à M. Daru, ancien secrétaire général de l'Intendance de Languedoc, homme grave et très ferme. Beyle lui déclara avec une force de caractère singulière pour son âge, qu'il ne voulait pas entrer à l'École polytechnique.

On fit l'expédition de Marengo ; Beyle y fut, et M. Daru (depuis ministre de l'empereur) le fit nommer sous-lieutenant au 6e Régiment de Dragons en mai 1800. Il servit quelque temps comme simple Dragon. Il devint amoureux de Mme A. (Angela Pietragrua).

Il passait son temps à Milan. Ce fut le plus beau temps de sa vie, il adorait la musique, la gloire littéraire, et estimait fort l'art de donner un bon coup de sabre. Il fut blessé au pied d'un coup de pointe dans un duel. Il fut aide de camp du Lieutenant-G[énér]al Michaud ; il se distingua, il a un beau certificat de ce général (entre les mains de M. Colomb, ami intime dudit). Il était le plus heureux et probablement le plus fou des hommes, lorsque, à la paix, le Ministre de la guerre ordonna que tous les aides de camp sous-lieutenants rentreraient à leur corps. Beyle rejoignit le 6e Régiment à Savigliano en Piémont. Il fut malade d'ennui, puis, blessé, obtint un congé, vint à Grenoble, fut amoureux et, sans rien dire au Ministre, suivit à Paris Mlle V[ictorine] qu'il aimait. Le Ministre se fâcha, B[eyle] donna sa démission, ce qui le brouilla avec M. Daru. Son père voulut le prendre par la famine.

B[eyle] plus fou que jamais, se mit à étudier pour

devenir un grand homme. Il voyait une fois tous les 15 jours Madame A...; le reste du temps, il vivait seul. Sa vie se passa ainsi de 1803 à 1806, ne faisant confidence à personne de ses projets, et détestant la tyrannie de l'Empereur qui volait la liberté à la France. M. Mante, ancien élève de l'École polytechnique, ami de Beyle, l'engagea dans une sorte de conspiration en faveur de Moreau (1804). Beyle travaillait 12 heures par jour, il lisait Montaigne, Shakespeare, Montesquieu, et écrivait le jugement qu'il en portait. Je ne sais pourquoi il détestait et méprisait les littérateurs célèbres en 1804, qu'il entrevoyait chez M. Daru. Beyle fut présenté à M. l'abbé Delille. Beyle méprisait Voltaire qu'il trouvait puéril, Mad[ame] de Staël qui lui semblait emphatique, Bossuet qui lui semblait de la blague sérieuse. Il adorait les fables de La Fontaine, Corneille et Montesquieu.

En 1804, Beyle devint amoureux de Mlle Mélanie Guilbert (Mme de Barkoff) et la suivit à Marseille, après s'être brouillé avec Mad...[9] qu'il a tant aimée depuis. Ce fut une vraie passion. Mlle [Guilbert], ayant quitté le théâtre de Marseille, Beyle revint à Paris; son père commençait à se ruiner et lui envoyait fort peu d'argent. Martial Daru, sous-inspecteur aux Revues, engagea Beyle à le suivre à l'Armée, Beyle fut extrêmement contrarié et quitta les études.

Le 14 ou 15 octobre 1806, Beyle vit la bataille d'Iéna, le 26 il vit Napoléon entrer à Berlin. Beyle alla à Brunswick en qualité d'élève Com[missai]re des Guerres. Là en 1808 il commença au petit palais de *Richemont* (à 10 minutes de Brunswick) qu'il habitait en sa qualité d'intendant, une histoire de *la guerre de la Succession* en Espagne. En 1809 il fit la campagne de Vienne toujours comme *Elève Commissaire des Guer-*

res, il y eut une maladie complète et y devint fort amoureux d'une femme aimable et bonne, ou plutôt excellente, avec laquelle il avait eu des relations autrefois.

B. fut nommé *Auditeur au Conseil d'État* et Inspecteur du Mobilier de la Couronne par la faveur du Comte Daru.

Il fit la campagne de Russie et se distingua par son sang-froid, il apprit au retour que cette retraite avait été une chose terrible. 550 mille hommes passèrent le Niemen, 50 mille, peut-être 25 000 le repassèrent.

B[eyle] fit la campagne de Lutzen et fut intendant à Sagan en Silésie, sur le Bober. L'excès de la fatigue lui donna une fièvre qui faillit finir le drame et que Gall guérit très bien à Paris. En 1813 B[eyle] fut envoyé dans la 7eme Division militaire avec un Sénateur imbécile. Napoléon expliqua longuement à B[eyle] ce qu'il fallait faire.

Le jour où les Bourbons rentrèrent à Paris B. eut l'esprit de comprendre qu'il n'y avait plus en France que de l'humiliation pour qui avait été à Moscou. Madame Beugnot lui offrit la place de Directeur de l'app[rovisionnement] de Paris. Il refusa par dégoût des B[ourbons], alla s'établir à Milan. L'horreur qu'il avait pour le B[ourbon] l'emporta sur l'amour. Il crut entrevoir de la hauteur à son égard dans Mme A... Il serait ridicule de raconter toutes les *péripéties,* comme disent les Italiens, qu'il dut à cette passion. Il fit imprimer la *Vie de Haydn, Rome, Naples et Florence en 1817*, enfin *l'Histoire de la Peinture.* En 1817 il revint à Paris qui lui fit horreur ; il alla voir Londres et revint à Milan.

En 1821 il perdit son père qui avait négligé ses affaires (à Claix) pour faire celles des B[ourbons] (en qualité d'adjoint au Maire de Grenoble) et s'était entièrement ruiné. En 1815, M. B[eyle] avait fait dire à son fils (par M. Félix Faure) qu'il lui laisserait 10 mille francs de rente, il lui en laissa 3 000 frs au capital. Par bonheur B. avait 1 600 francs de rente, provenant de la dot de sa mère (Mlle Henriette Gagnon, morte à Grenoble vers 1790, et qu'il a toujours adorée et regrettée). A Milan, B. avait écrit au crayon *l'Amour*.

B. malheureux de toutes façons revint à Paris en juillet 1821, il songeait sérieusement à en finir, lorsqu'il crut voir que Mme C[urial] [10] avait du goût pour lui. Il ne voulait pas se rembarquer sur cette mer orageuse, il se jeta à corps perdu dans la querelle des Romantiques, fit imprimer *Racine et Shakespeare*, la *Vie de Rossini*, les *Promenades dans Rome*, etc. Il fit deux voyages en Italie, alla un peu en Espagne jusqu'à Barcelone. Le climat d'Espagne [11] ne permettait pas de passer plus loin.

Pendant qu'il était en Angleterre (en septembre 1826), il fut abandonné de cette dernière maîtresse C[lémentine] ; elle aimait pendant 6 mois, elle l'avait aimé pendant deux ans. Il fut fort malheureux et retourna en Italie.

En 1829, il aima G[iulia] et passa la nuit chez elle pour la garder, le 29 juillet. Il vit la révolution de 1830 de dessous les colonnes du Théâtre-Français. Les Suisses étaient au-dessus du chapelier Moizart. En septembre 1830 il fut nommé consul à Trieste ; M. de Metternich était en colère à cause de *Rome, Naples et Florence*, il refusa *l'exequatur*. B. fut nommé consul à Civita-Vecchia. Il passait la moitié de l'année à Rome, il y perdait son temps, littérairement parlant, il y fit *le Chasseur vert* et rassembla des nouvelles telles que

Vittoria Accoramboni, Beatrix Cenci, et 8 ou 10 volumes in-folio.

En mai 1836 il revint à Paris pour un congé de M. Thiers qui imite les boutades de Napoléon... B. arrangea la *Vie de Nap[oléon]* du 9 novembre 1836 à juin 1837...

(Je n'ai pas relu les 6 pages qui précèdent, écrites de 4 à 6 le dimanche 30 avril, pluie abominable, à l'hôtel Favart, place des Italiens à Paris *.)

B. a fait son épitaphe en 1821 :

> *Qui giace*
> *Arrigo Beyle Milanese,*
> *Visse, scrisse, amò*
> *Se n'andiede di anni...*
> *Nell 18...*

Il aima Cimarosa, Shakespeare, Mozart, le Corrège. Il aima passionnément V..., M..., A..., Ange, M..., C..., et quoiqu'il ne fût rien moins que beau, il fut aimé beaucoup de 4 ou 5 de ces lettres initiales [12].

Fin de cette notice non relue (afin de ne pas mentir **).

---

* Il faut réduire ces six pages à trois.
** Notice biographique sur Henri Beyle, avril 1837, à lire après sa mort, non avant.

Les Privilèges

God[1] me donne le brevet suivant :

Article 1

Jamais de douleur sérieuse jusqu'à une vieillesse fort avancée : alors non douleur, mais mort, par apoplexie, au lit pendant le sommeil sans aucune douleur morale ou physique[2]. Chaque année, pas plus de trois jours d'indisposition. Le *corpus* et ce qui en sort inodore.

Article 2

Les miracles suivants ne seront aperçus ni soupçonnés par personne.

Article 3

La *mentula*, comme le doigt indicateur, pour la dureté et pour le mouvement ; cela à volonté. La forme deux pouces de plus que l'orteil [?], même grosseur. Mais plaisir par la *mentula* seulement deux fois la semaine. 20 fois par an le privilégié pourra se changer en l'être qu'il voudra pourvu que cet être existe. Cent fois par an il saura pour 24 heures la langue qu'il voudra.

Article 3 [= 4]

Miracle. Le privilégié ayant une bague au doigt et serrant cette bague en regardant une femme, elle devient amoureuse de lui à la passion comme nous croyons qu'Héloïse le fut d'Abélard. Si la bague est un peu mouillée de salive, la femme regardée devient seulement une amie tendre et dévouée. Regardant une femme et ôtant une bague du doigt les sentiments inspirés en vertu des privilèges précédents cessent. La haine se change en bienveillance en regardant l'être haineux et frottant une bague au doigt. Ces miracles ne pourront avoir lieu que 4 fois par an pour l'amour passion, 8 fois pour l'amitié, 20 fois pour la cessation de la haine, et 50 fois pour l'inspiration d'une simple bienveillance.

Article 4 [= 5]

Beaux cheveux, excellentes dents, belle peau jamais écorchée. Odeur suave et légère. Le 1er février et le 1er juin de chaque année les habits du privilégié deviennent comme ils étaient la troisième fois qu'il les a portés.

Article 5 [= 6]

Miracles. Aux yeux de tous ceux qui ne me connaissent pas, le privilégié aura la forme du général De Belle mort à Saint-Domingue[3], mais aucune imperfection. Il jouera parfaitement au whist, à l'écarté, au billard, aux échecs, mais ne pourra jamais gagner plus de cent francs ; il tirera le pistolet, il montera à cheval, il fera des armes dans la perfection.

Article 6 [= 7]

Miracle. Quatre fois par an il pourra se changer en l'animal qu'il voudra, et ensuite se rechanger en homme. Quatre fois par an il pourra se changer en l'homme qu'il voudra, plus concentrer sa vie en celle d'un animal lequel, dans le cas de mort ou d'empêchement de l'homme n° 1 dans lequel il s'est changé, pourra le rappeler à la forme naturelle de l'être privilégié. Ainsi le privilégié pourra 4 fois par an et pour un temps illimité chaque fois occuper deux corps à la fois.

Article 7 [= 8]

Quand l'homme privilégié portera sur lui ou au doigt pendant 2 minutes une bague qu'il aura portée un instant dans sa bouche, il deviendra invulnérable pour le temps qu'il aura désigné. Il aura dix fois par an la vue de l'aigle et pourra faire en courant 5 lieues en une heure.

Article 8 [= 9]

Tous les jours à deux heures du matin le privilégié trouvera dans sa poche un napoléon d'or, plus la valeur de quarante francs en monnaie courante d'argent du pays où il se trouve. Les sommes qu'on lui aura volées se retrouveront la nuit suivante, à deux heures du matin, sur une table devant lui. Les assassins, au moment de le frapper, ou de lui donner du poison, auront un accès de choléra aigu de huit jours. Le privilégié pourra abréger ces douleurs en disant : « Je prie que les souffrances d'un tel cessent, ou soient changées en telle douleur moindre. » Les voleurs seront frappés d'un accès de choléra aigu, pendant deux jours, au moment où ils se mettront à commettre le vol.

Article 10

A la chasse, huit fois par an, un petit drapeau indiquera au privilégié, à une lieue de distance, le gibier qui existera et sa position exacte. Une seconde avant que la pièce de gibier parte, le petit drapeau sera lumineux ; il est bien entendu que ce petit drapeau sera invisible à tout autre que le privilégié.

Article 11

Un drapeau semblable indiquera au privilégié les statues cachées sous terre, sous les eaux et par des murs ; quelles sont ces statues, quand et par qui faites et le prix qu'on pourra en trouver une fois découvertes. Le privilégié pourra changer ces statues en une balle de plomb du poids d'un quart d'once. Ce miracle du drapeau et du changement successif, en balle et en statue, ne pourra avoir lieu que huit fois par an.

Article 12

L'animal monté par le privilégié, ou tirant le véhicule qui le porte, ne sera jamais malade, ne tombera jamais. Le privilégié pourra s'unir à cet animal, de façon à lui inspirer ses volontés et à partager ses sensations. Ainsi, le privilégié montant un cheval ne fera qu'un avec lui et lui inspirera ses volontés. L'animal, ainsi uni avec le privilégié, aura des forces et une vigueur triples de celles qu'il possède dans son état ordinaire.

Le privilégié transformé en mouche, par exemple, et monté sur un aigle, ne fera qu'un avec cet aigle.

Article 13

Le privilégié ne pourra dérober ; s'il l'essayait, ses organes lui refuseraient l'action. Il pourra tuer dix êtres humains par an ; mais aucun être auquel il aurait parlé. Pour la première année, il pourra tuer un être, pourvu qu'il ne lui ait pas adressé la parole en plus de deux occasions différentes.

Article 14

Si le privilégié voulait raconter ou révélait un des articles de son privilège, sa bouche ne pourrait former aucun son, et il aurait mal aux dents pendant vingt-quatre heures.

Article 15

Le privilégié prenant une bague au doigt et disant : « Je prie que les insectes nuisibles soient anéantis », tous les insectes, à six mètres de sa bague, dans tous les sens, seront frappés de mort. Ces insectes sont puces, punaises, poux de toute espèce, morpions, cousins, mouches, rats, etc., etc.

Les serpents, vipères, lions, tigres, loups et tous les animaux venimeux, prendront la fuite, saisis de crainte et s'éloigneront d'une lieue.

Article 16

En tout lieu, le privilégié, après avoir dit : « Je prie pour ma nourriture », trouvera : deux livres de pain, un bifteck cuit à point, un gigot idem, une bouteille de Saint-Julien, une carafe d'eau, un fruit, une glace et une demi-tasse de café. Cette prière sera exaucée deux fois dans les vingt-quatre heures.

Article 17

Dix fois par an, le demandant, le privilégié ne manquera ni avec un coup de fusil, ni avec un coup de pistolet, ni avec un coup d'une arme quelconque, l'objet qu'il aura voulu atteindre.

Dix fois par an, il fera des armes d'une force double de celui avec lequel il se battra ou essaiera ses forces ; mais il ne pourra faire de blessure causant mort, douleur, ou désagrément, durant plus de cent heures.

Article 18

Dix fois par an, le privilégié, le demandant, pourra diminuer des trois quarts la douleur d'un être qu'il verra, ou, cet être étant sur le point de mourir, il pourra prolonger sa vie de dix jours, en diminuant des trois quarts la douleur actuelle. Il pourra, le demandant, obtenir pour cet être souffrant la mort subite et sans douleur.

Article 19

Le privilégié pourra changer un chien en une femme, belle ou laide ; cette femme lui donnera le bras et aura le degré d'esprit de Mme Ancilla et le cœur de Mélanie [4]. Ce miracle pourra se renouveler vingt fois chaque année.

Le privilégié pourra changer un chien en un homme, qui aura la tournure de Pépin de Bellisle, et l'esprit de ... (le médecin juif) [5].

Article 20

Le privilégié ne sera jamais plus malheureux qu'il ne l'a été du premier août 1839 au premier avril 1840 [6].

Deux cents fois par an, le privilégié pourra réduire

son sommeil à deux heures, qui produiront les effets physiques de huit heures. Il aura la vue d'un lynx et la légèreté de Deburau[7].

Article 21

Vingt fois par an, le privilégié pourra deviner la pensée de toutes les personnes qui sont autour de lui, à vingt pas de distance. — Cent vingt fois par an, il pourra voir ce que fait actuellement la personne qu'il voudra ; il y a exception complète pour la femme qu'il aimera le mieux. Il y a encore exception pour les actions sales et dégoûtantes.

Article 22

Le privilégié ne pourra gagner aucun argent, autre que ses soixante francs par jour, au moyen des privilèges ci-dessus énoncés. Cent cinquante fois par an, il pourra obtenir, en le demandant, que telle personne oublie entièrement lui privilégié.

Article 23

Dix fois par an, le privilégié pourra être transporté au lieu où il voudra, à raison d'une heure pour cent lieues ; pendant le transport il dormira.

DOSSIER

VIE DE STENDHAL

1699   *18 février :* Naissance de Pierre Beyle, grand-père paternel de l'écrivain. Il sera procureur au Parlement de Grenoble.

1721   *30 octobre :* Naissance d'Élisabeth Gagnon, grand-tante de Stendhal, du côté maternel. Il est question d'elle à plusieurs reprises dans la *Vie de Henry Brulard ;* elle a toute l'affection de l'enfant à cause de son caractère « espagnol ».

1728   *6 octobre :* Naissance d'Henri Gagnon, le grand-père maternel avec qui Stendhal eut tant d'affinités.

1747   *29 mars :* Naissance du père de Stendhal : Chérubin Beyle.

1757   *2 octobre :* Naissance de la mère de Stendhal : Henriette Gagnon.

1760   *21 septembre :* Naissance de Séraphie Gagnon, la redoutable « tante Séraphie ».

1781   *20 février :* Mariage de Chérubin Beyle et d'Henriette Gagnon.

1783   *23 janvier :* Naissance de Henri Beyle (Stendhal) rue des Vieux-Jésuites.

1786   *21 mars :* Naissance de Pauline Beyle, la sœur bien-aimée.

1788   *10 octobre :* Naissance de Zénaïde Beyle, la « rapporteuse ».

1790   *23 novembre :* Mort d'Henriette Gagnon, la mère de Stendhal.

1791   Séjour du jeune Henri Beyle aux Échelles en Savoie.

1792   *Décembre :* Début de la tyrannie de l'abbé Raillane, précepteur de H. B.

1794   Départ de l'abbé Raillane.

1796   *21 novembre :* H. B. entre à l'École centrale de Grenoble.

1797   *Janvier :* Mort de tante Séraphie.
       Été : Duel de H. B. avec Odru, camarade de l'École centrale.
       Novembre : Arrivée de Virginie Kubly au théâtre de Grenoble.

1798   *Fin septembre-octobre :* Attentat commis par H. B. et ses camarades contre l'arbre de la Fraternité.

1799   *15 septembre :* H. B. obtient un premier prix de mathématiques, à la fin de sa troisième année d'École centrale.
    30 octobre : Départ de Grenoble pour Paris. H. B. va habiter chez Noël Daru, son cousin.

1800   *Fin janvier ou début février :* H. B. travaille au ministère de la Guerre, sous la direction de Pierre Daru.
    7 mai : Il part pour l'Italie.
    10 juin : Arrivée à Milan.
    22 novembre : H. B. rejoint son régiment (6e dragons) à Romanengo.
    En *décembre*, il va passer à Grenoble un congé de convalescence.

1802-1803   Séjour à Paris. Il s'essaye au théâtre.

1803   *Juin :* Retour à Grenoble, pour neuf mois.

1804   *Avril :* H. B. revient à Paris, s'éprend de la comédienne Mélanie Guilbert, « Louason »; il la suivra à Marseille, l'année suivante.

1806   H. B. revient à Paris, renoue avec les Daru, de qui il obtient une mission en Prusse. En octobre, il est nommé adjoint provisoire aux commissaires des Guerres et envoyé à Brunswick. Il sera titularisé dans cet emploi l'été suivant.

1809   Rentré à Paris l'année précédente, il est envoyé à Strasbourg, puis accompagne Daru à Vienne. Malade, il manque la bataille de Wagram. — Il se lie de plus en plus avec la comtesse Daru.

1810   A Paris, de nouveau. Il inaugure la période mondaine, brillante, élégante et galante, bref, insouciante et heureuse qu'il ne retrouvera jamais. Il rêve toujours de conquérir la gloire par le théâtre. — Il est nommé successivement auditeur au Conseil d'État et inspecteur du mobilier et des bâtiments de la Couronne.

1811   Liaison avec Angelina Bereyter : elle durera quatre ans. Mais non, certes, exclusive. Angela Pietragrua devient sa maîtresse à Milan : il était parti pour l'Italie à la fin de l'été. Voyage à Bologne, Florence, Rome, Naples.

1812   Paris. H. B. travaille à l'*Histoire de la peinture en Italie.*
    Août-septembre : départ pour Moscou. Retraite de Russie.

1813   Déceptions : sa brillante conduite pendant la retraite ne lui vaut aucune récompense. Intendant à Sagan. Séjours alternés en Italie, à Paris et à Grenoble.

1814   H. B. est en quête d'une place. Il entreprend les *Vies de Haydn, de Mozart et de Métastase. (Lettres sur Haydn).*
    Début d'un séjour de sept années à Milan. — Angela est fatiguée de lui, et lui, fatigué de tout : pensées de suicide.

1817   *Août :* publication de l'*Histoire de la peinture en Italie.*
    Septembre : Rome, Naples et Florence en 1817.

1818　Amour pour Mathilde Dembowski (Métilde).

1819-1820　Suite de cet amour malheureux, — d'où il tire : *De l'Amour*. Le manuscrit est égaré. Il le retrouve et le retravaille.

1821　Adieux à Métilde. Retour à Paris (fin juin). Deuxième voyage à Londres.

1822　Publication de *De l'Amour*.

1823　*Racine et Shakespeare.*
　　　Vie de Rossini.

1824　*Janvier* : à Rome ; tout le reste de l'année à Paris. Liaison avec la comtesse Curial (« Menti »).

1825　*D'un nouveau complot contre les industriels* mort de Mathide Dembowski.

1826　Fin de la liaison avec Menti. Voyage en Angleterre (et troisième séjour à Londres). Il travaille à un roman, qui sera *Armance*.

1827　*Février* : nouvelle édition de *Rome, Naples et Florence*.
　　　Août : *Armance*.
　　　Reparti pour l'Italie en juillet, H. B. va à Naples, à Ischia, Rome, Florence (où il rencontre Lamartine), puis à Milan d'où il est refoulé par la police autrichienne.

1828　Il passe l'année à Paris et cherche un emploi.

1829　Liaison avec Alberthe de Rubempré (auprès de laquelle il a trouvé un rival redoutable : Eugène Delacroix). Passion, jalousie : éteintes en trois mois.
　　　Septembre : *Promenades dans Rome*.
　　　Décembre : *Vanina Vanini* dans *La Revue de Paris*.

1830　Pour une fois, c'est une femme qui devient amoureuse de lui la première et le lui dit. Giulia Rinieri demandera néanmoins deux mois pour se rendre. Le 6 novembre, jour de son départ pour Trieste où il vient d'être nommé consul, H. B. demande la main de Giulia à son tuteur, qui élude la requête.
　　　13 novembre : *Le Rouge et le Noir*.

1831　Le gouvernement autrichien ayant refusé son agrément, H. B. est nommé consul à Civitavecchia.

1832　Il voyage à travers l'Italie et écrit les *Souvenirs d'égotisme*.

1833　Il fait copier et annote les manuscrits qui lui fourniront le thème des *Chroniques italiennes*.
　　　Avril : Mariage de Giulia.
　　　15 décembre : H. B. rencontre, à Lyon, George Sand et Alfred de Musset, en route pour l'Italie, où lui-même retourne après un séjour à Paris. Ils descendent ensemble le Rhône.

1834　Civitavecchia, c'est-à-dire Rome. Il entreprend *Lucien Leuwen*.

1835　Il délaisse son roman pour la *Vie de Henry Brulard*.

1836　Congé de trois mois, pour Paris. Il va y rester trois ans.

1837 H. B. essaye de reprendre sa vie brillante de 1820, mais les
      temps ont changé. Il commence de publier dans les revues ses
      Chroniques italiennes.

1838 *Juin : Mémoires d'un touriste*.
      Il revoit Giulia.
      Il continue à publier des *Chroniques italiennes* et songe à ajouter
      une nouvelle, tirée de la jeunesse d'Alexandre Farnèse. Le projet
      prend corps, s'amplifie : la nouvelle devient roman.
      Noël : Stendhal termine *La Chartreuse de Parme*.

1839 *1er février et 1er mars :* l'*Abbesse de Castro* paraît en deux parties
      dans *La Revue des Deux Mondes*.
      6 avril : Publication de *La Chartreuse de Parme*.
      Juin : Il part pour Civitavecchia, emprunte le chemin des
      écoliers, et n'y arrive qu'en août. Il est surtout à Rome où
      Mérimée le retrouve. Il entreprend *Lamiel*.
      28 décembre : L'Abbesse de Castro (recueil des nouvelles qui
      seront pour nous les *Chroniques italiennes*).

1840 Tous les prétextes lui sont bons pour fuir l'*aria cattiva* de
      Civitavecchia ; il est toujours à Rome. Il y connaît un nouvel
      amour, pour la mystérieuse « Earline », et qui sera le dernier ; il
      le sait, et le nomme : *The last romance. Les Privilèges*.
      15 octobre : l'article de Balzac sur *La Chartreuse de Parme* lui
      parvient, et pendant trois mois il va corriger son roman.

1841 *15 mars.* Attaque d'apoplexie : il s'est « colleté avec le néant ».
      Novembre : congé à Paris. Il s'impose de travailler régulière-
      ment. A *Lamiel*, peut-être ?

1842 *22 mars :* nouvelle attaque d'apoplexie, dans la rue Neuve-des-
      Capucines, à sept heures du soir. Il ne reprend pas connais-
      sance.
      23 mars : Mort de Stendhal, à deux heures du matin.

NOTICES

SOUVENIRS D'ÉGOTISME

Dates et circonstances de composition

En 1831, Stendhal a été nommé consul à Civitavecchia, où il arrive le 17 avril. En 1832, il ne passe guère que le tiers de l'année dans cette ville où il s'ennuie ; il voyagera à Naples, Ancône, Rome, Sienne. Il n'empêche que sa situation de consul ne l'enthousiasme pas. Il n'a guère le temps d'écrire une œuvre romanesque pour laquelle il lui faudrait une plus grande concentration, tandis que, lorsqu'il raconte sa propre vie, il n'a pas à inventer de trame et par conséquent, prétend-il, souffre moins des interruptions que lui infligent ses fonctions administratives. Il commence « le 20 juin, forcé comme la Pythie », peut-on le lire sur la première page du manuscrit de Grenoble. Il est alors à Rome. Il s'arrête, laissant son texte inachevé, le 4 juillet 1832, et notant : « la chaleur m'ôte les idées à 1 h 1/2 ». Il ne reprendra pas la suite et ne terminera pas ces *Souvenirs*. La composition fut donc rapide, une quinzaine de jours, et le rythme de travail intense, puisque le manuscrit comporte environ 270 pages. On sait que Stendhal était capable de ces rédactions à un rythme forcené, lorsqu'il était « forcé comme la Pythie ». On connaît l'histoire célèbre de la rédaction de *La Chartreuse de Parme*. Pour les *Souvenirs*, Stendhal a indiqué dans les marges de son manuscrit la date des jours où il travaille, parfois l'heure, en tout cas très souvent, le nombre de pages écrites à chaque séance. Nous avons, bien entendu, conservé dans notre édition ces précieuses indications, que nous mettons en bas de pages, tandis que les notes explicatives sont refoulées à la fin du volume.

Stendhal écrit ainsi : « Le 23 juin 1832, troisième jour de travail. Fait de 60 à 90. » Ou encore : « En cinq jours, 20-24 juin 1823 ; j'en suis ici, *id est* à la 148e page. » Le 25 juin, il prend un nouveau cahier et continue. Le 30, il se désole : « Deux jours sans travail. L'officiel m'a occupé. » Mais c'est pour constater que l'écriture autobiographique est plus adaptée à sa situation présente que l'écriture romanesque : « Je suis heureux en écrivant ceci. Le travail officiel m'a occupé en quelque façon jour et nuit depuis trois jours (juin 1832). Je ne pourrais reprendre à quatre heures, mes lettres aux ministres cachetées, un ouvrage d'imagination. Je fais ceci aisément sans autre peine et plan que *me souvenir*. » Et il écrit douze pages d'affilée. Longue séance de travail le 1er juillet, ou peut-être plusieurs séances, puisqu'on peut lire à diverses reprises : « 1er juillet 1832 » ; on voit mal pourquoi Stendhal aurait répété cette indication, s'il avait écrit ces pages d'une coulée. Le 2 juillet de 5 à 7, il a écrit 14 pages. « Je n'aurais pas pu travailler ainsi à un ouvrage d'imagination comme *Le Rouge et le Noir*. » Le 3 juillet (date elle aussi reproduite plusieurs fois), il éprouve une certaine fatigue : « 3 juillet, fatigué après 26 pages. » Ces notes marginales permettent donc de suivre l'élaboration de l'œuvre, jour après jour, et presque heure par heure.

On doit souligner l'importance de Rome dans la création autobiographique stendhalienne. C'est en contemplant Rome que Stendhal prétendra avoir conçu la *Vie de Henry Brulard*; c'est à Rome qu'il commence les *Souvenirs d'égotisme*. C'est probablement parce que, à Rome, l'Histoire est particulièrement présente, et que la vue de cet écoulement historique l'amène à songer à l'écoulement de sa propre histoire. C'est aussi peut-être qu'il se sent plus libre, plus stimulé à Rome qu'à Civitavecchia.

Ces notations marginales amènent aussi à réfléchir sur cet aspect de la création stendhalienne : il est certes « forcé comme la Pythie », il écrit trente pages d'affilée sous l'aiguillon; mais il consigne très exactement le résultat du travail de chaque jour. Comptable de son propre effort, fier de son rendement stakhanoviste, il ne renvoie pas à l'image simpliste et romantique de l'écrivain capricieux qui attend sa Muse. Lorsqu'il se met au travail, Stendhal est impitoyable avec lui-même. Mais sa création a été précédée d'un long cheminement, et elle peut s'arrêter brusquement et, malheureusement, sans appel.

Le projet autobiographique avait, en effet, germé en lui depuis longtemps. La bibliothèque de Grenoble (R. 300 bis) possède une notice biographique qui remonte à 1822, et, bien évidemment, n'évoque que fort peu la période qu'il raconte dans les *Souvenirs*, sinon cependant le retour d'Italie (« l'arrestation des carbonari par une police imbécile l'obligea à quitter le pays, quoiqu'il ne fût pas carbonaro ») et le voyage en Angleterre : « En 1821, s'ennuyant mortellement de la comédie des manières françaises, il alla passer six semaines en Angleterre [1]. » Un fragment de 1831 montre le désir qu'a Stendhal d'abandonner la biographie pour l'autobiographie : « J'ai écrit les vies de plusieurs grands hommes : Mozart, Rossini, Michel-Ange, Léonard de Vinci. Ce fut le genre de travail qui m'amusa le plus. Je n'ai plus la patience de chercher des matériaux, de peser des témoignages contradictoires ; il me vient l'idée d'écrire une vie dont je connais fort bien tous les incidents. Malheureusement, l'individu est bien inconnu : c'est moi [2]. »

Comme le prouvent les lettres que nous citons dans notre introduction, Stendhal, au début de 1832, précise son projet. Nous avons essayé de montrer pourquoi il avait décidé de commencer par la période de sa vie qui va de 1821 à 1830, et non par son enfance. Nous avons tenté aussi d'expliquer comment l'inachèvement est en quelque sorte une loi de l'autobiographie stendhalienne (cf. notre préface, ici, et celle de la *Vie de Henry Brulard*, Folio, n° 447).

Le titre

On se reportera également à notre préface et à celle de V. Del Litto dans son édition du Cercle du bibliophile, pour saisir le sens du titre. Ce qui est sûr, c'est que Stendhal donne un sens péjoratif au mot « égotisme », dont les stendhaliens ont fait en quelque sorte une qualité, un attribut du beylisme, un « culte du moi » avant Barrès. Or, au moment où Stendhal l'utilise, c'est avec une forte nuance de réprobation. Le mot vient d'Angleterre, on le trouve dans le *Spectator* d'Addison, il sert de titre à un essai de William Hazlitt, *On egotism* (1824). La même année le *Dictionnaire des mots nouveaux* de F. Raymond l'enregistre ainsi : « Défaut de parler de soi, habitude blâmable de parler de soi. » C'est bien dans ce sens que l'emploie Stendhal. V. Del Litto fait remarquer que l'écrivain devance l'introduction de ce mot en France en l'utilisant dès 1823, et suppose qu'il a pu le trouver dans l'*Edinburgh Review* qu'il lit si souvent de 1816 à 1820. S'il l'utilise

1. *O.C.*, Le Cercle du bibliophile, t. 36, p. 156-157.
2. *Ibid.*, p. 158 ; sur ce passage de la biographie à l'autobiographie, voir ma communication au Colloque international stendhalien de Milan, mars 1980. *Stendhal e Milano*, Firenze, L. Olschki, 1982, t. II, p. 591 et sq.

comme titre, c'est parce qu'il ressent déjà cet accablement à l'idée de tant de « je » et de « moi » qui sont la loi même de l'autobiographie, accablement qu'il exprimera encore dans le premier chapitre de la *Vie de Henry Brulard*. S'il en était besoin, on trouverait une preuve du sens nettement péjoratif de « égotisme » dans le fait que Stendhal s'en sert pour parler de Chateaubriand, sa bête noire.

Le coup de génie, et qui fait la beauté du titre, est d'avoir associé « Souvenirs » et « égotisme ». L'emploi d'égotisme, dans le sens où nous venons de le voir, suppose une certaine distanciation de l'auteur par rapport à lui-même, un certain humour, bien digne de ces Anglais à qui l'écrivain emprunte le mot, de ces Anglais qui tiennent une place importante dans le récit. Le mot « Souvenirs », lui, s'il suppose aussi une distance — mais uniquement temporelle — suggère, au contraire, une intériorisation, une impossibilité de se détacher de ce « moi ». La beauté du titre tient à ce qu'à lui seul il indique tout le jeu d'approche et de distanciation du « moi » en quoi consiste précisément la démarche autobiographique de Stendhal. Si l'on se réfère au manuscrit, on voit d'ailleurs que l'écrivain n'a pas trouvé ce titre immédiatement, qu'il avait d'abord écrit simplement sur la première page : « Souvenirs ». C'est seulement quand il écrit à nouveau le titre, à la page trois, qu'il inscrit : *Souvenirs d'égotisme*.

Le manuscrit

Grâce à l'obligeance de M. Hamon, gardien des trésors de la bibliothèque de Grenoble, nous avons pu établir notre texte sur le manuscrit (R. 300 bis). Nous ne saurions trop le remercier ici de son accueil et de sa compréhension. Le contact avec le manuscrit est irremplaçable. Certes, notre lecture attentive n'a fait que confirmer l'excellence de l'édition qu'a donnée V. Del Litto dans son édition des *Œuvres complètes*, au Cercle du bibliophile. Nous ne différons que sur un nombre infime de mots, et encore sommes-nous loin d'affirmer que notre lecture est la seule possible, tant il s'agit d'un tracé difficilement déchiffrable (ainsi, page 59, lirions-nous plutôt « regret » que « regard » ; p. 66 « gens » au lieu de « gros »).

Nous avons gardé la ponctuation du manuscrit, même quand elle paraît étrange. A vrai dire, seules les épreuves d'imprimerie corrigées par l'auteur peuvent donner des certitudes en ce domaine. Pour tous les textes, jusqu'à une époque récente, les imprimeurs prenaient une grande liberté à l'égard de la ponctuation de l'écrivain, aussi est-il toujours délicat de s'appuyer, même sur une édition originale, en matière de ponctuation. Ici où il n'y eut pas d'édition du vivant de l'auteur, la ponctuation de Stendhal sur le manuscrit est parfois révélatrice des pulsions de l'écriture. On pourrait faire une remarque analogue à propos des alinéas. Nous avons reproduit très fidèlement ceux du manuscrit, même s'ils ne sont pas toujours logiques, parce qu'ils nous semblent répondre à un rythme presque manuel et respiratoire de l'écrivain « forcé comme la Pythie » à écrire à une vitesse parfois étonnante. Mais il est très probable que, si Stendhal eût publié son texte, il aurait modifié nombre de ces alinéas. C'est enfin pour tenter de donner à notre lecteur l'illusion qu'il se trouve devant le précieux manuscrit que nous avons placé au début du texte les passages liminaires, testamentaires, et le premier titre « Souvenirs ». Cet aspect testamentaire est bien évidemment à rattacher à ce sentiment de la mort que nous tentons d'analyser dans notre préface et qui nous semble fondamental dans toute démarche autobiographique. Nous avons également marqué le passage du premier au second cahier, exactement comme l'a fait Stendhal. Enfin nous avons tenu à mettre en chiffres (et non en lettres) les nombres, quand Stendhal en a décidé ainsi. Cela nous semble, en effet, plus qu'une facilité d'écriture, une sorte d'inscription dans le texte littéraire, du langage mathématique, objet de la première passion de l'écrivain. Nous avons conservé des particularités de l'orthographe (Belle au lieu de Beyle).

Les éditions

Les *Souvenirs d'égotisme* ont été publiés pour la première fois par Casimir Stryienski dans la Bibliothèque Charpentier en 1893. Si l'on doit à Stryienski une grande reconnaissance pour avoir révélé beaucoup de textes inachevés de Stendhal, on doit aussi reconnaître que sa lecture est très fautive. En 1927, Henri Martineau en donna une nouvelle édition au Divan, suivie d'une autre, en 1941 (pour inaugurer la série des *Œuvres* de Stendhal) qui est corrigée par rapport à la première et contient de très nombreuses et très précieuses notes. L'édition de 1941 fut reprise en 1950, puis en 1955 dans la Pléiade des *Œuvres intimes*, mais avec beaucoup moins de notes. L'édition de Pierre Martino, terminée par René Groos (éditions Richelieu 1954) est très minutieuse et soucieuse de respecter, autant que faire se peut, la forme du manuscrit. Mais il appartenait à l'incomparable stendhalien qu'est V. Del Litto de nous donner d'abord aux éditions Rencontre (1961) puis dans les *Œuvres complètes* du Cercle du bibliophile une édition telle qu'il ne semble pas que l'on puisse rêver de l'améliorer vraiment. Les notes sont extrêmement précieuses et permettent d'identifier les très nombreux personnages dont il est question dans le texte ; elles sont le fruit de toute une tradition de recherches stendhaliennes et surtout de l'inépuisable science de V. Del Litto. Comme nous le signalons à plusieurs reprises, nous sommes très redevables à cette édition qui nous semble exemplaire. Pendant que notre livre était sous presse, paraissait, par les soins de V. Del Litto le tome II des *Œuvres intimes* dans la Pléiade, où figurent les *Souvenirs*.

PROJETS D'AUTOBIOGRAPHIE

Nous avons réuni ici cinq fragments qui se rattachent étroitement aux projets d'autobiographie. Leur intérêt est beaucoup plus que documentaire. Ils jettent sur l'entreprise stendhalienne inachevée un jour bien différent de celui que donnerait la seule lecture des *Souvenirs d'égotisme* et de la *Vie de Henry Brulard*. La place faite à la participation de Beyle à l'épopée napoléonienne y est grande. Si Stendhal eût suivi ce schéma, il eût comblé le vide qui sépare les *Souvenirs d'égotisme* (qui relatent la période de 1821, etc.) de la *Vie de Henry Brulard* (qui s'arrête à l'arrivée à Milan en 1800). La période de 1800-1821 eût donc été relatée en détail et, du coup, l'équilibre général de l'autobiographie eût été différent. Peut-être le ton se serait davantage rapproché de celui de Mémoires ; en tout cas la place de l'Histoire y eût été plus évidente, et la participation de Stendhal à cette Histoire. Mais cela nous ramène à la question de l'inachèvement des deux autobiographies, et l'on n'a certes pas à regretter que Stendhal ait finalement préféré le ton beaucoup plus personnel des *Souvenirs* et de la *Vie de Henry Brulard* à la relative objectivité du mémorialiste.

On remarquera aussi que, dans ces notices, la figure du père est moins sinistre que dans la *Vie de Henry Brulard*. On trouve dans le quatrième fragment des renseignements sur la famille Beyle, et une sorte d'équilibre entre la place donnée aux Beyle et celle donnée aux Gagnon — tandis que dans la *Vie de Henry Brulard*, les Gagnon ont la part majeure. Chérubin Beyle est en quelque sorte excusé (fragment IV) par les habitudes pédagogiques de l'Ancien Régime.

Ces fragments sont intéressants aussi, dans la mesure où ils confirment le rôle déterminant de l'inscription de la mort dans l'écriture autobiographique (cf. en particulier les fragments I et V). On y trouvera encore un trait constant des autobiographies stendhaliennes : « Fin de cette notice non relue (afin de ne pas mentir). » Comme nous avons eu l'occasion de le remarquer, la vitesse de l'écriture semble à Stendhal le gage même de sincérité et de véracité.

Manuscrit

Le premier, le quatrième et le cinquième de ces fragments se trouvent à la bibliothèque municipale de Grenoble : sous la cote R. 300 pour le quatrième, et R. 300 bis pour le premier et le cinquième.

Le second fragment a été copié par Ferdinand Boyer sur un des volumes de la bibliothèque de Civitavecchia. Le troisième a été découvert par Auguste Bussière.

LES PRIVILÈGES

Les Privilèges furent écrits par Stendhal à Rome le 10 avril 1840. L'année 1840 est celle de la rédaction de *Lamiel* et de la passion pour la mystérieuse Earline, probablement la comtesse Cini. En février, il notait dans son *Journal :* « *Last romance. Perhaps* D[omini]que a tort *of not speaking...* perdre une position si belle, *you cannot love*[1]. » Les pages de mars et d'avril sont envahies par Earline, la « guerre Earline ». Et l'écrivain se sent soudain enflammé : « Comme un sentiment vrai d'amour donne sur-le-champ une passion raphaélesque (mais raphaélesque plus chaud que Raphaël) au corps ! » Cette passion nouvelle rappelle à sa mémoire ce qui s'est passé avec Menti et avec Métilde. Mais il est devenu prudent et note le 6 avril : « Amitié gaie *with her.* Mon cœur est dégoûté du genre de pensées et de sensations données par Mét[ilde], et, à la saison des événements de San-Remo, par Menti[2]. » Sa santé est gravement altérée, il aura l'année suivante une attaque d'apoplexie et rentrera malade à Paris. C'est dans ce contexte de surexcitation amoureuse, mais aussi avec la conscience douloureuse de son vieillissement que Stendhal s'enfuit dans l'imaginaire et rédige ce texte étrange qui fut pendant trop longtemps méprisé par les stendhaliens, mais dont V. Del Litto a bien montré l'importance[3].

1. *Journal*, t. V., *O.C.*, t. 32, p. 243.
2. *Ibid.*, p. 264.
3. V. Del Litto. « Un texte capital pour la connaissance de Stendhal », *Stendhal Club*, 15 oct. 1961.

Texte étrange en effet, mais très riche parce qu'il exprime les fantasmes de l'écrivain en liberté. Il se rattache aux diverses autobiographies, au journal, et en même temps s'en distingue radicalement. Il nous révèle bien des aspects de la personnalité de Stendhal, et cependant il s'écarte résolument de toute référence à une réalité vécue. On songe aux *Revies* de Rétif de la Bretonne où l'écrivain imaginait ce que pourraient être d'autres existences qui lui auraient été données. Peut-être Stendhal va-t-il plus loin encore dans les voies de l'imaginaire, en donnant libre cours à la féerie, à la magie, et en se situant radicalement dans le domaine de l'irréel.

On ne s'étonnera pas de la place que tient dans ce texte les notations relatives à la santé du corps. L'article 1 formule ce vœu : « Jamais de douleur sérieuse jusqu'à une vieillesse avancée », et exprime le désir de mourir de façon foudroyante, d'apoplexie. Pour ce qui est de l'apoplexie, Stendhal sera exaucé, mais non pour ce qui est de la vieillesse avancée, puisque, lorsqu'il écrit ce texte, il n'a plus que deux ans à vivre. On ne s'étonnera pas non plus de la place que tient dans ces souhaits l'activité sexuelle, non seulement de façon très précise dans l'article 3, mais de façon plus diffuse autour du thème de l'anneau. Vieux thème mythique que l'on retrouve aussi bien dans l'histoire de Gygès que dans la légende des Nibelungen. Le privilégié pourra rendre amante ou amie une femme à son gré. On voit que le complexe de la laideur poursuit Stendhal jusqu'à la fin, plus que jamais peut-être. Et par antithèse, il rêve de beaux cheveux et de belles dents, d'une peau nette, d'une « odeur suave » et de vêtements qui garderaient l'aspect de la nouveauté. Le privilégié demande encore à être libéré des soucis d'argent qui ont si péniblement pesé sur lui, d'avoir un excellent repas servi. Rêves de tout homme, s'il osait les exprimer aussi simplement que le fait ici Stendhal.

D'autres rêves sont plus étranges. On est frappé par la place que tient l'animal dans cette suite de Privilèges, d'autant que Stendhal parle assez rarement des animaux. On lira, à l'article 7, un curieux rêve de réincarnation, qui, bien entendu, rejoint les fantasmes et les mythes les plus anciens, du bouddhisme aux *Métamorphoses* d'Ovide et aux *Contes* de Grimm, de Perrault et de bien d'autres. L'article 12 révèle un désir de fusion avec l'animal, issu d'une expérience de cavalier et qui ressuscite l'image du Centaure : « Le privilégié montant un cheval ne fera qu'un avec lui et lui inspirera ses volontés. » On retrouve probablement un souvenir des *Mille et Une nuits* dans l'article 19, mais inversé : ce n'est pas la femme qui est transformée en chien, mais le chien qui se transforme en femme, une femme que l'écrivain modèle à son goût et qui tient de Mme Ancelot (qu'il appelle Ancilla, la servante) et de Mélanie, l'amour bien lointain de sa jeunesse. Proche aussi des *Mille et Une nuits*, le rêve d'être transporté magiquement d'un lieu à un autre, à une vitesse qui semble alors relever de l'imaginaire pur (cent lieues en une heure). Peut-être faudrait-il rapprocher ce souhait du désir d'ubiquité qui est exprimé de façon beaucoup plus curieuse dans l'article 7, par la volonté d' « occuper deux corps à la fois ».

Désir d'une puissance illimitée ? Ce qui est curieux encore dans ce texte, c'est la façon dont l'écrivain marque très nettement les limites de ces pouvoirs et de ces possibilités, et cela de façon chiffrée et avec un ton absolu, le ton de la loi. On se rappelle l'admiration de Stendhal pour le *Code civil*. Bien que le texte soit à ses antipodes et semble relever de la féerie pure, Stendhal prend soin de codifier strictement ses désirs. Le mot même d' « article » qu'il emploie est bien caractéristique : c'est l'article du Code civil, de son code imaginaire.

Peut-être faut-il voir encore dans ces pages presque ultimes de Stendhal une résurgence de la passion de sa jeunesse : les mathématiques. Le texte révèle une véritable fascination des chiffres. « Dix fois par an » — c'est la mesure qui revient le plus souvent, ou encore « vingt fois par an », « cent cinquante fois par an ». On arrive à des équations de ce type : « Deux cents fois par an, le privilégié pourra réduire son sommeil à deux heures, qui produiront les effets physiques de huit heures. » Le chiffre donne au désir une certaine réalité scientifique, et donc rassurante, dans ce vertige des possibles qui envahit le rêveur. Chiffrer ses privilèges, c'est déjà en quelque sorte leur donner un début de réalisation.

Ce qui frappe aussi dans ces pages, c'est l'abondance des images de violence. La chasse certes ; mais aussi des agressions d'assassins (article 9) qui au moment de frapper le privilégié se trouveraient brusquement terrassés par le choléra. L'article 13 codifie très exactement les possibilités de meurtre : « Il pourra tuer dix êtres humains par an ; mais aucun être auquel il aurait parlé. » Car le privilégié ne peut tuer que des êtres en quelque sorte anonymes, et Stendhal prend soin de lui laisser une faculté de compassion : même pour les assassins, il peut abréger leurs douleurs. Le privilégié a le pouvoir de diminuer les souffrances, de différer la mort de ceux qu'il voit souffrir (article 18). Pouvoir magique, strictement limité. Il ne peut totalement supprimer la douleur, ni différer la mort au-delà de dix jours.

On pourrait aussi se demander quelle portée donner au mot de Dieu qui est inscrit au début du texte et au mot de « miracles », à l'article 2, qui possède une évidente connotation religieuse. On remarquera d'abord que Stendhal écrit « God » et non Dieu, par le recours très caractéristique à une langue étrangère, comme chaque fois qu'un mot gêne sa pudeur. On aurait tort, je crois, de donner à ce mot un sens trop précis et d'y voir une sorte de profession de foi *in extremis*. Tel qu'il est invoqué dans le contexte, Dieu apparaît comme un magicien supérieur et d'existence imaginaire. Faut-il supposer que le premier « privilège » consisterait à pouvoir croire avec quelque vraisemblance à l'existence de celui qui distribuerait ces privilèges ?

« Si le privilégié voulait raconter ou révélait un des articles de son privilège, sa bouche ne pourrait former aucun son, et il aurait mal aux dents pendant vingt-quatre heures. » Tout le texte s'articule sur la notion de secret. Le privilégié a la faculté de déceler les secrets des autres, et par exemple (article 11) de découvrir les statues enfouies — rêve étrange, rêve d'archéologue ? rêve de la *Gradiva* ? Mais ces statues sont des figures du corps, et le privilégié a donc le pouvoir de les ressusciter pour les plonger de nouveau dans la mort, puisqu'il peut les transformer en « balles de plomb ». Il peut aussi deviner les pensées cachées (article 21), avec des limites cependant : il ne peut connaître les pensées qui l'intéresseraient le plus, celles de la femme qu'il aime.

Cette dialectique du secret et du dévoilement, on la perçoit dans l'acte même d'écrire. Si le privilégié est tenu au secret, comment se permet-il d'écrire ces privilèges ? Il les écrit mais ne les publie pas. Ce texte est peut-être parmi tous les écrits intimes de Stendhal, celui qu'il eût le moins voulu voir imprimer. L'écriture, si elle comporte ce risque de violation qui aboutit à l'édition, est pourtant indispensable à Stendhal. Comme le chiffre qu'elle contient, comme la formulation même qu'elle choisit, l'écriture donne au rêve ce minimum de réalité nécessaire pour que le rêveur puisse y croire.

Le secret de Stendhal a d'abord été respecté, plus peut-être en raison de l'indifférence des stendhaliens que de leur discrétion. Le texte a été publié pour la première fois vingt ans après avoir été écrit. Peut-être cette distance de vingt ans eût-elle paru suffisante au privilégié ? T. Campenon le donne pour la première fois dans *La Critique française* du 15 septembre 1861, sous le titre : « Fragment inédit de Stendhal ». Nombre de stendhaliens ne sentirent pas toute l'importance d'un texte qui révèle si profondément l'inconscient de l'auteur et l'on sait que le fantastique ou le féerique a été pour les romantiques ce que sera ensuite la psychanalyse : le moyen de libérer le refoulé. Ces *Privilèges* où certains des premiers lecteurs crurent voir des signes de maladie et de déchéance, les critiques du xxᵉ siècle y lisent au contraire des confidences très précieuses, trop profondes peut-être pour que l'écrivain ait pu les formuler sous une autre forme que celle d'un code féerique. Très exactement cent ans après l'édition de Campenon, V. Del

Litto a analysé les *Privilèges* de façon magistrale dans les cahiers du *Stendhal Club* : « Un texte capital pour la connaissance de Stendhal » (15 oct. 1961) et l'on peut voir comment, en cent ans, la critique, et plus particulièrement la critique stendhalienne, a évolué.

Manuscrit

Le manuscrit de la bibliothèque municipale de Grenoble (R. 5896, t. VII, fol. 215-216) est autographe, mais incomplet. Le fonds Lovenjoul (D. 662) possède une copie, semble-t-il complète, de la main de Romain Colomb, le cousin et l'exécuteur testamentaire de Stendhal qui n'avait pas jugé bon de publier le texte dans l'édition des œuvres de 1853-1857 chez Michel Lévy, mais n'en avait pas moins conservé avec un soin dont tous les stendhaliens lui savent gré, les inédits de Stendhal. Il a lui-même ajouté quelques notes. La meilleure édition des *Privilèges* a été donnée par V. Del Litto dans les *O.C.*, Cercle du bibliophile, t. 36.

BIBLIOGRAPHIE SOMMAIRE

Œuvres de Stendhal

Toutes nos références renvoient à l'édition des *Œuvres complètes* donnée par V. Del Litto, au Cercle du bibliophile.

On se référera aussi à l'édition de la *Correspondance*, et des *Œuvres intimes* (t. I et II) donnée également par V. Del Litto, dans la Pléiade.

On pourra se reporter enfin à l'édition de la *Vie de Henry Brulard* que j'ai établie pour Folio (1973).

Études sur Stendhal

BLIN (G.), *Stendhal et les problèmes de la personnalité*, Corti, 1958 (tome I) et 1968 (tome II).

Stendhal et les problèmes du roman, Corti, 1958.

BROMBERT (V.), *Stendhal et la voie oblique*, Yale University Press, P.U.F., 1954.

CROUZET (M.), *Stendhal et le langage*, Gallimard, 1981.

DEL LITTO (V.), *La Vie intellectuelle de Stendhal. Genèse et évolution de ses idées, 1802-1821*, P.U.F., 1959.

DIDIER (B), *Stendhal autobiographe*, P.U.F., 1983.

GUÉRIN (M.), *La Politique de Stendhal. Les brigands et le bottier*, P.U.F., 1982.

IMBERT (H. I.), *Les Métamorphoses de la liberté, ou Stendhal devant la Restauration et le Risorgimento*, Corti, 1967.

MICHEL (F.), *Études stendhaliennes*, 2e éd., Mercure de France, 1962.

PRÉVOST (J.), *La Création romanesque chez Stendhal*, Sagittaire, Marseille, 1942 et Mercure de France, 1951.

RICHARD (J.-P.), *Stendhal, Flaubert,* Seuil, coll. Points, 1970.

RINGGER (K.),` *L'Âme et la page, Trois essais sur Stendhal,* Éd. du Grand Chêne, 1982. *Stendhal et les problèmes de l'autobiographie,* colloque, Grenoble, 1974, P.U.G., 1976. (Textes recueillis par V. Del Litto).

NOTES

SOUVENIRS D'ÉGOTISME

Page 33.

1. Nous avons tenu à mettre en frontispice ce que Stendhal avait écrit au début du premier cahier de son manuscrit, tel qu'on peut le consulter à la bibliothèque municipale de Grenoble. Ces notes en effet montrent bien l'aspect testamentaire de l'écrit autobiographique.

2. Stendhal avait d'abord écrit : à Romain Colomb, mon cousin, n° 35, rue Godot-de-Mauroy.

Le peintre genevois Abraham Constantin (1785-1855), essentiellement peintre sur émail, fut connu de Stendhal avant 1830. L'écrivain le retrouva à Rome. Ils écriront ensemble *Idées italiennes sur quelques tableaux célèbres*, paru à Florence, en 1840. On se référera à André Doyon, « Au lendemain de la mort de Stendhal. Six lettres inédites d'Abraham Constantin à Benjamin Colomb (1842-1854) », *Stendhal Club*, 15 avril 1968.

Stendhal le considère comme « un homme sage » (*Vie de Henry Brulard, O.C.*, t. 20, p. 31).

3. La première édition de l'autobiographie de Benvenuto Cellini date de 1730, et Benvenuto était mort depuis 1571. Voir Boris Reizov, « Stendhal et Benvenuto Cellini (Sur les problèmes des sources de *La Chartreuse de Parme*) », *Stendhal Club*, 15 juillet 1966. Dans ses écrits autobiographiques, Stendhal se réfère souvent à Cellini qui semble avoir été pour lui comme un modèle. On lira au début de la *Vie de Henry Brulard*, une déclaration très voisine de celle-ci, lorsque l'écrivain songe à laisser son manuscrit au libraire Levavasseur : « si personne ne parle plus de M. de S[tendha]l, il laissera là le fatras qui

sera peut-être retrouvé deux cents (ans) plus tard comme les *Mémoires* de Benvenuto Cellini » (*O.C.*, t. 20, p. 10). « Benvenuto a été *vrai* et on le suit avec plaisir, comme s'il était écrit d'hier, tandis qu'on saute les feuillets de ce jésuite de Marmontel » (*Ibid.*, p. 12).

4. On voit qu'alors Stendhal ne prévoit que quatre chapitres. On notera d'ailleurs que, sur le manuscrit, seuls les trois premiers chapitres sont numérotés.

Page 34.

5. Cette déclaration se trouve sur la page suivante du manuscrit. La note : « Codicille au testament... Civita-Vecchia » n'est pas de la même écriture.

6. Sur Mme Doligny et sur Mme Berthois, cf. infra, passim.

CHAPITRE PREMIER

Page 37.

1. Stendhal est alors consul de France, dans les États romains. Il était arrivé à Civitavecchia le 17 avril 1831 ; il y vit, sans plaisir, entrecoupant son séjour de voyages à Rome et un peu dans toute l'Italie du Nord ; il ira à Naples en 1832 puis à Ancône. Ces voyages ne suffisaient pas à lui rendre supportable Civitavecchia où il s'ennuyait ferme.

2. En 1821, Stendhal, quittant l'Italie et Métilde, vint vivre à Paris, fin juin ; de là, comme il le dit dans les *Souvenirs*, il va à Londres, revient à Paris, repart pour l'Italie en octobre 1823, revient à Paris en mars 1824, nouveau voyage en Angleterre en 1826 ; l'année 1827 se passe, moitié à Paris, moitié en Italie. Il achève en 1830 *Le Rouge et le Noir* qui paraîtra quelques jours après son départ de Paris. Il y a donc une certaine simplification, un souci chez l'écrivain de présenter dans ce paragraphe initial une vue globale, lorsqu'il met ces neuf années sous le seul signe de Paris.

3. Gabriel Gros donna au jeune Beyle des leçons de mathématiques et l'on sait que le futur écrivain voyait dans les mathématiques un moyen de quitter Grenoble et par conséquent de se libérer de sa famille. Le chapitre 35 de la *Vie de Henry Brulard* évoque le bonheur de ces leçons de mathématiques rue Saint-Laurent. « Sans que Gros fût le moins du monde charlatan, il avait l'effet de cette qualité si utile dans un professeur, comme dans un général en chef, il occupait toute mon âme. Je l'adorais et le respectais tant que je lui déplus » (*O.C.*, Cercle du bibliophile, t. 21, p. 217). Quant à l'héroïne de la Révolution,

Mme Roland, Stendhal l'admirait beaucoup et la cite souvent. Dans la *Vie de Henry Brulard*, il l'évoquera également comme une lectrice idéale : « S'il y a succès, je cours la chance d'être lu en 1900 par les âmes que j'aime, les Mme Roland, les Mélanie Guilbert » (*O.C.*, t. 20, p. 11).

4. Très caractéristique, le fait que cette première interrogation se réfère à la notion de bonheur, si importante certes ; en établissant un lien entre identité et bonheur, Stendhal se situe bien dans le prolongement de ces hommes du XVIIIe siècle qu'il aimait (cf. Robert Mauzi, *L'Idée de bonheur au XVIIIe siècle*, Colin, 1960).

Page 38.

5. Stendhal songe à *Mina de Wanghel*, commencée à la fin de 1829, mais que précisément il retouche en cette année 1832.

6. Le sentiment de l'approche de la cinquantaine semble avoir joué chez Stendhal, comme chez d'autres écrivains, un rôle fondamental dans le déclenchement de l'écriture autobiographique (voir aussi le début de la *Vie de Henry Brulard* : « je vais avoir la cinquantaine »). Dans le nombre : 49, le chiffre 9 est mal lisible, en pointillé.

7. Souvent Stendhal écrit « Mero » pour Rome.

Page 39.

8. C'est l'image mythique, épique de Napoléon qui fascine Stendhal, comme le jeune Fabrice à Waterloo ; mais, dans la réalité, les relations de Stendhal et de Bonaparte ne furent pas aussi simples, et sous le Consulat et l'Empire, il arriva à l'écrivain d'émettre de sérieuses réserves sur la politique napoléonienne. Il se réfère ici à l'enthousiasme de sa première jeunesse, ravivé certainement par le dégoût que lui ont inspiré la première Restauration, puis la restauration de Louis-Philippe, le roi bourgeois, qui sévit tandis qu'il rédige ces pages. Voir Michel Guérin, *La Politique de Stendhal. Les brigands et le bottier*, P.U.F., 1982.

9. Le comte Beugnot (1761-1835) était alors directeur général de la Police. Il avait été ministre des Finances, gouverneur du Grand duché de Berg et fut fait comte sous l'Empire ; il fut directeur de la Police et ministre de la Marine sous la Restauration. Voir la *Correspondance* (Pléiade, t. I, p. 912) : « Savez-vous que le Beugnot m'avait offert la place de Buc (Busche) en 1814 ? »

Page 40.

10. D'après V. Del Litto, il s'agirait non d'André Busche, qui ne fut nommé qu'en 1817, mais de son prédécesseur, Joseph-François Gau ; celui-ci n'occupa pas ce poste quatre ou cinq ans, comme le dit

Stendhal, par approximation, mais simplement deux ou trois ans.

11. La comtesse Du Long, (Stendhal l'appelle aussi la comtesse Berthois) désigne Clémentine, fille du comte et de la comtesse Beugnot ; elle avait épousé le général Curial en 1810. Ce fut un des amours de Stendhal, qui l'appelle le plus souvent « Menti ». Elle fut sa maîtresse de 1824 à 1826. Voir : M.-J. Durry, *Une passion de Stendhal, Clémentine*, Champion, 1926. Au début de la *Vie de Henry Brulard*, Stendhal compare ses diverses amours : « Clémentine est celle qui m'a causé la plus grande douleur en me quittant. Mais cette douleur est-elle comparable à celle occasionnée par Métilde qui ne voulait pas me dire qu'elle m'aimait ? » (*O.C.*, t. 20, p. 24.)

12. On sait que Stendhal la désigne par le nom de Mme Doligny, et en parle beaucoup dans son *Journal*. En 1810 : « Je vais voir Mme Doligny, je suis bien, elle fort bien pour moi » (t. 29, p. 381). Il évoque une promenade avec elle et quelques amis : « Nous prîmes des glaces et du punch dans un charmant pavillon entouré de colonnes (...) Ce qui faisait le charme de notre union, formée par le hasard, c'est que nous étions dans ce moment amateurs véritables de volupté (...) Je sais bien le secret du plaisir que j'ai goûté, mais je ne le dirai pas pour ne pas le ternir. La plus jolie soirée que j'aie passée à Paris » (*Ibid.*, p. 394).

13. L'autobiographie, plus que tout autre type d'écriture peut-être, suscite ce vertige initial de l'indécision : vais-je écrire ou ne pas écrire, dont Jean Grenier parle si bien au début de ses *Entretiens sur le bon usage de la liberté* (Idées, Gallimard, rééd. 1982).

14. Le 13 juin. Dans l'autobiographie stendhalienne, il y a toujours des blancs ; ce peut être, comme ici, une simple précision à ajouter, et que l'écrivain a remis à plus tard, pour ne pas buter, dès les premières lignes, et perdre du temps à rechercher une date. Mais on peut aussi se demander, comme nous le faisons dans notre préface, si le blanc n'est pas un élément essentiel de l'autobiographie stendhalienne, au niveau de la disposition de la page, comme dans des zones très étendues de non-dit.

15. Il s'agit, bien entendu de Mathilde Viscontini, femme depuis 1807 de l'officier Jan Dembowski. Stendhal avait fait sa connaissance en 1818 (voir V. Del Litto, *Vie de Stendhal*, Albin Michel, 1965). Toujours dans cette ballade des dames du temps jadis qui se situe au début de la *Vie de Henry Brulard*, Stendhal écrit : « Quant à l'esprit, Clémentine l'a emporté sur toutes les autres. Métilde l'a emporté par les sentiments nobles, espagnols » (*O.C.*, t. 20, p. 25). *De l'Amour* avait été écrit sous l'impulsion de cette passion. Dans sa préface à cette œuvre (*O.C.*, t. 3, p. X), Étienne Rey fait ce bilan assez inattendu : « D'après les documents qu'on a commencé à rassembler sur elle (...) il

apparaît qu'elle fut surtout une patriote ardente et sincère ; elle entra dans les conjurations contre l'Autriche ; en 1821, elle fut soumise par la police autrichienne à des interrogatoires dont elle se tira avec habileté ; ses lettres, enfin, montrent de l'idéalisme et de la grandeur d'âme. Une chose, en tout cas, est certaine, c'est qu'elle n'aima pas Stendhal. Peut-être même finit-elle par se méfier de lui au point de vue politique, ou par mépriser son existence épicurienne. » Sur Métilde voir enfin l'excellente préface à *De l'Amour,* par V. Del Litto (Folio, 1970).

16. D'après V. Del Litto il s'agirait du poète Ugo Foscolo. Voir aussi Adolfo Jenni, *Matilde Dembowski Viscontini in Svizzera e il Foscolo a Berna,* Archivo storico lombardo, 1957. Ugo Foscolo (1778-1827) était un libéral, qui combattit dans les armées napoléoniennes contre les Austro-Russes. En 1814, il dut s'exiler en Suisse, puis à Londres. Il est l'auteur, entre autres œuvres, d'un roman *Les Dernières Lettres de Jacques Ortis* (1798) et de poèmes (*Les Tombeaux,* 1807).

Page 41.

17. Dans la mesure où *De l'Amour* est une œuvre autobiographique, elle avait déjà un peu comblé ce vide.

18. V. Del Litto éclaire en partie ces allusions sibyllines. En 1820, à Milan, Stendhal avait entrepris une pièce *La Comtesse de Savoie,* dont le manuscrit est à la bibliothèque de Grenoble, mais où l'on ne trouve pas trace de dessin de pistolet. Quant à la casa Acerbi, on ne sait à quoi Stendhal fait allusion.

19. C'est V. Del Litto qui a su dépister qu'il s'agissait non pas d'une citation de Shelley, mais de Marivaux : « J'expirais à chaque pas que je faisais pour m'éloigner d'elle (la maison que quitte Tervire), je ne respirais qu'en soupirant » (*Vie de Marianne,* 9ᵉ partie). Cf. V. Del Litto, « Stendhal, Shelley et Marivaux », *Stendhal Club,* octobre 1968.

Page 42.

20. Triste retour qui contraste avec le joyeux passage du Saint-Bernard, que Stendhal évoquera à la fin de la *Vie de Henry Brulard.* En 1800, Stendhal ignorait tout de l'équitation et affrontait le feu pour la première fois. « Je fus constamment gai. Si je rêvais, c'était aux phrases par lesquelles J.-J. Rousseau pourrait décrire ces monts sourcilleux » (*O.C.,* t. 21, p. 343).

21. Évidemment la vérole. Une abondante littérature médicale a épilogué sur les maladies de Stendhal.

22. L'émotion de Stendhal s'explique probablement par le rapprochement entre Guillaume Tell et Métilde, tous deux héros de la lutte

contre l'oppresseur étranger. Mme Traversi était la cousine germaine de Métilde.

Page 43.

23. Encore un blanc à combler plus tard.

24. Sophie Duvancel. Malgré tout le mal que Stendhal a pu dire de Grenoble, il regrettait l'absence des montagnes autour de Paris. Les environs nord de Paris trouvent cependant grâce à ses yeux, à cause des souvenirs de Rousseau. C'est à Montmorency que Stendhal ira, l'été 1822, corriger les épreuves de *l'Amour,* ce qu'il évoque dans le chapitre X des *Souvenirs d'égotisme.*

25. Les ouvrages de l'abbé Barthélemy et de Charles Rollin nous semblent, en effet, bien pâles auprès de *Jacques le Fataliste.* Il n'est pas indifférent que les *Souvenirs* soient ainsi placés sous le signe d'une œuvre où Diderot pratique un mode d'écriture qui a quelque analogie avec celui de Stendhal dans ses écrits autobiographiques : procéder sans ordre logique, au gré de l'association des idées, dans cette espèce de monologue intérieur, de soliloque que poursuit Stendhal.

Page 44.

26. Avoir de l'esprit est un constant souci de Stendhal qui apparaît parfois de façon naïve dans les premières pages du *Journal* où il se sent gêné par ses origines provinciales. Mais, même lors de la maturité, lorsqu'au début de la *Vie de Henry Brulard* il tente de se définir, il pose, en premier lieu : « Ai-je été un homme d'esprit ? » (*O.C.,* t. 20, p. 6), question presque aussi importante que celle relative au bonheur.

27. Sur le manuscrit un signe qui peut être une croix (mortuaire) ou un « t ». Louis Royer a déchiffré ainsi : pour t(uer) L(ouis) XVIII. On sait la haine de Stendhal pour la Restauration. On voit par cette confidence jusqu'où elle pouvait aller. Se reporter à M. Ruder, *Stendhal et la pensée sociale de son temps,* Paris, Plon 1967 ; H.-F. Imbert, *Les Métamorphoses de la liberté ou Stendhal devant la Restauration et le Risorgimento,* Corti, 1967 ; enfin, plus récemment, Michel Guérin, *La Politique de Stendhal,* P.U.F., 1982.

28. Actuellement 45, rue de Richelieu.

Page 45.

29. On sait que la mémoire de Stendhal est à éclipses (il le remarque aussi à plusieurs reprises dans la *Vie de Henry Brulard*) et que ce sont les temps « passionnés » qui souvent lui ont laissé le moins de souvenirs. Voir, à ce propos, ma préface à *Henry Brulard,* Folio, 1973.

CHAPITRE II

Page 46.

1. La Rancune est un personnage du *Roman comique* de Scarron. On sait le succès de ce roman — qui le mérite bien — à l'époque romantique, et qu'il inspira, par exemple, *Le Capitaine Fracasse* de Gautier.

2. V. Del Litto nous donne tous les renseignements nécessaires sur ce personnage : Adolphe de Mareste (1784-1867), d'origine savoyarde, suivit les cours de l'École centrale de Grenoble, mais alors que Stendhal n'y était plus élève. Le 15 septembre 1826 est la date de la rupture avec Clémentine Curial.

3. Stendhal aime l'évaluation mathématique de ces proportions.

Page 47.

4. Rome.

Page 48.

5. Il s'agit de Mme de Podenas, Adélaïde Pouget de Nadaillac, et de Louise d'Argout, cousine par alliance d'Adolphe de Mareste. On a écrit au crayon, sur le manuscrit : « d'Argout », au-dessus de « d'Avelles ».

6. Quelqu'un a rectifié au crayon sur le manuscrit : « à la préfecture » ; Mareste était chef de bureau à la préfecture de Police.

Page 49.

7. Le naturaliste Georges Cuvier (1769-1832), l'auteur des *Leçons d'anatomie comparée*, des *Recherches sur les ossements fossiles*, de l'*Histoire naturelle des poissons*. Dans la *Vie de Henry Brulard*, Stendhal évoquera ces conversations avec Cuvier : « J'ai toujours eu peu de mémoire. Ce qui fait, par parenthèse, que le célèbre Georges Cuvier me battait toujours dans les discussions qu'il daignait quelquefois avoir avec moi dans son salon les samedis de 1827 à 1830 » (*O.C.*, t. 20, p. 173). Un peu plus loin (t. 21, p. 49), on lit cette remarque sévère : « Chose singulière, les poètes ont du cœur, les savants proprement dits sont serviles et lâches. Quelle n'a pas été la servilité et la bassesse envers le pouvoir de M. Cuvier ! Elle faisait horreur même au sage Sutton Sharpe. Au Conseil d'État M. le B[ar]on Cuvier était toujours de l'avis du plus lâche. »

8. Maisonnette était le pseudonyme de Joseph Lingay, collaborateur de Decazes que Stendhal appelait « Maison ». Cf. A. Lelarge, *Le Baron*

de Mareste et Maisonnette, Le Divan, déc. 1938. Le tarif est particulièrement élevé, si l'on se rappelle que Baudelaire parle de « putains à cinq
francs ».

Page 50.

9. V. Del Litto nous rappelle que les appointements du consul de
France à Trieste étaient de 15 000 F par an.

10. Mme Azur, Alberthe de Rubempré (1804-1873), habitait rue Bleue
(traverse de la rue du Faubourg-Poissonnière), d'où le pseudonyme que
lui donne Stendhal qui fut son amant. Dans la *Vie de Henry Brulard,*
Stendhal fera cette confidence : « En aimant (ma mère) à six ans peut-
être, 1789, j'avais absolument le même caractère qu'en 1828 en aimant
à la fureur Alberthe de Rubempré. Ma manière d'aller à la chasse du
bonheur n'avait nullement changé » (t. 20, p. 44). L'amour pour
Alberthe fut violent, mais bref. Il note toujours dans la *Vie de Henry
Brulard,* qu'elle fut « adorée pendant un mois seulement » (p. 95).

11. Et Stendhal n'y parviendra pas — non plus que dans la *Vie de
Henry Brulard.* C'est précisément un des intérêts des écrits autobiographiques de Stendhal, que cette impossibilité de s'en tenir à un ordre
chronologique.

12. D'après V. Del Litto, il s'agit de Rémy Lolot, né à Charleville,
négociant et propriétaire des cristaux de Baccarat. Stendhal avait
d'abord écrit Lunéville qu'il a corrigé en Charleville.

Page 51.

13. Ce M. Poitevin n'a pas été identifié de façon certaine, même par
les stendhaliens les plus perspicaces. La marquise de Rosine est
Mme Victor de Tracy, née Sarah Newton. Elle était née en 1789 et avait
donc passé la quarantaine lorsque Stendhal écrit ce paragraphe. Plus
loin dans les *Souvenirs,* Stendhal la décrit ainsi : « Mme Sarah de
Tracy (...) jeune et brillante, un modèle de beauté délicate anglaise, un
peu trop maigre » (p. 82). Il l'évoque aussi dans la *Vie de Henry Brulard*
(t. 20, p. 166) : « Mes compositions m'ont toujours inspiré la même
pudeur que mes amours. Rien ne m'eût été plus pénible que d'en
entendre parler. J'ai encore éprouvé vivement ce sentiment en 1830,
quand Mme Victor de Tracy m'a parlé de *Le Rouge et le Noir.* »

14. Il s'agirait de Mme d'Argout.

Page 52.

15. Clémentine Curial, cf. supra, chap. I, note 11.

Page 53.

16. Le comte d'Argout avait été avec Stendhal au Conseil d'État ; il

fut pair de France en 1819, préfet, ministre, gouverneur de la Banque de France et serait le modèle du ministre de Vaize de *Lucien Leuwen*.

17. Cette conspiration militaire du 19 août 1820 fut jugée devant la Cour des Pairs du 7 mai au 26 juin 82. V. Del Litto fait remarquer que Stendhal n'a pas pu entendre Odilon Barrot (qui avait parlé le 14 juin) puisqu'il était arrivé à Paris le 21 seulement.

18. Le vicomte d'Ambray (1760-1829), connu pour avoir présidé le procès du maréchal Ney, en 1815, lors de la seconde Restauration.

Page 54.

19. Cf. supra, chap. I, note 12.

20. Actrice du Théâtre-Français, que Stendhal vit souvent dans la période où il était apprenti homme de théâtre. Le *Journal* des années 1801-1805 la mentionne souvent. Elle était alors à la fin de sa carrière, puisqu'elle quittera la scène en 1808. A propos d'une représentation du *Tartuffe*, le 5 juillet 1804, Stendhal note : « Mlle Contat a bien mieux joué qu'à l'ordinaire » (t. 28, p. 119) — ce qui, évidemment, implique quelque réticence dans l'éloge.

21. On sait le rôle de Martial Daru dans la vie de Stendhal ; fils de Noël Daru qui avait hébergé Beyle lors de son premier séjour à Paris, il était le seul parent que le jeune homme retrouvait à Paris (Noël Daru était le cousin germain du docteur Gagnon). Commissaire des Guerres en 1795, intendant à Brunswick en 1806, il fut toujours un ami précieux pour l'écrivain et il est associé au sentiment de « bonheur fou » à Milan, en 1800, qu'évoque Stendhal à la fin de la *Vie de Henry Brulard*. « Martial fut parfait et réellement a toujours été parfait pour moi. Je suis fâché de n'avoir pas vu cela davantage de son vivant ; comme il avait étonnamment de petite vanité, je ménageais cette vanité. Mais ce que je lui disais alors par usage du monde naissant chez moi et aussi par amitié, j'aurais dû le lui dire par amitié passionnée et par reconnaissance » (*O.C.*, t. 21, p. 369). Martial mourut en 1827.

Page 55.

22. Le comte Pierre Daru est bien mort en 1829, il était le frère aîné de Martial, secrétaire général au ministère de la Guerre en 1800, intendant général de la Grande Armée en 1811. En 1806, Beyle, qui l'accompagne en Allemagne, est nommé adjoint provisoire aux Commissaires des Guerres et est envoyé à Brunswick. L'écrivain le désigne souvent par la lettre Z, c'est-à-dire zio, oncle, alors qu'en fait il n'avait guère que six ans de plus que lui, mais parce qu'il protégea sa carrière, en tant qu'aîné dont la réussite avait été particulièrement brillante.

23. Arthur-Auguste Beugnot.
24. Évidemment la comtesse Curial, « Menti », Clémentine.

Page 56.

25. Louvel qui tua le duc de Berry, le 13 juin 1820. V. Del Litto dans son édition, a complété ces mots abrégés par Stendhal.

CHAPITRE III

Page 57.

1. Dans le journal, comme dans les écrits autobiographiques, Stendhal recourt fréquemment à des expressions en langue étrangère, anglaise ou italienne, en particulier pour ce genre d'allusions. Il veut dire, évidemment, dans un anglais un peu fantaisiste, « monter un bordel ».

Page 58.

2. Nous avons conservé l'orthographe que Stendhal donne à son nom, telle qu'on la déchiffre sur le manuscrit. De même pages 59, 60, 158.

3. On a beaucoup épilogué sur les « fiascos » stendhaliens qui sont plutôt le signe d'une délicatesse et d'un excès d'imagination que d'une véritable impuissance. « S'il entre un grain de passion dans le cœur, il entre un grain de *fiasco* possible (...) Plus un homme est éperdument amoureux, plus grande est la violence qu'il est obligé de se faire pour oser toucher aussi familièrement, et risquer de fâcher un être qui, pour lui, semblable à la Divinité, lui inspire à la fois l'extrême amour et le respect extrême » (*De l'Amour, O.C.*, t. 4, p. 279). Le fiasco s'explique probablement ici, non par la passion que Stendhal éprouve pour Alexandrine, mais par les impressions esthétiques qu'elle éveille en lui (cf. l'allusion au Titien). L'amour passionné qu'il a pour Métilde a contribué au fiasco (voir la déclaration initiale du chapitre et infra).

Page 59.

4. Vers de *Britannicus*, devenus quasi proverbiaux.

5. A cause de la rupture avec Clémentine. C'est l'année aussi où il achève *Armance*, roman dont l'impuissance est le principal sujet.

6. V. Del Litto déchiffre : « un regard ». Je me demande si ce n'est pas plutôt : « un regret ».

7. Babilano Pallavicini est connu pour le procès intenté contre lui par sa femme qui prétendait qu'il était impuissant. On sait que ces

procès d'impuissance étaient fréquents autrefois, et que la « nature du prince » pouvait être contrôlée en justice.

8. Sur Mme Azur, cf. supra, chap. II, note 10.

Page 60.

9. Maddalena Marliani, femme du banquier Bignami. V. Del Litto pense que l'amant en question est le poète Ugo Foscolo, dont nous avons déjà eu l'occasion de parler plus haut.

10. La comtesse Cassera, remariée en 1822 avec Francesco Borgia. Il est question d'elle dans le *Journal* et dans divers fragments : « La vulgarité, éteignant l'imagination, produit sur-le-champ pour moi l'ennui mortel. La charmante comtesse K... me montrant ce soir les lettres de ses amants, que je trouve grossières » (*O.C.*, t. IV, p. 196).

11. Elena Viganò (Nina) fille du chorégraphe de la Scala, elle-même cantatrice. Il en est encore question plus loin (p. 154). Il y est fait allusion aussi dans *Le Roman de Métilde*. Polyski entraîne Zanca dans le jardin pour lui dire : « Que ne faites-vous un autre choix ? Vous avez la comtesse Fiorina qui vous tend les bras, à vous et à tout le monde. Vous avez la Ninetta, qui vous reçoit avec distinction » (*O.C.*, t. IV, p. 384).

CHAPITRE IV

Page 62.

1. A partir du chapitre IV, les chapitres ne sont plus numérotés par Stendhal ; peut-être avait-il l'intention d'opérer des remaniements ?

2. Destutt de Tracy (1754-1836), député en 1789, ami de Cabanis. Mis en prison, il fut sauvé par le 9 thermidor. Il fut un personnage important sous l'Empire jusqu'en 1810. Il est l'auteur des *Éléments d'Idéologie*, des *Principes d'Idéologie*, des *Commentaires sur l'Esprit des Lois*. Il est avec Volney, Cabanis, Condorcet, peut-être le plus représentatif des Idéologues, école philosophique issue du sensualisme de Condillac, et qui eut une grande influence sur Stendhal. Celui-ci lut en 1804, l'*Idéologie*, et envoya en 1817 un exemplaire de l'*Histoire de la peinture en Italie* au philosophe qui vint le voir, à la suite de cet envoi.

3. Dans la *Vie de Henry Brulard*, Stendhal écrira : « Un de mes malheurs a été de ne pas plaire aux gens dont j'étais enthousiaste (exemple Mme Pasta et M. de Tracy), apparemment je les aimais à ma manière et non à la leur » (*O.C.*, t. 21, p. 148).

Page 63.

4. En 1808. Il y avait un conflit, en effet, entre ces deux amours de Stendhal, Napoléon et les Idéologues ; on sait que ceux-ci furent persécutés par l'Empereur.

5. V. Del Litto pense, astucieusement, qu'il s'agit là d'une reproduction de la prononciation provençale de Gros. Le général Jean-Louis Gros était de l'Aude.

6. V. Del Litto fait remarquer qu'il y a là une série d'erreurs, puisque Destutt de Tracy laissa faire son portrait par Ary Scheffer et son médaillon par David d'Angers ; quant à Clément XII son tombeau se trouve à Saint-Jean-de-Latran.

7. La Fayette (1757-1834) était lié à la famille de Tracy : sa belle-fille, la femme de son fils, Georges-Washington, était née Françoise-Émilie de Tracy.

8. Il est bien vrai que l'Idéologie n'eut pas la place qu'elle méritait dans la pensée française, à la fois par la faute de la politique napoléonienne, mais aussi parce que l'explosion du romantisme la fit reléguer au second plan. Philippe-Paul de Ségur, fils de Louis-Philippe de Ségur, avait été général sous l'Empire et écrivit, en 1824, une *Histoire de Napoléon et de la Grande Armée en 1812.* Son neveu Eugène de Ségur est le mari de la comtesse de Ségur. Mais Stendhal ne pouvait prévoir ce prolongement littéraire de la famille !

Page 64.

9. « Le comte de Provence aurait dit : " Ouf ! passons à table ", en apprenant que le marquis de Favras, condamné à être pendu, était mort sans révéler les noms de ses complices, au nombre desquels se trouvait le comte lui-même », explique V. Del Litto (*O.C.*, t. 36, p. 323).

10. Faut-il lire « bon » ou « boime » (= hypocrite en dauphinois) ?

11. Voir J. F. Marshall, *Les Dames Garnett, amies de Stendhal, Le Divan,* oct.-déc. 1949.

12. Il s'agit donc ici du père de l'historien de la campagne de Russie, Louis-Philippe de Ségur qui était grand maître des cérémonies depuis 1804. Il sera sénateur en 1813.

Page 65.

13. Dangeau fut le mémorialiste de la cour de Louis XIV.

14. Stendhal fut nommé auditeur au Conseil d'État en 1810.

15. Victor Cousin (1792-1867), le philosophe, après avoir vu son cours à la Sorbonne interdit sous le règne des ultras, fut nommé par

Souvenirs d'égotisme. 8.

Louis-Philippe ministre et dirigea l'Université. Jean-Baptiste Jacqueminot (1771-1861) commissaire des Guerres.

Page 66.

   16. Le mot « gens » est peu lisible sur le manuscrit.
   17. Le comte de Ségur dans ses *Mémoires,* parus en 1826, raconte
plaisamment qu'il avait pris la plume de l'ambassadeur d'Angleterre,
précisément pour envoyer une dépêche destinée à nuire aux plans de
l'Angleterre. Pour l'allusion suivante, V. Del Litto rétablit la vérité : ce
n'est pas Benjamin Constant, mais son cousin Constant d'Hermenches
qui défendit la comtesse de Lichtenau.
   18. Jobarderie.

Page 67.

   19. V. Del Litto pense qu'il s'agit de la cour de Rome. Je croirais tout
aussi bien qu'il s'agit de la cour de Louis-Philippe.
   20. Beyle qui avait rêvé de quitter Grenoble pour échapper à la
tyrannie de sa famille, fut en effet bien déçu quand il arriva à Paris par
cette absence des montagnes. Au chapitre XLII de la *Vie de Henry
Brulard* il évoquera cette déception : « Je me rappelle le profond ennui
des dimanches ; je me promenais au hasard ; c'était donc là ce Paris
que j'avais tant désiré ! L'absence de montagne et de bois me serrait le
cœur. » (O.C., t. 21, p. 321.)
   21. Stendhal redécouvre Paris lors des journées révolutionnaires de
juillet 1830. Il fut presque toute l'année 1830 à Paris, où il acheva *Mina
de Vanghel* et *Le Rouge et le Noir.* Réal était comte d'Empire, préfet de
Police pendant les Cent-Jours et proscrit de 1815 à 1827 où il rentra en
France. La baronne Lacuée, n'est-ce pas plutôt la comtesse, puisqu'elle
est la femme de Jean-Gérard Lacuée, comte de Cessac ? En 1810 sa
gorge émouvait Stendhal, lorsqu'il assistait à une représentation des
Noces de Figaro (O.C., t. 30, p. 72).

Page 68.

   22. Le frère de l'architecte. Cf. Raymond Cogniat, « Emmanuel
Viollet-le-Duc », *Stendhal Club,* juillet 1964.
   23. On sait que Stendhal s'impose ainsi un rythme de travail, soit
d'après le nombre de pages, soit d'après l'horaire : « Écrivez tous les
jours pendant deux heures, génie ou non » : excellent principe, et
encore meilleur s'il y a génie !

CHAPITRE V

Page 69.

1. Regnault de Saint-Jean-d'Angély (1761-1819) siégeait au Conseil d'État et Napoléon faisait grand cas de ses avis. Stendhal en parle dans la *Vie de Henry Brulard,* lorsqu'il raconte comment son goût enfantin de faire des grimaces et de singer lui est resté à l'âge adulte : « Au Conseil d'État, j'imitais sans le vouloir et de façon fort dangereuse l'air d'importance du fameux comte Regnault de Saint-Jean-d'Angély, placé à trois pas de moi » (*O.C.,* t. 20, p. 78).

2. Il est question plusieurs fois de M. Petit dans les *Souvenirs,* puisque Stendhal loge alors dans cet hôtel, rue de Richelieu.

3. Étienne-Jean Delécluze (1781-1863), d'abord peintre et élève de David, fut aussi écrivain et critique d'art. Il laissa un *Journal* qui ne fut publié qu'en 1948. Stendhal en parle souvent, ainsi dans la *Vie de Henry Brulard* : « De tous les Français de ma connaissance deux seuls : M. Fauriel, qui m'a donné les histoires d'amour arabes, et M. Delécluze, des *Débats,* comprennent le Dante » (t. 20, p. 117). Voir aussi *Souvenirs d'égotisme,* chap. XI. Stendhal et Delécluze étaient à Rome au même moment (1823-24). Cf. R. Baschet, *E.-J. Delécluze témoin de son temps,* 1942.

4. Allusion au personnage shakespearien, Jacques, fort mélancolique.

5. Paule (paolo), monnaie romaine.

Page 70.

6. Sur Cuvier et Tracy, cf. plus haut chap. II, note 7 et chap. IV, note 2.

7. Stendhal qui parfois la désigne sous le pseudonyme d'Ancilla, a beaucoup fréquenté chez elle. Il écrit à son propos dans la *Vie de Henry Brulard* (*O.C.,* t. 21, p. 316) : « Si je me trompe, l'*esprit* va se réfugier chez les dames de mœurs faciles, chez Mme Ancelot (qui n'a pas plus d'amants que Mme de Talaru, la première ou la seconde) mais chez qui on ose plus. » A la fin du manuscrit de la *Vie de Henry Brulard,* il inscrit son nom parmi ceux des personnes qu'il a l'intention de voir beaucoup à Paris (cf. *Les Privilèges*). Le baron Gérard (1770-1837) est le peintre qui fit le portrait célèbre de Mme Récamier, mais aussi d'Isabey, de Louis-Philippe, etc.

8. Près de Naples.

9. L'héroïne du *Roland furieux* de l'Arioste, comme le Gygès de

l'Antiquité, possède un anneau magique qui la rend invisible. Tout ce passage est bien évidemment d'un très grand intérêt psychologique. On le rapprochera du chapitre de *Henry Brulard* où Stendhal fait remonter à sa petite enfance son goût de faire des grimaces, c'est-à-dire de prendre le visage d'un autre. On verra aussi que ce rêve de devenir invisible est inscrit dans *Les Privilèges* (cf. infra). Quant au nom, Beyle a recouru à de très nombreux pseudonymes, avant de choisir celui de Stendhal. On sait qu'il se désigne souvent par le nom de Dominique dans son journal, et que dans son autobiographie, il pratiquera le pseudonyme double puisque, lui, Beyle, signe Stendhal un texte qu'il intitule : *Vie de Henry Brulard*. Ces particularités de la personnalité stendhalienne sont certainement à rattacher au malaise que l'enfant éprouva à l'égard de son père, et à son refus absolu de s'identifier à son image. Sur les problèmes de la personnalité stendhalienne, on se référera, bien entendu, à l'ouvrage devenu classique de Georges Blin, à J. Starobinski *L'œil vivant*, Gallimard, 1961, à K. Ringger.

10. Ce mot ne se trouve pas dans le Littré ; Stendhal le forge à la façon de paravent, et désigne par là une sorte de visière.

Page 71.

11. Stendhal le rajeunit considérablement : Tracy était né en 1754.

12. Cette rue réunit le boulevard Sébastopol à la rue Saint-Denis. Stendhal avait la plus grande méfiance à l'endroit des spéculations immobilières, qui lui rappelaient toujours plus ou moins celles où son père Chérubin Beyle s'était ruiné et l'avait ruiné du même coup.

13. Stendhal embellit un peu la réalité. Comme le fait remarquer V. Del Litto, Destutt de Tracy ne devint colonel qu'en 1788, à l'âge de 33 ans. Mais puisque Stendhal s'est trompé de dix ans environ sur la date de naissance de Tracy, ce décalage est normal.

Page 72.

14. Il s'agit de Philippe-Jacob Müller.

15. Trois quarts de page en blanc. Stendhal voulait probablement développer cet épisode.

16. Jacquemont était le père de Victor Jacquemont, ami de Stendhal ; il avait été chanoine avant la Révolution. Pour l'allusion au citron, V. Del Litto l'explique en rapprochant ce passage de la lettre de Victor Jacquemont du 17 nov. 1824 : Tracy se serait amusé à faire une « limonade dans le puits de la ville » (*Correspondance*, t. II, p. 794).

17. Une demi-page laissée en blanc.

18. Il s'agit maintenant non plus de la mère de Tracy, comme dans

les pages précédentes, mais de sa femme, la comtesse Destutt de Tracy (1754-1824), née de Durfort-Civrac. Stendhal en parle abondamment dans les pages qui suivent.

Page 74.

19. Il s'agit de l'homme politique, lord Brougham (1778-1868) dont Stendhal parle à plusieurs reprises. Il est cité au début du chapitre XXIII de *Le Rouge et le Noir* (« Les *Saints* même ne nous donneront pas d'argent, et M. Brougham se moquera de nous », *O.C.*, t. 2, p. 269). Le poète Monti (1754-1828) plaisait à Stendhal, par son admiration pour Napoléon et par son patriotisme. Les allusions au sculpteur Canova (1757-1822) sont extrêmement nombreuses dans l'œuvre de Stendhal. Quant à Rossini, Stendhal a dit toute son admiration pour lui dans sa *Vie de Rossini*.

20. La Fayette était commandant de la garde nationale en 1830. Levasseur avait été aide de camp de La Fayette ; il succéda à Stendhal au consulat de Trieste en 1831. A vrai dire, comme le remarque V. Del Litto, on aurait tort d'imputer la responsabilité de l'affaire à La Fayette : c'est l'Autriche qui ne voulait pas de Stendhal à Trieste.

21. Plus loin dans les *Souvenirs d'égotisme* (cf. infra, p. 114), Stendhal porte un jugement sévère sur cette Mme Marmier, symbole du « grand air du monde ». Mme de Perey était née Fanny Newton. Sur M. de Ségur, cf. supra, chap. IV, note 8.

Page 75.

22. Publiciste de la Restauration.

23. Il n'est pas difficile de deviner le mot que Stendhal sous-entend ici, dans cette condamnation de la prostitution politique, qui lui semble un trait dominant de la Restauration et de la monarchie de Juillet.

24. Ludovic Vitet était un écrivain et un homme politique (1802-1873) ; c'était à lui que Stendhal attribuait l'éreintage d'*Armance* qui parut dans *Le Globe*, le 18 août 1827.

Page 76.

25. Le publiciste Barthélémy Dunoyer (1786-1862). Dans *Le Rose et le Vert*, on pourra lire : « Qui diable se donne la peine de rechercher si réellement en 1834 tel préfet qui persécutait les pauvres Polonais, voulait étouffer le mauvais exemple de la révolte ou faire sa cour au ministre *intimidant* et conserver sa place ? » (*O.C.*, t. 38, p. 287) et en marge : « Modèle : cet animal de M. Dunoyer. »

26. On sait combien sur ce point les romans stendhaliens diffèrent

des romans balzaciens. On voit aussi le rôle du dessin chez Stendhal, en particulier dans les écrits autobiographiques. Ils seront encore plus nombreux dans la *Vie de Henry Brulard*. Le désir d'éviter la fatigue d'une description n'est évidemment pas la seule raison qui entraîne Stendhal à cribler ses manuscrits de croquis (cf. notre préface de la *Vie de Henry Brulard*, Folio, 1973). Sur le croquis on peut déchiffrer : Cour n° 38, rue d'Anjou — A' Porte d'entrée — Premier salon — Second salon — Canapé 18 d(emoise)lles — Chambre de Mme de Tracy — Cour et jardin — Escalier descendant au jardin.

Page 77.

27. On sait le goût de Stendhal pour la couleur bleue.

28. L'écrivain et homme politique Charles de Rémusat (1797-1875) écrivit la plupart de ses œuvres longtemps après les *Souvenirs (De la philosophie allemande, Critiques et études littéraires)*. Ses *Mémoires* n'ont paru qu'en 1958. Stendhal a vu, très souvent, jouer Fleury et le *Journal* des années 1804 et suivantes tient un registre fidèle des impressions théâtrales de l'écrivain. V. Del Litto pense que la brochure aurait été plutôt l'œuvre du père de François Tircuy de Corcelles qui en 1820 n'avait que dix-huit ans.

29. André Dupin, député libéral sous la Restauration.

30. Ary Scheffer (1795-1858), né à Dordrecht, et non en Gascogne, auteur de *La Mort de Géricault* et de nombreux portraits.

31. Augustin Thierry. En 1832, il n'a pas encore publié ses *Récits des Temps mérovingiens*, qui paraîtront en 1837 sous le titre de *Nouvelles Lettres sur l'Histoire de France*. Stendhal songe donc aux premières *Lettres sur l'Histoire de France*, parues en 1827. Son frère Amédée Thierry (1797-1873), Stendhal ne l'oubliera pas dans ses portraits de préfets de *Lucien Leuwen* (cf. *O.C.*, t. IX, p. 91).

Page 78.

32. Au xixe siècle on attribuait à l'onanisme des conséquences effroyables.

33. Sur ce personnage, voir la *Correspondance*, t. II, p. 877. Jacquemont mourut à Bombay en 1832, à l'âge de 31 ans. Voir F. Michel, *Jacquemont et Stendhal* in *Jacquemont*, Muséum d'histoire naturelle, 1959. Stendhal sera flatté de lire, dans la *Correspondance* de Victor Jacquemont publiée en 1833, une lettre de celui-ci à Adolphe de Mareste où l'écrivain était jugé « brillant » (cf. *Vie de Henry Brulard, O.C.*, t. 20, p. 21 et note p. 307).

Page 79.

34. Voir la lettre de Victor Jacquemont du 17 nov. 1824, in Stendhal, *Correspondance*, t. II. Stendhal a laissé une page blanche, pour développer ultérieurement.

35. Bignon, député et pair de France.

36. Mme Baraguey d'Hilliers est évoquée encore plus loin, cf. infra p. 138.

37. La comtesse Beugnot offrit à Stendhal « la place de directeur de l'approvisionnement de Paris » à la Restauration. Stendhal refusa et partit pour Milan (cf. *Projets d'autobiographie*).

Page 80.

38. Stendhal note dans son *Journal* de 1806 : « Destutt-Tracy fils et Wautier (élève des Ponts) ont été charmés par mon esprit franc et *naturel* à la première vue » (*O.C.*, t. 28, p. 343).

39. Effectivement une ordonnance du 6 juin 1832 avait dissous ce corps, à la suite des émeutes.

40. On se référera à un passage de la *Vie de Henry Brulard* : « Je fus en faveur, non pas auprès du maître, Nap[oléon] ne parlait pas à des fous de mon espèce, mais fort bien vu du meilleur des hommes, M. le duc de Frioul (Duroc) » (*O.C.*, t. 20, p. 15).

Page 81.

41. Pseudonyme de Mme de Laubespin, née Victoire de Tracy (cf. *O.C.*, t. 36, p. 328).

42. Au crayon sur le manuscrit quelqu'un a noté : Laubepin.

Page 82.

43. Là encore Stendhal les rajeunit. Ils avaient l'un et l'autre 67 ans.

44. *Mémorial portatif et chronologie d'histoire industrielle, d'économie politique, de biographie*, 1822, rééd. 1829-30.

45. Femme de Georges-Washington et donc belle-fille du grand La Fayette.

Page 83.

46. Stendhal fut intendant à Brunswick en 1807-1808, et à Sagan en 1813.

47. Cabanis (Georges), 1757-1808, publia en 1802 son *Traité du physique et du moral de l'homme,* qu'il republia l'année suivante sous le titre : *Rapports du physique et du moral de l'homme.* Par sa psychologie matérialiste et sensualiste, Cabanis se rattache au groupe des Idéolo-

gues que Stendhal admirait tant. Néanmoins il exagère un peu la précocité de son admiration quand il la fait naître à l'âge de 16 ans. Le bouleversement ne fut pas aussi immédiat qu'il le prétend, après coup; le 24 janvier 1805, il note dans son *Journal :* « Je vais au Panthéon, je lis le premier discours de Cabanis sur les *Rapports du physique et du moral.* La manière d'énoncer les faits me semble si générale qu'elle en est vague. Cet auteur ne me plaît point, lire Bacon et Hobbes » (*O.C.*, t. 28, p. 255). L'ouvrage de Cabanis n'en eut pas moins une influence déterminante sur la formation de la pensée de Stendhal (cf. V. Del Litto, *La Vie intellectuelle de Stendhal,* p. 169-171). Dans un résumé de sa vie que Stendhal écrit en marge de la *Vie de Henry Brulard* il note : B. « alla à Paris où il passa deux ans dans la solitude, croyant ne faire que s'amuser en lisant les *Lettres persanes,* Montaigne, Cabanis, Tracy, et dans le fait finissant son éducation » (*O.C.*, t. 20, p. 9). Stendhal s'analyse lui-même à la lumière des distinctions de Cabanis et conclut : « J'ai éprouvé absolument (...) tous les symptômes du tempérament mélancolique décrit par Cabanis » (*O.C.*, t. 20, p. 19).

48. C'est-à-dire rue du Cherche-Midi. Ce qui paraît, à l'époque de Stendhal, être « au diable ».

Page 84.

49. Dupaty (1771-1825) sculpteur, à ne pas confondre avec Dupaty (Charles-Marguerite), auteur des *Lettres sur l'Italie,* dont Stendhal parle souvent.

50. Et il y parvint, en 1830. Il était depuis 1824 professeur de grec au Collège de France.

Page 85.

51. Stendhal éprouve une certaine volupté à paraître « atroce ». C'est déjà par cet adjectif qu'il prétend que le désignait sa famille, lorsqu'il était enfant.

Page 86.

52. Mme Pasta est évidemment la célèbre cantatrice. Stendhal écrira dans la *Vie de Henry Brulard :* « J'ai déplu à M. de Tracy et à Mme Pasta pour les admirer avec trop d'enthousiasme » (*O.C.*, t. 20, p. 218).

53. V. Del Litto l'identifie comme Mme Victor de Tracy, que Stendhal appelle aussi Rosine.

54. On sait la passion de Stendhal pour le *Matrimonio segreto* qu'il lui arrivait même de mettre au-dessus de Mozart. En 1815, il avait consacré à la musique son premier livre : *Lettres écrites de Vienne en*

Autriche, sur le célèbre compositeur Joseph Haydn, suivies d'une vie de Mozart et de considérations sur Métastase et l'état présent de la musique en Italie.

55. En fait, Stendhal l'a refondu à Paris. Mais pour corriger les épreuves, il préférera, comme il le dit plus loin, le faire à Montmorency, lieu plus « romantique », plus marqué par le souvenir de Rousseau (cf. V. Del Litto, préface à *De l'Amour*, Folio, 1980).

Page 87.

56. Voir J. Théodoridès, « Le physiologiste Magendie jugé par Stendhal », *Stendhal Club*, 1960, nº 4.

57. Regnault de Saint-Jean-d'Angély, l'homme politique que Stendhal s'amusait à singer au Conseil d'État (cf. supra, chap. V, note 1).

58. Claude Fauriel (1772-1844) qui fut l'ami de Mᵐᵉ de Staël, de Schlegel, de Manzoni, publia en 1824-1825, ses *Chants populaires de la Grèce moderne*. Il est un de nos premiers grands comparatistes. Il fut professeur au Collège de France, et publia une *Histoire de la littérature provençale* et un *Dante et les origines de la langue et de la littérature italienne*, ainsi qu'une traduction des tragédies de Manzoni, en 1823. Stendhal considérait qu'il était le seul Français, avec M. Delécluze, à avoir compris Dante (cf. *Vie de Henry Brulard, O.C.*, t. 20, p. 117), mais que son style était un « exemple de la bassesse bourgeoise » (*Ibid.*, p. 149).

Page 88.

59. Stendhal dans la *Vie de Henry Brulard* reviendra sur cette histoire et écrira : Fauriel « a été le plus bel homme de Paris. Mᵐᵉ Condorcet (Sophie Grouchy), grande connaisseuse, se l'adjugea ; le bourgeois Fauriel eut la niaiserie de l'aimer, et, en mourant, vers 1820, je crois, elle lui a laissé 1 200 francs de rente comme à un laquais. Il a été profondément humilié. Je lui dis, quand il me donna dix pages pour *l'Amour*, aventures arabes : « Quand on a affaire à une princesse ou à une femme trop riche, il faut la battre ou l'amour s'éteint. » Ce propos lui fit horreur, et il le dit sans doute à la petite Mˡˡᵉ Clarke qui est faite comme un point d'interrogation » (*O.C.*, t. 20, p. 149).

60. Voir la *Vie de Henry Brulard* : « elle me fit faire une réprimande par un nigaud de ses amis (M. Augustin Thierry, membre de l'Institut), et je la plantai là. Il y avait une jolie femme dans cette société, Mᵐᵉ Belloc, mais elle faisait l'amour avec un autre point d'interrogation, noir et crochu, Mˡˡᵉ de Montgolfier, et, en vérité, j'approuve ces pauvres femmes » (*O.C.*, t. 20, p. 149).

Page 89.

61. Tous les stendhaliens ont une immense dette de reconnaissance envers ce cousin qui conserva les papiers de Stendhal. Il consacra, en 1855, une précieuse notice à l'écrivain, notice que V. Del Litto a rééditée (Parme, 1969).

62. Cf. A. Doyon et Y. du Parc, *Les Cahiers du capitaine Crozet,* in *Amitiés parisiennes de Stendhal,* Lausanne, éd. du Grand-Chêne, 1969. Il a tenu un journal, parallèlement à Stendhal, et qui, pour cette raison, est plein d'intérêt. (*O.C.,* t. 28, en annexe.) Voir aussi *Vie de Henry Brulard,* chapitre XXIX.

Page 90.

63. Pseudonyme d'A. de Mareste, dont il est beaucoup question dans les *Souvenirs.*

Page 91.

64. Il fut garde des Sceaux sous le ministère Polignac.
65. L'actuel boulevard des Italiens.

Page 92.

66. Cf. L. Bassette, « Un ami de Stendhal : Louis de Barral (Documents inédits) », *Stendhal Club,* octobre 1960. Dans la *Vie de Henry Brulard,* Stendhal évoquera cette amitié pour Louis de Barral, qui était née autour de l'étude des chères mathématiques : « ce fut certainement là que je pris de l'amitié pour Louis de Barral (maintenant le plus ancien et le meilleur de mes amis, c'est l'être au monde qui m'aime le plus, il n'est aussi, ce me semble, aucun sacrifice que je ne fisse pour lui) » (*O.C.,* t. 21, p. 105).

67. La science de M. Del Litto viendra, une fois de plus, au secours du lecteur, dans les *Notes sur l'Avare* (1811), publiées dans le *Journal littéraire* (*O.C.,* t. 34, p. 349). Stendhal écrit : « Ce qui fait rire dans le reste de la scène, c'est le *désappointement de vanité* que reçoit l'avare, désappointement qui serait bien plus grand si l'avare était le comte de Barral. Le pot de chambre jeté avec une manche de livrée, la seringue pour tirer le bouillon, la malle pleine de bougies. » Stendhal se désigne lui-même par le prénom de Dominique. Il considérait son père comme un avare. Il a laissé une demi-page en blanc après « bouillon » et une page entière après « Dominique ».

68. Angelina Bereyter (1786-1841) chantait au Théâtre-Italien. Elle fut la maîtresse de Stendhal de 1811 à 1814. Même désinvolture dans la *Vie de Henry Brulard,* lorsque Stendhal énumère ses amours, il

note : « Angelina, que je n'ai jamais aimée (Bereyter) » (*O.C.*, t. 20, p. 20).

69. Voir A. Doyon et Y. du Parc, « Les Petites Questienne », in *Amitiés parisiennes de Stendhal*, op. cit.

Page 93.

70. Le milanais est alors assez différent de l'italien, et, à cause de Métilde, c'est au milanais que Stendhal est attaché, comme le prouve jusqu'à l'inscription qu'il prévoit pour sa tombe, un peu plus loin et où il se désigne du prénom Errico. Cf. infra, chap. VI, note 7.

71. Le pharaon est un jeu de cartes assez proche de l'ancien lansquenet, et qui se joue entre un banquier et des pontes qui misent à droite et à gauche ; « le banquier retourne une carte de chaque côté, double les mises du côté de la plus forte, ramasse les mises du côté opposé et ramasse les deux côtés s'il a retourné deux cartes égales » (selon la définition du Larousse).

72. « Non, pensez-donc. » V. Del Litto fait remarquer que la forme correcte serait : No.

CHAPITRE VI

Page 94.

1. On sait l'intérêt de ces exemplaires annotés, en particulier ceux du fonds Chaper. La collection Buci, récemment ouverte au public, à Milan, contient aussi de ces trésors stendhaliens.

2. Sur lord Brougham, cf. chap. V, note 19. Stendhal l'avait rencontré à Milan en 1816.

3. Du 1er au 16 août 1817.

Page 95.

4. L'auteur du *Matrimonio segreto*, objet d'un véritable culte de Stendhal. Lorsqu'il rêvait d'être musicien, il se demandait : « Mais comment aurais-je du talent pour la musique à la Cimarosa étant Français », et il se répondait à lui-même : « par ma mère à laquelle je ressemble, je suis peut-être de sang italien » (*O.C.*, t. 20, p. 256).

5. Sa haine pour Grenoble, Stendhal l'exprime sous toutes les formes dans la *Vie de Henry Brulard* (cf. notre article dans *Les Cahiers de l'Alpe*, 1982 : « Stendhal et le nom de Grenoble »). La *Vie de Henry Brulard* se termine sur l'arrivée à Milan, ville libératrice par rapport à l'oppression de Grenoble qui pèse sur toute l'enfance.

6. « Là tu respireras la fraîcheur obscure » (*Bucoliques*, I, 52-53).

7. Sur cette épitaphe, cf. notre préface. On voit ici l'importance du dessin, et comment il intervient aux moments de plus intense émotion ; on voit aussi le lien profond qui existe entre autobiographie et sentiment de la mort. Tout autobiographe porte son propre deuil.

On a remarqué que cette inscription gardait la marque du dialecte milanais (cf. Kurt Ringger, *Stendhal et le milanais*, in *Stendhal e Milano*, Firenze, Olschki, 1982, p. 332). On peut traduire : « Henri Beyle, milanais. Il a vécu, écrit et aimé. Cet être adorait Cimarosa, Mozart et Shakespeare. Il est mort le ... 18... »

8. C'est bien sûr le cri de Julien Sorel. C'est aussi celui du jeune Beyle, lors de la mort de Lambert, valet de chambre de la maison qui était devenu pour lui un véritable ami. « Séraphie en me voyant pleurer Lambert, me fit une scène. Je m'en allai à la cuisine en répétant à demi-voix et comme pour me venger : Infâme ! Infâme ! » (*O.C.*, t. 20, p. 220.)

9. Stendhal, reprenant en cela une tradition nationale et qui remonte à la Querelle des Bouffons, a été injuste envers la musique française, qu'il connaissait assez mal. « Le Français me semble avoir le métalent le plus marqué pour la musique, comme l'Italien a le métalent le plus étonnant pour la danse » (*O.C.*, t. 20, p. 256).

10. Mme Longueville, née Joséphine Martin et cousine de Stendhal qui l'appelle aussi Longueurbs.

L'ancien théâtre des Tuileries, théâtre de Monsieur, avait pris le nom de la rue où il s'était transporté : rue Feydeau.

11. Mme de Genlis (1746-1830), romancière, gouvernante du futur Louis-Philippe, auteur de *Mémoires*, ne mérite peut-être pas ce mépris de Stendhal. Mlle de Clermont lui eût probablement plu, s'il l'avait lu.

Legouvé : il s'agirait plutôt de Gabriel Legouvé, poète (1764-1812), que de son fils (Ernest) qui au moment où écrit Stendhal n'a que fort peu publié.

Jouy (Victor-Joseph Etienne, de) est l'auteur de *L'Hermite de la Chaussée d'Antin* et de tragédies d'un classicisme attardé.

Vincent Campenon (1772-1843), auteur d'un poème didactique : *La Maison des Champs*, académicien à partir de 1814, très hostile au romantisme.

Quant à Joseph Treneuil (1763-1818), il est l'auteur d'un poème : *Les Tombeaux de Saint-Denis*. Après avoir chanté Napoléon, il se mit, avec un opportunisme assez fréquent à l'époque, à encenser les Bourbons.

On voit que tous ces noms cités par Stendhal sont ceux d'écrivains d'un classicisme désuet et qui, politiquement, sont acquis à la Restauration. En 1820, les tenants du classicisme font encore le poids, aux yeux du public, tandis qu'en 1832, le romantisme l'a emporté.

12. En fait, il partit pour Londres le 19 octobre.

Page 97.

13. Sur la famille de Tracy, cf. chap. IV, note 2. Céline est la belle-fille de Mme la comtesse de Tracy. Mme la comtesse Berthois désigne Clémentine Curial dont nous avons déjà eu l'occasion de parler.

14. Le célèbre acteur anglais (1787-1833) que Stendhal mettait au-dessus de Talma (cf. *Vie de Rossini, O.C.*, t. 23, p. 65).

15. En 1821, en effet, Stendhal n'avait publié que trois livres : les *Lettres sur Haydn, Mozart et Métastase*, l'*Histoire de la Peinture en Italie, Rome, Naples et Florence en 1817.*

Page 98.

16. On pourrait d'ailleurs multiplier ce genre d'exemples. Benjamin Constant pensait être célèbre par son ouvrage sur la religion, non par *Adolphe.*

17. Cf. *Histoire de la Peinture en Italie* : « dans le buste de *caractère* tout a une expression, et Raphaël lui-même ne peut approcher du *Jupiter mansuetus.* C'est que le sculpteur peut donner sur chaque forme un bien plus grand nombre d'idées que le peintre » (*O.C.*, t. 27, p. 24).

18. Cf. F. Michel, « L'Ami de Stendhal : Domenico di Fiori, alias François Leuwen », in *Études stendhaliennes.* Domenico di Fiori (1769-1848) était un réfugié politique napolitain qui passa la plus grande partie de sa vie en France. Au début de la *Vie de Henry Brulard*, Stendhal songe à cet ami, pour lui soumettre son manuscrit. Il le cite à maintes reprises dans son autobiographie.

Page 99.

19. Voir F. Michel, « Le Mystérieux M. Schmidt des Souvenirs d'égotisme », in *Études stendhaliennes.*

Mme Nardot était la belle-mère de Pierre Daru.

20. Oudinot, duc de Reggio, maréchal de France (1767-1847). Après s'être illustré dans les campagnes de l'Empire, il se rallia à la Restauration. Il s'était marié deux fois et avait dix filles. Decazes fut ministre de la Police en 1815, et ministre de l'Intérieur en janvier 1819, président du Conseil en novembre, mais il dut démissionner en février 1820, à la suite de l'assassinat du duc de Berry, dont les ultras rendaient sa politique responsable.

Pages 102 et 103.

21. Entre « bonne » et « heure » Stendhal a changé de cahier. Le second cahier porte la mention : « Life, 2d Cahier de 151 à 270. 25 juin 1831 », par erreur pour 1832. Les phrases mises entre crochets et en italique ne sont pas de la main de Stendhal ; elles ont été ajoutées sur le manuscrit.

Page 103.

22. 1826 marque la fin de sa liaison avec Menti. En 1829, il se lie avec Alberthe de Rubempré, « Mme Azur ». Ces années sont marquées par la création littéraire : il achève *Armance* en 1826, *Le Rouge et le Noir* paraît en 1830, il publie aussi *Vanina Vanini* (1829).

23. La comédie de Goldsmith a été jouée à Haymarket, le 27 octobre 1821. Le thème du déguisement de la maîtresse en soubrette a souvent été utilisé par Marivaux, cf. Michel Deguy, *La Machine matrimoniale ou Marivaux*, Gallimard, 1981.

24. Comédie de George Farquhar (1677-1707), auteur également de *L'Amour dans une bouteille*, *Les Jumeaux rivaux*, etc.

Page 104.

25. Nous avons étudié ces curieuses intermittences de la mémoire stendhalienne dans notre préface à l'édition Folio de la *Vie de Henry Brulard*.

26. Stendhal écrit dans *De l'Amour* : « est-ce de bonne foi, que l'on voudrait proposer à Mme Roland ou à Mistress Hutchinson, de passer leur temps à élever un petit rosier du Bengale » et il ajoute en note : « Voir les Mémoires de ces femmes admirables. » (*O.C.*, t. 4, p. 85.) La femme du colonel Hutchinson, un des lieutenants de Cromwell, a écrit les *Mémoires de la vie du colonel Hutchinson* (1664-1771). Ils ont paru en 1807.

27. Évidemment le conte de Bernardin de Saint-Pierre.

Page 105.

28. C'est le même personnage qui s'appelait John Cam Hobhouse, et devint lord Broughton.

29. Ce M. B... n'est pas identifié avec certitude. Louis Royer pense qu'il s'agit de Francis Burdett.

30. On retrouve cette horreur de la Congrégation dans *Le Rouge et le Noir*. A l'origine association religieuse, la Congrégation joua un rôle politique considérable sous la Restauration, où elle fut l'instrument des ultras.

31. Lord Holland, du parti whig, était l'un des fondateurs de l'*Edinburgh Review*.

Page 106.

32. Le bal d'Almack était un bal aristocratique. On voit la joie de Stendhal à sentir sa supériorité sur son banquier, lui qui souffrit souvent du manque d'argent.

33. Le salon de Mme de Talaru accueillait les ultras.

34. Amédée de Pastoret fut, comme Stendhal, auditeur au Conseil d'État.

Page 107.

35. Le 19 novembre, on joua *Othello* à Drury Lane. *Pinto, ou la journée d'un conspirateur* est un drame de Népomucène Lemercier qui fut donné au Théâtre-Français en 1800. Stendhal cite cette pièce à plusieurs reprises ; il avait apprécié le personnage de l'archevêque de Lisbonne, comme donnant une idée vraie des ministres actuels (cf. *O.C.*, t. 13, p. 314).

36. On sait que cet acteur est le héros d'une pièce de Sartre (1953).

Page 108.

37. Le duc de La Trémoille était lieutenant général, pair de France. Dans toute cette critique de la fadeur et de la bêtise de la bonne société, on reconnaît le culte stendhalien et romantique de l'énergie. Les sentiments de Stendhal sont bien proches ici de ceux de Julien Sorel.

38. Sur ces deux amis, cf. supra, passim. Tous deux sont cités très fréquemment dans les *Souvenirs d'égotisme*.

Page 109.

39. Garaude, en dauphinois, c'est une femme mal habillée.

40. Barot était en effet industriel.

41. On est alors dans la période la plus noire de l'industrialisation anglaise.

Page 110.

42. Villemain (Abel-François), 1790-1870, était le type du professeur brillant et mondain. Il fut professeur d'éloquence française à la Sorbonne, de 1816 à 1830. *Lascaris ou les Grecs du XVe siècle* est un roman historique à prétentions poétiques, écrit en l'honneur de la révolte des Grecs. Il a laissé un *Cours de littérature française*, des *Mélanges historiques et littéraires*, etc.

Page 111.

43. Il doit s'agir d'un appareil qui en tournant décrit des ellipses et brasse la bière.

Page 112.

44. Stendhal a biffé tout un début de paragraphe : « ce qu'il y a de plaisant, c'est que, pendant tout le reste de mon séjour en Angleterre, j'étais malheureux quand je ne pouvais pas finir mes soirées dans cette maison. » Ce qui infirme les plaisanteries de Barot ; mais précisément, si la beauté d'Alexandrine avait, en partie, causé le fiasco de Stendhal, la médiocrité de ces jeunes Anglaises a dû le réconforter.

Page 113.

45. Plein de gentillesse.

Page 114.

46. Cf. supra, chapitre V, p. 74.
47. Chateaubriand avait été arrêté le 16 juin 1832, parce qu'il était suspect de sympathie pour la duchesse de Berry, qui avait tenté de soulever la Vendée.

Page 115.

48. Machine à carder.
49. Stendhal cite souvent l'économiste J.-B. Say ; il l'évoque au début de la *Vie de Henry Brulard* comme ayant contribué à sa formation intellectuelle : « Je vénérais Cabanis, Tracy et J.-B. Say » (*O.C.*, t. 20, p. 14). Plus loin il évoque les lectures qu'il faisait avec Crozet : « Nous lûmes ensemble Adam Smith et J.-B. Say, et puis nous abandonnâmes cette science comme y trouvant des points obscurs ou même contradictoires » (*O.C.*, t. 21, p. 132). Sur cette question voir V. Del Litto, *La Vie intellectuelle de Stendhal*, p. 182 et sq.

Page 116.

50. Stendhal avait adoré sa sœur Pauline. Sa correspondance montre qu'il veillait sur sa formation intellectuelle et lui conseillait de lire les Idéologues et Tracy. Il rêvait de la faire venir vivre près de lui. Mais quand ce rêve put se réaliser, après la mort de son mari, François Périer-Lagrange, et qu'elle le rejoignit à Milan en 1817, ce fut un échec. Le vieux célibataire qu'était Stendhal ne put supporter cette entrave à la liberté que représentait la présence de sa sœur chez lui.

Page 117.

51. Et de fait, Stendhal nous semble un précurseur des analyses économiques des criminalistes modernes.

52. Qui a de la vigueur.

CHAPITRE VII

Page 118.

1. V. Del Litto rectifie : le 24 novembre 1821. On se reportera au *Calendrier de Stendhal*, d'Henri Martineau, Le Divan, 1950, p. 196.

2. Alexandre Micheroux fournit à Stendhal une bonne partie de sa documentation pour la *Vie de Rossini*.

3. François Ier, régent en 1812 et en 1820, devint roi des Deux-Siciles en 1825.

Page 119.

4. On voit que Stendhal est devenu sévère pour Rossini. Il l'était moins lorsqu'il écrivait la *Vie de Rossini*.

5. Blennorragie.

Page 120.

6. On sait que c'est un des « Privilèges » dont Stendhal rêve ; être invisible à volonté, comme Gygès. Stendhal avait souffert de ne pouvoir plaire à Mme Pasta, comme il le dit à plusieurs reprises dans la *Vie de Henry Brulard* (*O.C.*, t. 21, pp. 148, 218).

7. Il s'agit du général Le Lièvre de La Grange (1783-1864).

Page 121.

8. Stendhal désigne ainsi Alexandre Micheroux.

9. Épitre IX, vers 60.

10. V. Del Litto rectifie : Stendhal habita d'abord au deuxième étage, c'est au début de 1824, qu'il habita le troisième.

11. Stendhal a expliqué plus haut qu'il s'agit, bien entendu, de son âge psychologique.

Page 122.

12. François Ier, le régent dont il a été question plus haut.

13. *Zaïre*, acte I, scène 4. C'est une des pièces que Stendhal a l'occasion de travailler, lorsqu'il s'initie au théâtre en 1804.

14. On se rappelle que c'est rue d'Anjou qu'habitent les Tracy.

Page 123.

15. Mme Tivollier, voir le *Journal* pour l'époque marseillaise de la vie de Stendhal.

16. Mélanie Guilbert, avec qui Stendhal vécut à Marseille et qui épousera un général russe, de Barkoff.

17. D'après V. Del Litto, il s'agirait de la marquise Angelica Potenziani (voir lettre à Adolphe de Mareste, 11 juin 1832).

18. La Scala fut pour beaucoup dans l'éblouissement et le bonheur que connut Stendhal à Milan. Il est connaisseur, en effet, comme peut l'être un auditeur attentif de la musique, mais il n'est pas à proprement parler musicien. Voir à ce sujet : Léon Guichard, *La musique et les lettres au temps du romantisme*, P.U.F., 1955.

Page 124.

19. Le père de Stendhal, quoique bourgeois, avait des prétentions aristocratiques, comme l'explique l'écrivain dans la *Vie de Henry Brulard;* ses préjugés, s'ils voulaient imiter ceux de l'aristocratie, étaient beaucoup plus étroits. Les aristocrates, s'ils ont souvent méprisé la situation sociale du musicien, étaient friands de concerts et faisaient prendre des leçons de musique à leurs enfants. Il n'est d'ailleurs pas exact que le père de Stendhal ait interdit à son fils d'apprendre la musique. Il est probable qu'il ne voyait pas d'un très bon œil cette passion, si elle devenait violente et amenait son fils à considérer la musique autrement que comme un « art d'agrément ». Il a payé, vraisemblablement, les leçons de chant, de violon et de clarinette, sans enthousiasme.

20. La musique est un des amours malheureux de Stendhal. La *Vie de Henry Brulard,* là encore, apportera bien des précisions à ce sujet. Stendhal, dans cette énumération distingue nettement les compositeurs, et il cite des compositeurs connus (Jean-Simon Mayer, Giovanni Pacini), des exécutants. Il met Carafa dans cette seconde catégorie, quoiqu'il ait été compositeur. Pour Viscontini, V. Del Litto suppose que Stendhal a voulu faire allusion à Ercole Viscontini, le frère de Métilde.

Page 125.

21. C'est *Rome, Naples et Florence en 1817.*
22. *Vies de Haydn, Mozart, Métastase.*
23. 1827, c'est la date de publication d'*Armance,* achevé après la rupture de Stendhal avec Menti.

Page 126.

24. Rossini est l'auteur de *Tancrède* et d'*Otello* ; Zingarelli, celui de *Roméo et Juliette.*

25. Le chansonnier qui eut tant de succès, à l'inspiration populaire et libérale, l'auteur du *Dieu des Pauvres gens.*

Page 127.

26. Stendhal comprend d'autant mieux ce mécanisme psychologique qu'entraîne le sentiment de la laideur, qu'il a beaucoup souffert de la sienne.

27. Naudet était sociétaire du Théâtre-Français et ne voulait pas faire jouer la pièce de Marie-Joseph Chénier, réclamée par le public, mais interdite par le gouvernement.

28. C'est ce qui a frappé tous ceux qui ont pu le voir. On se rappelle les pages que Chateaubriand lui consacre dans les *Mémoires d'Outre-Tombe.*

Page 128.

29. Boutet de Monvel était un acteur du Théâtre-Français.

30. Mme de Staël a fait l'éloge de Talma dans la 2e partie de *De l'Allemagne* (chapitre XXVII). Geoffroy, au contraire, fut sévère pour lui dans son feuilleton dramatique du *Journal des Débats.*

31. Il s'agit de l'*Œdipe* de Voltaire et de *Manlius Capitolinus* de Lafosse d'Aubigny.

32. *Cinna,* acte V, scène I. En effet Stendhal parle très fréquemment de Talma dans le *Journal* de 1805, mais parfois de façon critique.

33. On peut lire sur le manuscrit : « ti ». J'inclinerai, comme V. Del Litto, à penser qu'il faut lire « tyrannie » et que Stendhal prédit une fois de plus la chute de la monarchie de Juillet.

Page 129.

34. Sur la très nombreuse famille de La Fayette, voir le chapitre V des *Souvenirs.* En fait, c'est Nathalie qui avait épousé Adolphe Perier.

35. Un blanc dans le manuscrit.

36. Nous avons déjà rencontré à plusieurs reprises ces personnages, en dehors de Sutton Sharpe (1797-1843) qui était avocat à Londres et connut bien Stendhal et Mérimée.

37. Grétry (1741-1813), auteur de plusieurs opéras-comiques (*Richard Cœur de Lion*). Il a laissé des *Mémoires.* Monsigny (1729-1817) est considéré comme l'un des créateurs de l'opéra-comique (*Rose et Colas, Le Déserteur*).

Page 130.

38. Ce sont les *Cours de littérature dramatique*, 5 vol., 1819-1820.
39. François-Benoît Hoffmann et Charles de Féletz furent des collaborateurs du *Journal des Débats*.
40. La pension Hix.

CHAPITRE VIII

Page 132.

1. Le général Foy (1775-1825), général de division en 1811 et député en 1819, fut un des orateurs du parti libéral.

Page 133.

2. Il s'agit, bien sûr, du docteur Gall, phrénologue, dont les théories ont fasciné les romantiques, non seulement Stendhal, mais Senancour, Balzac, etc.
3. Andrea Corner descendait d'une famille patricienne de Venise. Stendhal en parle aussi dans la *Vie de Henry Brulard* (*O.C.*, t. 21, p. 160 : « Le temps ne me sembla point long (comme il semblait long à la Moskowa au très brave et excellent officier Andrea Corner, mon ami). »
4. Le comte Widmann qui mourut au cours de la campagne de Russie, était en 1811 un des amants d'Angela Pietragrua. On sait que Stendhal avait été présenté à Angela, dès son premier séjour à Milan, en 1800, mais qu'elle ne devint sa maîtresse qu'en 1811. Ce fut à cause d'elle, en partie, que Stendhal s'installa à Milan après la chute de Napoléon. La rupture survint en 1815.
5. Marco Migliorini était aide de camp du prince Eugène.

Page 134.

6. Joseph Lingay, dont il a déjà été question.

Page 135.

7. Ancillon, historien allemand, est l'auteur d'un *Tableau des révolutions du système politique de l'Europe depuis la fin du XVᵉ siècle*.
8. Dominique, comme on sait, désigne Stendhal lui-même.
9. Gazul, c'est évidemment l'auteur du *Théâtre de Clara Gazul* : Mérimée. C'est vraisemblablement en 1821 que les deux hommes se rencontrèrent et devinrent amis. Ils se revirent lors des séjours de Stendhal en France et voyagèrent ensemble à travers la France en 1836

et 1837, puis, en 1839, à Naples. Mérimée consacra à Stendhal une plaquette *H.B.* (1850).

10. Sur Jouy, l'auteur des *Hermites*, voir *supra* ch. VI, p. 11.

Page 136.

11. Les collaborateurs du *Journal des Débats*, qui se trouvait rue des Prêtres-Saint-Germain-l'Auxerrois.

12. Thémistocle, après la bataille de Marathon, aurait dit : « Les lauriers de Miltiade m'empêchent de dormir. »

13. Victor-Joseph Étienne, dit de Jouy et Charles-Guillaume Étienne, auteur dramatique.

Page 137.

14. *La Minerve française* était une revue libérale.

15. Boileau se moqua de l'abbé Cotin et Jouy fut l'une des têtes de Turc des romantiques. *Amareggiata :* devenue amère.

16. Autre figure du néo-classicisme auquel se heurtèrent les jeunes romantiques à partir de 1820. Haut fonctionnaire de l'Université sous Napoléon, d'abord exilé par les Bourbons puis rentré en grâce, il fut secrétaire perpétuel de l'Académie française. Il est l'auteur de tragédies, de fables et des *Souvenirs d'un sexagénaire* (1833).

17. Stendhal a laissé un blanc assez important entre les deux vers, qui correspond peut-être au fait qu'il a le sentiment de faire une citation approximative et de sauter une partie des vers intermédiaires. Ce poème est le seul d'Arnault qui soit encore connu d'un public relativement vaste.

18. En effet Arnault, qui avait été très lié à la gloire de l'Empire, fut en disgrâce sous la Restauration, exclu de l'Institut et exilé en 1816.

Page 138.

19. Victorine était une couturière célèbre. Cf. V. Del Litto « Sur une page d'album », *Stendhal Club*, 15 oct. 1959.

20. V. Del Litto a éclairé ce passage assez obscur. Cideville représente Bécheville (on sait que Stendhal aimait à changer les noms). Bécheville était le nom de la propriété des Daru près de Meulan. N. C. D. signifierait alors : Mme Nardot comtesse Daru. Stendhal l'a courtisée de 1809 à 1811 et lui a dédié — de façon posthume — son *Histoire de la peinture en Italie*. Elle mourut en 1815.

Page 139.

21. Stendhal a noté en marge : Béranger, qui est l'auteur des chansons énumérées ici.

CHAPITRE IX

Page 140.

1. C'est là qu'habitait Lingay dont il a déjà été amplement question précédemment. Cf. aussi ch. IX, n. 5.

2. Celui qui a imprimé *Rome, Naples et Florence en 1817,* l'imprimeur Chanson.

3. V. Del Litto suppose qu'il s'agit du comte d'Argout, Stendhal ayant appelé plus haut la comtesse d'Argout : Mme d'Avelles.

4. Court de Gébelin, l'auteur du *Monde primitif* a été très lu par les Romantiques. On trouve de nombreuses références à son œuvre chez Senancour, Nerval, etc. Stendhal l'avait découvert très tôt, dès son enfance, dans la bibliothèque de son père (cf. *Vie de Henry Brulard, O.C.,* t. 20, p. 166).

Page 141.

5. Joseph Lingay fut aussi bien l'auteur d'un *Hymne d'un Français à Sa Majesté le roi de Rome,* que d'une *Histoire du cabinet des Tuileries depuis le 20 mars 1815 et la conjuration qui a ramené Buonaparte en France.*

Page 142.

6. Stendhal a déjà évoqué son amitié pour Mérimée dans le chapitre précédent. Il est certain qu'il existait entre les deux hommes des analogies de tempérament, un même besoin de précision, le même refus du mauvais goût des excès romantiques.

7. Luce de Lancival est un représentant du néo-classicisme. Il a laissé des tragédies (*Mucius Scaevola, La Mort d'Hector*), diverses poésies. Napoléon appréciait *La Mort d'Hector.*

Page 143.

8. Dorat (1734-1780) est un poète classique — ce qui est plus excusable au XVIIIe siècle qu'au XIXe. Il a laissé vingt volumes d'*Œuvres complètes.*

9. Denis Calvart (1540-1619), ou Calvaert, flamand d'origine, fut un des fondateurs de l'école bolonaise.

Page 145.

10. On sait les ravages de la phtisie à l'époque romantique et combien, en effet, la mode vestimentaire des femmes pouvait être

dangereuse. Le docteur Edwards était un physiologiste et un anthropologiste réputé.

11. On ne sait à qui songe Stendhal — pas à Eugénie de Montijo du moins, note V. Del Litto, puisque l'écrivain ne la connut qu'en 1836. Cette allusion est de celles qui nous mettent en appétit — en vain — pour cette suite des *Souvenirs* que Stendhal n'écrivit pas.

Page 146.

12. Stendhal évoque ici quelques salons célèbres de son temps. Mme de Duras est la romancière, auteur d'*Ourika*, d'*Édouard*, d'*Olivier* dont Stendhal s'inspira pour écrire *Armance*. Mme de Broglie est Albertine de Staël, la fille de Mme de Staël et peut-être de Benjamin Constant. La femme de Guizot était née Pauline de Meulan.

Page 147.

13. Mme de Saint-Aulaire, femme de l'ambassadeur de France à Rome, dont on retrouve l'image dans *Une position sociale* (in *Le Rose et le Vert*, Folio n° 1381).

14. Stritch, directeur de la *Germanic Review*, plaça plusieurs articles de Stendhal dans des revues londoniennes.

Page 148.

15. Shakespeare et Cervantès sont morts en 1616, le 23 avril exactement, mais l'Espagne et l'Angleterre n'ayant pas à ce moment le même calendrier, ils ne sont pas, en fait, morts le même jour.

16. La librairie Galignani se trouvait alors rue de Vivienne, et non où elle est maintenant, sous les arcades de la rue de Rivoli.

17. On sait l'influence qu'eut Walter Scott sur la littérature française. Stendhal qui l'admirait, se sentait — et se voulait peut-être — incapable de faire des descriptions aussi détaillées que lui.

Page 149.

18. Cette lettre fut publiée dans les *Conversations de Lord Byron* du capitaine Medwin (*Le Globe*, 2 nov. 1824). Elle fut envoyée de Gênes le 29 mai 1823. Stendhal répondit le 23 juin (*Correspondance*, t. II, p. 16).

Page 150.

19. V. Del Litto pense qu'il s'agit du libraire Dupuy, à qui Stendhal répond le 23 juin 1832 (*Correspondance*, t. II, p. 456).

20. Il s'agirait de Charles Gosselin qui poursuivit Hugo en 1831.

21. « Rois, stupides rois... » Monti a écrit un poème *Per l'anniversa-*

rio della caduta dell' ultimo re dei Francesi où le roi est injurié, mais le mot « sciocchi » n'y est pas, note V. Del Litto.

Page 151.

22. Nous avons rétabli ici l'alinéa du manuscrit, bien qu'il ne corresponde pas à une nécessité logique, mais plutôt à une pulsion de l'écriture.

23. Lieu de déportation sur la côte africaine.

24. Tout ce réseau d'allusions est éclairé par V. Del Litto : il s'agit du médecin Michel Cullerier et de son neveu François-Guillaume Cullerier, tous deux spécialistes des maladies vénériennes ; Stendhal se fit soigner par l'oncle et lui amena Clémentine Curial.

Page 152.

25. Ferdinand VII n'est mort qu'en 1833.

26. Le duc de Montmorency-Laval avait été ambassadeur de France en Espagne, puis à Rome, où Stendhal le rencontra en 1827.

27. Mme Campan (1752-1822), femme de chambre de Marie-Antoinette, devint directrice d'une institution pour jeunes filles, sous l'Empire. Ses *Mémoires sur la vie privée de Marie-Antoinette* parurent en 1822.

CHAPITRE X

Page 153.

1. Les *Vies de Haydn, de Mozart et de Métastase,* ainsi que l'*Histoire de la peinture en Italie* furent publiés à compte d'auteur chez Didot l'aîné.

2. C'est chez Sautelet que parut le pamphlet de Stendhal : *D'un nouveau complot contre les industriels.*

Page 155.

3. On peut ainsi déchiffrer : Seine. Moulin. Andilly. Mes promenades. Mine de sable rouge. Danse. Maison de J.-J. Rousseau. Ville de Montmorency. Deuil. Saint-Denis. Paris.

4. Giovanni Lanfranco (1580-1647), peintre de plusieurs coupoles, en effet, dont celle de Sant'Andrea della Valle à Rome.

Page 156.

5. La pièce de Shakespeare.

CHAPITRE XI

Page 157.

1. Chez Mme Beugnot, à Bonneuil-sur-Marne.

2. Tout le passage depuis « Je fus bien près » jusqu'à « les pieds nus en 1814 » a été déplacé par Stendhal, découpé et recollé ici.

3. Clémentine Curial.

Page 158.

4. Il sera longuement question de cet oncle dans la *Vie de Henry Brulard*. Dans cette famille provinciale, l'oncle Gagnon, jeune avocat, apparaissait au jeune Beyle comme l'image même de l'élégance.

5. Joseph Faure (1764-1836), conseiller à la cour de Grenoble.

Page 159.

6. Là aussi on ne peut que renvoyer à la *Vie de Henry Brulard* (chapitres VI et XXXVIII).

CHAPITRE XII

Page 161.

1. Étienne-Jean Delécluze, d'abord attiré par la peinture, devint ensuite un des pionniers du romantisme libéral. Il fut le premier traducteur en France de *La Vita nuova* et l'auteur d'études sur Dante et sur la Renaissance.

2. *Le Lycée français ou Mélanges de littérature et de critique* (juillet 1819-sept. 1820).

3. Sur le manuscrit, on peut voir que Stendhal avait écrit : « Je ne sais si dans les commencements, vers 1822, *Le Globe* était politique ; il ne me sembla que littéraire. » Puis il a barré cette phrase et noté : « Plus tard, dans l'ordre chronologique. » Ce qui était donc un jalon pour cette suite des *Souvenirs* que nous ne lirons jamais.

Page 162.

4. Le « grenier » de la rue Chabanais où s'élabore le romantisme libéral, dans ces réunions auxquelles Stendhal participe.

Page 163.

5. Jean-Jacques Ampère (1800-1864) était un esprit original, très féru de littératures étrangères et de voyages. Il fut en 1832 professeur à la Sorbonne, puis au Collège de France ; il est un des fondateurs de la littérature comparée, auteur de l'*Histoire littéraire de la France avant le xiie siècle* (1839-1840), de *La Grèce, Rome et Dante* (1848).

6. Olivier Goldsmith (1728-1774), l'auteur du *Vicaire de Wakefield*. On sait le goût de Stendhal pour ce livre. Le Ms R. 5896, t. XII de la bibliothèque municipale de Grenoble porte cette mention fantaisiste : « A MM. de la Police. Ceci est un roman imité du *Vicaire de Wakefield*. Le héros, Henry Brulard, écrit sa vie, à cinquante-deux ans, après la mort de sa femme, la célèbre Charlotte Corday. » Joseph Addison est surtout connu pour sa participation à des journaux, en particulier *The Spectator*, mais il fut aussi un auteur dramatique (*Caton*) et un homme politique important du parti whig.

PROJETS D'AUTOBIOGRAPHIE

Page 167.

1. Victorine Mounier (1783-1822), sœur du camarade de Stendhal, Edouard Mounier. Stendhal tomba amoureux d'elle, quand il avait 19 ans.

2. Il s'agit, bien entendu, de Mélanie Guilbert, dite Louason (1780-1828) dont Stendhal s'éprit en 1804. Le *Journal* nous fournit de nombreux renseignements sur cette époque que l'autobiographie ne relatera pas. Stendhal alla avec elle à Marseille en 1805. Bien après leur rupture, en 1810, Mélanie épousera le général russe de Barkoff.

Page 170.

3. Cette notice, par le fait même qu'elle couvre une période que ni les *Souvenirs* ni la *Vie de Henry Brulard* n'abordent, fait une place, à la différence de ces deux textes, aux débuts littéraires de Stendhal.

4. Sur Mélanie Guilbert, voir ci-dessus, n. 2. Thérèse, c'est Alexandrine-Thérèse Daru (1783-1815), femme du comte Pierre Daru. Stendhal l'aima surtout dans la période 1809-1811 et lui a dédié l'*Histoire de la peinture en Italie*. Gina, c'est Angelina Pietragrua, à laquelle Stendhal donne le prénom de l'héroïne de *La Chartreuse*, la Sanseverina. Elle était née vers 1777, donc nettement plus âgée que Stendhal ;

Stendhal la vit à Milan en 1800 mais ne se déclara que bien plus tard, en 1811. La rupture, tragique pour Stendhal, se situa en 1815. Léonore désigne Mathilde Dembowski (Métilde), née à Milan vers 1790 et morte en 1825 ; elle a une place trop centrale dans les *Souvenirs d'égotisme* pour que nous devions revenir ici sur sa personnalité. On retrouve au début de la *Vie de Henry Brulard*, cette énumération de femmes aimées, un peu plus longue il est vrai. Mais ces quatre-ci y figurent, qui ont joué un rôle essentiel dans l'histoire sentimentale de Stendhal.

Page 171.

5. Ce fragment est intéressant dans la mesure où il montre comment s'opère tout naturellement chez Stendhal le passage de la biographie à l'autobiographie.

Page 172.

6. On sait l'importance — et le nombre — des pseudonymes stendhaliens qui sont le reflet d'un évident malaise à l'égard du père. On notera encore que ces fragments — à la différence des *Souvenirs* et de la *Vie de Henry Brulard* — sont des projets d'autobiographie à la troisième personne.

Page 177.

7. Ce cri se retrouvera dans *Henry Brulard ;* c'est aussi le « Canaille ! Canaille ! » de Julien Sorel.

Page 178.

8. C'était un peu une manie de Jules Janin. On sait avec quelle précipitation, il fit un article nécrologique sur Nerval, qui lui riposta avec esprit.

Page 181.

9. Henri Martineau suggère, avec raison, Mme Daru.

Page 183.

10. Clémentine Curial, fille du comte Beugnot, femme, depuis 1808, du comte Curial. Sa liaison avec Stendhal a duré de mai 1824 à la fin de mai 1826.

11. Je crois que V. Del Litto a raison de lire « le climat d'Espagne », et non « le comte d'Espagne » comme le faisait Henri Martineau.

Page 184.

12. Cette énumération, qui nous fait encore songer au début de la *Vie de Henry Brulard* doit être lue : Victorine Mounier, Mélanie Guilbert, Alexandrine Daru, Angelina Pietragrua, Métilde Dembowski, Clémentine Curial.

LES PRIVILÈGES

Page 187.

1. Dieu.

2. Le manuscrit de Grenoble s'arrête à l'article numéroté 8 (en fait, 9). Sur la copie faite par Romain Colomb et qui se trouve à Chantilly, on peut lire cette note ajoutée par le copiste : « Chaque fois que Beyle parlait de la mort, il exprimait le désir de terminer sa vie par une attaque d'apoplexie, pendant le sommeil, en voyage, dans une auberge de village. Ce vœu si souvent manifesté, a été exaucé, au moins dans sa disposition principale, le 23 mars 1842. » Cette note de Romain Colomb, cousin de Stendhal et son exécuteur testamentaire, prouve, chez Stendhal, un étrange pressentiment. Pour tout ce texte, se reporter à V. Del Litto, « Un texte capital pour la connaissance de Stendhal », *Stendhal Club*, 15 oct. 1961, et à son édition au Club du Bibliophile, *O.C.*, t. 36, p. 177 et sq.

Page 188.

3. Né à Voreppe, près de Grenoble, en 1767, il fut général en chef de l'expédition de Saint-Domingue où il mourut en 1802. Il était réputé pour son extraordinaire beauté. On sait, d'autre part, que Stendhal souffrait beaucoup du sentiment de sa propre laideur. On a vu plus haut, qu'il se trouvait une tête de boucher italien.

Page 192.

4. Mme Ancelot, désignée ici par Ancilla (1792-1875), était une femme de lettres. Stendhal fit sa connaissance en 1827. Mélanie, c'est évidemment, Mélanie Guilbert, dite Louason (1780-1828), amour de jeunesse de Stendhal qui la rencontra en 1804, — le *Journal* nous renseigne sur toutes les étapes de cet amour. En 1805, Stendhal alla avec elle à Marseille, puis vint la lassitude.

5. La note est de Romain Colomb : « Probablement le docteur Kouffe. »

6. C'est le moment où Giulia Rinieri abandonne Stendhal. Elle avait été sa maîtresse en mars 1830 ; il l'avait demandée en mariage, après sa nomination comme consul à Trieste, mais son tuteur s'y opposa. On peut voir aussi une allusion à Earline (cf. Notice).

Page 193.

7. Note de Romain Colomb : « Le célèbre funambule des boulevards, mort à Paris le... » Le mime Deburau était célèbre à l'époque romantique ; il a été ressuscité par J.-L. Barrault dans *Les Enfants du Paradis*.

DU MÊME AUTEUR

Dans la même collection

Impression Bussière à Saint-Amand (Cher),
le 4 janvier 1983.
Dépôt légal : janvier 1983.
Numéro d'imprimeur : 2357.
ISBN 2-07-037430-0/Imprimé en France.

31441